शिवानी

प्रख्यात कथाकार शिवानी का जन्म 17 अक्तूबर, 1923 को विजयादशमी के दिन राजकोट, गुजरात में हुआ।

शिवानी की पहली रचना अल्मोड़ा से निकलनेवाली 'नटखट' नामक एक बाल-पत्रिका में छपी थी। तब वे मात्र बारह वर्ष की थीं। इसके बाद वे मालवीय जी की सलाह पर पढ़ने के लिए अपनी बड़ी बहन जयंती तथा भाई त्रिभुवन के साथ शान्तिनिकेतन भेजी गईं, जहाँ स्कूल तथा कॉलेज की पत्रिकाओं में बांग्ला में उनकी रचनाएँ नियमित रूप से छपती रहीं। गुरुदेव रवीन्द्रनाथ टैगोर उन्हें 'गोरा' पुकारते थे। उनकी ही सलाह कि हर लेखक को मातृभाषा में ही लेखन करना चाहिए, शिरोधार्य कर उन्होंने हिन्दी में लिखना प्रारम्भ किया। शिवानी की पहली लघु रचना 'मैं मुर्गा हूँ' 1951 में 'धर्मयुग' में छपी थी। इसके बाद आई उनकी कहानी 'लाल हवेली' और तब से जो लेखन-क्रम शुरू हुआ, उनके जीवन के अन्तिम दिनों तक अनवरत चलता रहा। उनकी अन्तिम दो रचनाएँ 'सुनहुँ तात यह अकथ कहानी' तथा 'सोने दे' उनके विलक्षण जीवन पर आधारित आत्मवृत्तात्मक आख्यान हैं।

1979 में शिवानी को 'पद्मश्री' से अलंकृत किया गया। उपन्यास, कहानी, व्यक्ति-चित्र, बाल उपन्यास और संस्मरणों के अतिरिक्त, लखनऊ से निकलनेवाले पत्र 'स्वतंत्र भारत' के लिए शिवानी ने वर्षों तक एक चर्चित स्तम्भ 'वातायन' भी लिखा। उनके लखनऊ स्थित आवास-66, गुलिस्ताँ कालोनी के द्वार लेखकों, कलाकारों, साहित्य-प्रेमियों के साथ समाज के हर वर्ग से जुड़े उनके पाठकों के लिए सदैव खुले रहे।

21 मार्च, 2003 को दिल्ली में उनका निधन हुआ।

शिवानी

पूतोंवाली

राधाकृष्ण पेपरबैक्स

राधाकृष्ण पेपरबैक्स में
पहला संस्करण : 2006
दसवाँ संस्करण : 2023

राधाकृष्ण पेपरबैक्स : उत्कृष्ट साहित्य के जनसुलभ संस्करण

राधाकृष्ण प्रकाशन प्राइवेट लिमिटेड
जी-17, जगतपुरी, दिल्ली-110 051
द्वारा प्रकाशित

शाखाएँ : अशोक राजपथ, साइंस कॉलेज के सामने, पटना-800 006
पहली मंजिल, दरबारी बिल्डिंग, महात्मा गांधी मार्ग, प्रयागराज-211 001
1, अनमोल सोराबजी संतुक लेन, धोबी तलाव, मरीन लाइंस, मुम्बई-400 002
वेबसाइट : www.radhakrishnaprakashan.com
ई-मेल : info@radhakrishnaprakashan.com

बी.के. ऑफसेट
नवीन शाहदरा, दिल्ली-110 032
द्वारा मुद्रित

मूल्य : ₹250

POOTONWALI
Stories by Shivani

ISBN : 978-81-8361-070-4

क्रम्

पूतोंवाली

एक बार फिर छोटे की चिट्ठी पढ़, उन्होंने अखबार के नीचे दबा दी। पार्वती ने देख ली तो आफत कर देगी। क्या लिखा है छोटे ने ? हमें कब आने को लिखा है ? कैसे कह पाएँगे उससे कि पार्वती, छुटके ने इस बार भी उन्हें बुलाने का क्षीण संकेत तक नहीं दिया है। तीन-चार बार तो वे उसे लिख चुके हैं कि तुम्हारी अम्माँ की तबीयत ठीक नहीं है, कई बार काम करते-करते बेहोश होकर गिर पड़ी है। तुम तो जानते हो उसे आँखों से भी कम सूझने लगा है। एक आँख में ग्लूकोमा हो गया है, दूसरे का मोतियाबिन्द पक गया है। डॉक्टर कहते हैं कि ऑपरेशन जल्दी नहीं किया गया तो दोनों आँखें जा सकती हैं। गाँव का हाल तो तुम जानते हो, अस्पताल है पर डॉक्टर नहीं। एक बार तुम किसी अच्छे डॉक्टर को दिखा देते तो तसल्ली हो जाती।

किन्तु चतुर बेटा इस बार भी उनके प्रस्ताव को झाड़ गया था। छोटे-से पत्र में उसने अपना ही रोना रोया था—इस वर्ष अप्रैल तक मेरी बदली अवश्य हो जाएगी। पाँच साल हो गए हैं यहाँ, अब नया नियम बड़ी कड़ाई से लागू किया जा रहा है। जो जिस कैडर का है, उसे वहीं लौट जाना होगा। बड़ी मुश्किल में हूँ, सुजाता का स्कूल फाइनल है, रौनी को बड़ी मुश्किल से अभी एक अच्छे स्कूल में एडमिशन मिल पाया है। उस पर शीला को अपनी नौकरी छोड़नी पड़ेगी। इन्हें यहीं छोड़ गया तो दो-दो इस्टेब्लिशमेंट कैसे कर पाऊँगा...

स्पष्ट था कि अपनी इन परेशानियों के बीच वह अंधी हो रही माँ और बाबूजी के लिए कुछ भी नहीं कर पाएगा।

पार्वती ने चाय का प्याला मेज पर धरकर कहा था, "आज छुटके की चिट्ठी जरूर आएगी, हमारा मन कहता है।"

"भाड़ में जाए चिट्ठी।" शिवसागर ने झल्लाकर कहा तो वह सहमकर

सिकुड़ गई, सहमने पर वह कितनी छोटी लगती थी, कितनी असहाय, जैसे किसी ने केंचुए को छेड़ दिया हो और वह तत्काल अपनी सतर देह को कुंडली मे समेट-सिकुड़कर बिन्दु-सा बन गया हो। दूसरे ही क्षण, पत्नी के पीले चेहरे को देख, शिवसागर का हृदय, स्वयं अपनी भर्त्सना करने लगा।

छिः-छिः, कहीं मरे को भी ऐसे मारा जाता है? कौन-सा सुख दिया है तुमने उसे जीवन-भर ? इन पैंतालीस वर्षों में कभी अपने हाथों पाजामा में नाड़ा भी डाला है तुमने ? कभी कमीज का एक टूटा बटन भी टाँका है? जिस सर्वस्वत्यागिनी ने पूरा यौवन ही इनी-गिनी सादी साड़ियों और मारकीनी पेटीकोटों में काट दिया और निरन्तर मुसकराती तुम्हारे और तुम्हारे पाँच कपूतों के जीवन में आनन्दवृष्टि करती रही, उसका क्या प्रतिदान दिया तुम सबने? कभी कोई छल्ला भी गढ़वाकर दे पाए उसे ? वह तो पूरे बीस तोला सोना दिया था उसके कृपण पिता ने—उसी बैंक बैलेंस से न जाने कितनी बार शिवसागर ने गृहस्थी की गाड़ी खींची थी। तीन बहुओं को उन्हीं गहनों में से कुछ का चढ़ावा चढ़ा था। शेष दो बेटों ने अपने मन से विवाह किया था। इसी से उन्हें कुछ नहीं दिया गया। कृपण पिता के इस औदार्य का एक कारण भी था, न देते तो उस साधारण चेहरे को देख कौन उसे ले जाता? न पढ़ी-लिखी, न कद-काठी की ही दुरुस्त, कभी-कभी तो लगता वह बजरबौनी ही है, उस पर बेहद डरपोक थी लड़की, माँ की मृत्यु ने उसे और भी भीरु बना दिया था। पिता हेडमास्टर थे, उन्होंने उसे अपने ही स्कूल में पढ़ने भी भेजा था पर न जाने कैसा भूसा भरा था छोकरी के दिमाग में, पहली ही कक्षा में तीन साल फेल होती रही। इसी बीच, पिता ने दूसरा विवाह कर लिया था। विमाता की क्रूर आँखें देख, लड़की पहले ही दिन सहमकर और सिकुड़ गई। विमाता जो भी काम सौंपती, उसे ही बिगाड़कर चौपट कर देती। सब्जी में नमक-ही-नमक, चावल पसाने बैठती तो आधा चावल ही माँड़ के साथ बहा देती। कभी तेल उलट देती, कभी दूध। फिर विमाता बाढ़ में उफनती नदी-सी, कगार पर खड़े वृक्ष के-से पिता के विवेक को भी ढहा गई। दिन-रात की चुगली पर जाने वह नित्य ढोल-दमामे-सी पीटी जाने लगी। इधर प्रत्येक वर्ष विमाता, दन्न से एक बेटा जन, पति को कृतज्ञता के ऐसे जानलेवा दलदल में धँसा गई कि वे आए दिन, हर मिथ्या अभियोग पर निरीह पुत्री को निर्ममता से कूटने लगे। एक दिन पार्वती की दयालु बुआ ने यह रिश्ता पक्का कर दिया था।

"दान-दहेज तो काफी माँग रहे हैं, पर ऐसा दामाद तुम्हें मिल नहीं सकता।"

ठीक ही कहा था बुआ ने, ऊँचे अगले, विद्वान जामाता को उन्होंने देखा तो मन-ही-मन सोचने लगे, मातृहीना गाय-सी पुत्री के साथ उन्होंने जो भी अन्याय किया था, उसे इसी कन्यादान की पुण्यसलिला में धो-पोंछकर बहा देंगे। समधी की हर माँग वे प्राणपण से पूरी करेंगे। तब शिवसागर मिश्र, काशी विद्यापीठ से अपनी शिक्षा पूर्ण कर नई-नई नौकरी में लगे ही थे। आते ही माँ ने बता दिया था कि उसके पिता, उसका रिश्ता फैजाबाद के हरेम्न शास्त्री की पुत्री से पक्का कर चुके हैं। सारी रात वह सो नहीं पाया था। कैसी होगी वह ? शास्त्रीजी को तो वह देख चुका था, उनके तीखे नैन-नक्श और दूध-सा उजला रंग पाया होगा लड़की ने तो निश्चय ही सुन्दर होगी और किरातार्जुनीय की पंक्तियों को साकार कर देगी। वह मन-ही-मन किरातार्जुनीय की पंक्तियों को दोहराता—'हे मानिनी, नए पल्लवों जैसे हाथों को कँपाती, व्यर्थ परिश्रम मत करो, तुम्हें कल्पलता समझकर, पास आई भ्रमरावली कहीं इस तरह डरकर थोड़े ही भाग जाएगी, ये भ्रमरयुक्त कमल पत्र हैं या चंचल नयन, ये झुकी बरौनियाँ हैं या निश्चल भ्रमर वृन्द ? खिले हुए हास से दर्शनरूपी केसर को प्रकट करता हुआ यह मुख है या विकासमान कमल?' अपनी उस मदकलोदक लोल विहंगमा भावी पत्नी की अनदेखी मोहक छवि का ताना-बाना बुनते ही, वह सिर पर मौर बाँध दूल्हा बन गया था। वर रूप में ठीक जैसे शिव ने पार्वती से ध्रुवतारा देखने को कहा था और लज्जासिक्त स्वर में, अपना लज्जावनत चेहरा उठा, पार्वती ने बड़ी कठिनाई से कहा था—देख लिया—ऐसा कुछ उसकी पार्वती नहीं कह पाई, वह तो अरसिक गठरी बनी बैठी ही रही। पर जब घर पहुँचने के घंटों बाद नववधू का चेहरा देखने को मिला तो शिवसागर का रसिक चित्त अपनी सब कलाबाजी भूल गया। कद में शिवसागर के घुटनों तक और भावशून्य खच्चर की-सी आँखें, शरीर का एक भी अवयव ऐसा नहीं था जिसके सहारे वह अब किरातार्जुनीय के रसिक प्रसंगों को घर तक खींच सकता था। धीरे-धीरे शिवसागर को परिस्थितियों से समझौता करना ही पड़ा। दुर्वासारूपी पिता से कोई कैफियत माँगने का प्रश्न ही नहीं उठता था, माँ को जैसी बहू चाहिए थी, वैसी उसे मिल गई। साथ में बीस तोला सोना, दुधारू गाय, स्वस्थ भैंस और सिर झुकाकर उनके प्रत्येक आदर्श को झेलनेवाली धरती-सी सहिष्णु उस

पुत्रवधू को पाकर अम्माँ परितृप्त हो गईं। फिर सात ही वर्षों में पाँच सुदर्शन पुत्रों को जन्म देकर उसने सास-ससुर के हृदय सम्पूर्ण रूप से विजित कर लिए। मायके जाने का वह कभी नाम भी नहीं लेती थी, कृशकाया होने पर भी कभी बीमार नहीं पड़ती थी; उस पर पति के कभी सीधे मुँह बात न करने पर भी, निरन्तर उसके पीछे-पीछे छाया-सी डोलती रहती थी। छोटा तीन साल का था कि ससुर का देहान्त हो गया, छठे ही महीने सास भी चली गई। शिवसागर अध्यापक से प्रधानाध्यापक हो गए। ऊपर की मंजिल में तीन कमरे बनवा लिए। रेडियो भी आ गया, स्टील की दो-दो अलमारियाँ भी आ गईं। किन्तु सास-ससुर की मृत्यु के बाद भी पार्वती के कटोरी-से घूँघट की यवनिका नहीं उठी। पाँचों बेटे पढ़ने में एक से बढ़कर एक निकले। गाँव की बड़ी-बूढ़ियाँ कहतीं—बड़ी भागवान है री तू। तू सचमुच पूतोंवाली है पार्वती। देखने में ऐसे सजीले कि हर इतवार-मंगल पाँचों को एक साथ बिठा नजर उतारती थी पार्वती। धीरे-धीरे पाँचों के भी पंख निकल आए। सब एक-एक कर पढ़ने बाहर चले गए, रह गए दोनों प्राणी।

चालीस वर्षों के सुदीर्घ साहचर्य की धरा क्षीण से क्षीणतर होती, एक ही वेग में बहती जा रही थी। शिवसागर को वार्धक्य ने झटक दिया पर पार्वती का एक-एक बाल अब भी काला धरा था। सुबह चार बजे उठ, वह नहा-धोकर चाय बनाकर रख जाती पति के सिरहाने, फिर दूध का गिलास और कटोरी में पाँच बादाम, अखबार, चश्मा, धूप में धरी कुर्सी पर धर फिर चौके में घुस जाती। गजब का रस था उसके हाथों में, खिचड़ी हो या मेवे की गुझिया, "अजी, हमारी बहू जैसा खाना कोई बना नहीं सकता पूरे गाँव में।" एक दिन विवाह के कुछ ही महीनों बाद, शिवसागर के पिता ने कहा तो उनकी स्तुति को शिवसागर ने वहीं पर व्यर्थ कर दिया था, "ठीक ही कहा है आपने, हमारे एक मित्र का भी यही कहना था कि जो औरत जितनी बदसूरत हो, वह उतना ही खूबसूरत खाना पकाती है।"

बाप हो-होकर हँस उठे थे, सोचा, लड़का नई-नई बहू को हँसी-हँसी में छेड़ रहा है। पर पार्वती के घूँघट की यवनिका सहसा और नीचे खिसक आई थी। वह घूँघट की आड़ में रो रही है, यह शिवसागर ने देख लिया था, रोने से नासिका का रक्तिम अग्रभाग देख वह और चिढ़ गया था। पिता को वह इस बेमेल गठबन्धन के लिए अन्त तक क्षमा नहीं कर पाया। आश्चर्य था कि विवाह के बाद वह आज तक पत्नी से एक शब्द भी नहीं बोला था, फिर

भी उस विलक्षण नारी ने अपनी वेदना का पात्र किसी के सामने रिक्त नहीं किया। भले ही न बोले, उसे पाँच दर्शनीय पुत्रों की जननी तो बना दिया था उसके उदार जीवन सहचर ने। कोई विश्वास कर सकता था कि पूरे दस वर्ष बाद, वह उससे पहली बार बोले थे। आज तक शरीर की क्षुधा से ही कातर हो वह उसके पास मूक याचक बनकर आए थे, उस दिन उदर की क्षुधा से व्याकुल होकर लौटे तो देखा पार्वती तीव्र ज्वर में अचेत पड़ी है और नित्य नाश्ते के लिए भरा कटोरदान रिक्त है। शायद खाने की छुट्टी में आए पाँचों विकट वीर सब चाट-चूट गए थे।

बाहर लू के गर्म थपेड़े कनपटी पर थप्पड़ मार रहे थे, नहीं तो दुकान से ही कुछ लेकर खा लेते। सहसा झुँझलाकर उन्हें और कुछ नहीं सूझा तो अकड़कर दरवाजे की चौखट पर खड़े होकर गरजे, "पार्वती, नाश्ता नहीं रखा आज? मैं सुबह भी भूखा ही चला गया था।" हड़बड़ाकर वह उठ बैठी, तीव्र ज्वर की अचेतावस्था में भी पति की वह कठोर गर्जना उसे कितनी मधुर लगी थी जैसे किसी अरण्य में कहीं घुँघरू बजे हों। "मुझसे कह रहे हैं जी?" उसने आश्चर्य से भयभीत मृगी-सी आँखें विस्फारित कर पूछा। वह पति, जिसने आज तक उसकी ओर कभी ठीक से आँख उठाकर भी नहीं देखा था, जिसका स्पर्श उसे अंधकार ही में पुलकित कर अंधकार ही में सदा विलीन हो जाता था, जिसने आज तक उसे कभी नाम लेकर भी नहीं पुकारा, उसी के मुँह से अपना नाम सुनकर वह मत्त-मयूरी-सी प्रफुल्लित हो उठी। "और किससे कह रहा हूँ। भूख लगी है मुझे।" उसने झल्लाकर कहा।

आज तक तो उसका रूखे पति की एक ही भूख से परिचय था, आज पहली बार वह उससे, ठीक उसी तरह खाने को कुछ माँग रहा था जैसे कभी उसके क्षुधातुर बेटे माँगते थे, "अम्माँ, बड़ी भूख लगी है, दे दे ना कुछ जल्दी।"

वह चादर फेंककर उठी और चौके में घुस गई—ज्वर से उसकी आँखें लाल जवाफूल हो रही थीं। कनपटी पर हथौड़ियाँ चल रही थीं, पैर काँप रहे थे पर उसने मिनटों में आलू की सब्जी छौंक विशुद्ध घृत में पूड़ियाँ उतार लीं। फिर यत्न से परस थाली पति के सामने रख आई। देखते-ही-देखते पूड़ियों का स्तूप शेष कर, पानी गटक बिना कुछ कहे लम्बी-लम्बी डगें भरता शिवसागर चला गया। किन्तु पार्वती फिर लेट नहीं पाई, रात के लिए उसने न जाने कितने व्यंजन बना डाले। दिन में अनजाने में हो गई भूल का प्रतिकार

करने में उसने कोई कसर नहीं छोड़ी। आँधी के वेग से पाँचों बेटे आकर स्वादिष्ट खाने पर टूट पड़े थे, "आज इत्ती चीजें क्यों बनी हैं अम्माँ ?" छुटके ने ही पूछ दिया था। क्या कहती उससे ? वह अबोध बालक, जननी के हृदय में उठ रहे आनन्द के उत्स की थाह पा सकेगा ? विवाह के पूरे दस वर्ष बाद, तुम्हारे पिता मुझसे पहली बार बोले हैं बेटा—ऐसा कुछ कह सकती थी अपने उस लाड़ले से ? जननी के अधर पर लगे सलज्ज दिव्य स्मित को देखने की फुर्सत ही कहाँ थी उसके बेटों को ? अखिल, अमित, अजय, अनिल और आदित्य, सबका नाम प्रथम वर्णाक्षरी से ही चुना था दूरदर्शी पिता ने, कभी भी किसी प्रतियोगिता में बैठें तो नीचे तक दृष्टि नहीं झुकानी पड़ेगी उन्हें। खा-पीकर पाँचों सो गए तो वह उस ज्वर के ताप को निःशब्द झेलती, पति का खाना लिए भूखी बैठी रही। बड़ी रात को लौटे थे शिवसागर मिश्र। पार्वती पहले हाथ-मुँह धोने को लोटा भरकर धर आई, फिर नाना व्यंजनों से सजी थाली। थाली धर वह एक क्षण को ठिठकी भी थी, क्या पता जैसे नाम लेकर पुकारा था वैसे फिर पुकारकर कह दें—पार्वती जा, अपनी थाली भी यहाँ ले आ।

किन्तु, उसे किसी ने नहीं पुकारा, छोटा शायद नींद में गोंगिया रहा था। वह तेजी से अपने कमरे में चली गई और फिर पूतोंवाली विराट तख्त में मछली-से तैरते, इधर-उधर हाथ-पैर फेंकते, गहरी नींद में अचेत पुत्रों के बीच किसी तरह अपनी जगह बना हाथ-पैर मरोड़ गठरी बनकर सो गई थी। वर्षों से वह बेटों के साथ इसी तख्त पर सोती थी और शिवसागर अपने कमरे में। बेटे जगे रहते तो नित्य मल्लयुद्ध छिड़ जाता—आज अम्माँ के पास हम सोएँगे पर छुटका नित्य जन्मसिद्ध अधिकार से माँ से लिपटकर अपनी दुबली-सी बाँहों से उसके पेट को ऐसे जकड़ लेता जैसे माँ की आँतें ही निकाल देगा। अपने इस एकाकीपन को पार्वती ने बिना किसी उपालम्भ के स्वीकार कर लिया था किन्तु उस दिन वह खूब रोई थी, किसी ने उसके तृषार्त अधरों तक जलपात्र छुआकर फिर छीन लिया था। रोते-रोते उसकी हिचकियाँ बँध गईं और आँचल मुँह में ठूँस उसने बड़ी चेष्टा से सिसकियाँ रोकी थीं, कहीं छुटका जग गया और पूछ बैठा कि अम्माँ क्यों रो रही है तू?—तो क्या कहेगी उससे ? छुटका उसके कुछ न कहने पर भी सब जान जाता है, यह वह जानती थी, पर कब तक छिपाएगी अपनी अवहेलना को? सयाने होंगे तो सब जान लेंगे—यही हुआ भी था। शैशव से कैशोर्य की देहरी

तक पहुँचते-पहुँचते पाँचों बेटे जान गए थे कि बाबूजी अम्माँ से नहीं बोलते, फिर भी चारों की सहानुभूति-श्रद्धा-स्नेह की धारा पितृमुखी ही बनी रही। सुदर्शन-दीर्घदेही व्यक्तित्व-सम्पन्न शिवसागर मिश्र ही थे उनके हीरो। उनके कंठ की एक गर्जना ही उनकी सिट्टी-पिट्टी गुम कर देती। पाँचों एक साथ पिता के साथ सन्ध्या-आह्निक को बैठते तो पार्वती अपना सारा दुःख भूल-बिसर जाती। कहते हैं कि माँ को अपनी सन्तान समान रूप से प्रिय होती है। पर ऐसा होता नहीं, सन्तान में सबसे दुर्बल ही जननी को विशेष प्रिय होता है। यही छुटके के साथ भी हुआ था। एक तो सबसे छोटा पेटपोंछना, उस पर हमेशा बीमार रहता था। पाँचों भाइयों में वही सबसे सुन्दर था। दुबला-पतला, कमनीय, सलोना; लड़कियों-सी लजीली हँसी—आँख-नाक को एक साथ उज्ज्वल धार से भिगोती दूधिया हँसी। जहाँ चारों भाइयों के कंठ से मसें भीगते ही सातों सुर एक साथ निकलने लगे थे, वहीं पर छुटके का मिष्ट कंठ पूर्ववत बना रह गया था। कोई जोर से उसे डपटता भी तो वह रुआँसा हो जाता। पढ़ने में वह भी भाइयों की भाँति तेज था। शिवसागर ने भी उन्हें उच्च शिक्षा दिलाने में कोई कसर नहीं रखी। पार्वती ने सचमुच ही अपना नाम सार्थक कर दिया था।

"बड़े भागवान हो बिरादर," शिवसागर के अभिन्न मित्र बदरी ने एक दिन कहा था, "रिटायरी से पहले ही बाघ मार बाघम्बर पर बैठ गए हो। एक हमारे हैं कुलदीपक—चार हजार तनख्वाह पा रहे हैं, पर मजाल है जो कभी बाप को चालीस रुपए भी भेज दें, अब सुना है विदेश जा रहे हैं, कहते हैं लौट आएँगे पर हमारी मानो, हाथ से छूटा तीर और विदेश गया बिटवा कभी वापस नहीं आता।"

ठीक ही कहा था बदरी ने। उनके बड़े बेटे—अखिल को विदेश गए इस जेठ में पूरे सात साल हो जाएँगे, कहाँ आया लौटकर! एक बार आया था, पर वह कहाँ टिक सकता था गाँव में? कभी एक भाई के पास, कभी दूसरे के, कभी अपनी ससुराल, सब बड़े-बड़े शहरों में थे। बाप के छोटे-से घर की मिट्टी अब उसे रोक भी कैसे सकती थी? वहाँ यह है, वहाँ वह है, झाड़ू लगाने की भी मशीन है—बाबूजी, अब देखिए ये इलेक्ट्रिक शेवर है, पर यहाँ बिजली ही नहीं है। शिवसागर के जी में आया कहें—बेटा, वह दिन भूल गए जब हम तुम पाँचों भाइयों को एक साथ नाई की दुकान पर ले जा सवा रुपल्ली में तुम्हारे बाल छोटे-छोटे ऐसे कटवा लाते थे कि महीने-भर तक फिर

न बढ़ें।

पिता के लिए एक घड़ी, अम्माँ के लिए एक झोला-सा स्वेटर, जिसमें उस जैसी तीन पार्वती समा सकती थीं, और विदेशी साबुन-ब्लेड–यह सब उपहार अभी तक उनके टीन के बक्से में ज्यों-के-त्यों धरे थे–आया भी तो बाल-बच्चों को वहीं छोड़ आया–बहुत किराया है अम्माँ, कुछ पैसे जमा कर लूँ, फिर आएँगे।

पर कहाँ आए फिर ! उस बड़े पुत्र से उन्हें कभी कोई आशा नहीं बँधी; छोटा था तभी से पूत के पाँव उन्होंने पालने में देख लिए थे। पाँचों को श्रुतिलेख एक साथ देते थे शिवसागर। वही एक ऐसा था जो पिता की नजर बचा कनखियों से भाइयों की कापी देख चट उतार लेता। जब जस्टिस मिश्रा उसके लिए अपनी पुत्री का रिश्ता लेकर आए तो शिवसागर को लगा, वे सपना देख रहे हैं। इतने बड़े आदमी अपनी पुत्री का रिश्ता उनके बेटे से करेंगे ? बेचारे सरल मिश्रा जी समझ नहीं पाए कि वे उनके बेटे की ऊँची नौकरी से रिश्ता पक्का करने आए हैं, बेटे से नहीं। कहाँ राजा भोज और कहाँ गंगू तेली ! कहाँ रखेंगे उस राजकन्या को !

किन्तु राजकन्या वहाँ रही ही कहाँ थी ? पति के साथ उसकी नौकरी के जादुई कालीन में उड़कर सदा के लिए विदेश के शून्य अन्तरिक्ष में विलीन हो गई थी। दूसरा बेटा अमित इंजीनियर था। उसकी जिद के आगे झुक गए थे, शिवसागर। अन्न, जल त्याग, अनशन ही कर बैठा था उनका यह जिद्दी सपूत। किसी तरह उसकी माँ के गहने बेच, पेट काटकर ही उन्होंने उसे आई.आई.टी. में पढ़ने भेजा और इंजीनियर बनकर निकला तो उनके पहले समधी ही कब उनके हाथ का गस्सा छीन ले गए, वे जान भी नहीं पाए। बड़ी बहन गीता ने ही छोटी रीता को देवरानी बना ऐसा अनुभूत मंत्र उसके कान में फूँका कि वह विदेश चली गई। तीसरे हरामखोर बेटे अजय के विवाह के बाद तो उन्होंने उसका मुँह ही नहीं देखा, न देखेंगे। वह प्रशासकीय सेवा में आया तो कन्याग्रस्त समृद्ध पिताओं ने, उसे प्रस्तावों के चक्रव्यूह में अभिमन्यु ही बना दिया। उदार दहेज के नीलामी हथौड़ों की चोट से शिवसागर लगभग बहरे ही हो गए थे। एक चालीस हजार की घोषणा करता तो दूसरा पचास हजार, तीसरा पुत्री के साथ सजा-सजाया फ्लैट और मारुति गाड़ी का तोहफा सजाए चला जाता। तब तक उनके होनहार बेटे ने

स्वयं ही उनका काम हल कर दिया। उसे तमिलनाडु कैडर मिला था। दुर्भाग्य से किसी दूरस्थ जिले में उसकी नियुक्ति हुई। शासन की बागडोर सँभालते ही उसने खटिया पकड़ ली, पीलिया हो गया था। हालत गम्भीर होने पर भी उसने पिता को खबर नहीं करने दी। कर देता तो शायद बच जाता। अस्पताल में भर्ती हो गया। वहाँ जिस केरलवासिनी नर्स ने उसे रोगमुक्त किया, उसी से विवाह कर लिया उसने। एक दिन बाद चिन्तातुर पिता का जवाबी तार आया। उन्हें उत्तर मिला, मुझे और अपनी बहू को आशीर्वाद दीजिए।

"तुम हमारे लिए मर चुके हो। हम न दोनों रहें तो तुम्हें कंधा देने के अधिकार से हम वंचित करते हैं। अपना काला मुँह हमें मत दिखाना"–क्रोध से फड़कती शिखा फहराते पंडित शिवसागर मिश्र ने स्वयं उस चिट्ठी को लेटर बॉक्स में डाल वहीं पर पच्च से ऐसे थूका, जैसे निर्लज्ज पुत्र के मुँह पर थूक रहे हों। देखा जाए तो पहली बार वही आघात उन्हें पार्वती के निकट ले आया था। वह आघात अकेले झेलने की शक्ति उनमें अब नहीं थी।

बेटे के तार को जब वे फाड़ रहे थे तभी कभी कुछ न पूछनेवाली पत्नी चुपचाप आकर उनके पीछे खड़ी हो गई थी।

"क्या लिखा है तार में, आप इतने परेशान क्यों हैं ? सब कुशल तो है ना ? कुछ बुरी खबर तो नहीं है ?" अपनी बड़ी-बड़ी आँखों की चिन्तातुर दृष्टि उसने पति के तमतमाए चेहरे पर निबद्ध कर पूछा।

"हाँ, बुरी खबर है, मर गया अमिता!"

"हे राम, हे राम!" कहती वह नित्य की भाँति सिकुड़ती धरा पर ढेर हो गई थी। ठीक जैसे कोई नमक छिड़की पहाड़ी जोंक गोल-गोल घूम सहसा निश्चेष्ट हो जाती है। "पार्वती! पार्वती!" कह वे उसकी पलट गई पुतलियाँ और रक्तहीन चेहरा देख भयभीत हो गए। देह एकदम ठंडी पड़ी थी। कहीं दिल का दौरा तो नहीं पड़ गया उसे, इस उम्र में वह भी उन्हें छोड़ गई तो उनका क्या होगा! जिसे जीवन-भर वे खाज से लगी कुतिया की भाँति प्रताड़ित करते रहे, उसकी इस अनहोनी मृत्यु की सम्भावना से वे एक क्षण को स्वयं अपनी चेतना खो बैठे, यद्यपि उस सम्भावित वियोग के बीच भी स्वयं उनकी स्वार्थपरता ही प्रखर हो रही थी। इसे कुछ हो गया तो दो जून की रोटी भी नसीब नहीं होगी उन्हें। पाँच बेटों में से एक भी तो उनके बुढ़ापे का सहारा नहीं बन सकता था, एक छुटके से ही थोड़ी-बहुत आशा थी। पत्नी की

मुट्ठी-भर की देह को शिवसागर ने उठाकर बिस्तर पर धरा, हाथ-पैरों को रगड़-फूँक गर्म करने की चेष्टा की पर वह निश्चेष्ट पड़ी रही। भागकर वे अपने एकमात्र हितैषी मित्र बदरी को बुला लाए। वही कभी अपने इस पाषाण हृदय मित्र को गऊ-सी निरीह पत्नी के प्रति दुर्व्यवहार के लिए क्षमा नहीं कर पाए थे। आश्चर्य था कि सर्वथा विपरीत स्वभाव होने पर भी दोनों आज तक अपने स्कूल की मैत्री को पूर्ववत् बनाए चले आ रहे थे। संस्कारशील शिवसागर के मुँह से कभी किसी ने आज तक क्रोध आने पर भी गाली नहीं सुनी थी। बदरीप्रसाद के हर वाक्य का आरम्भ और अन्त साले से होता था। न उन पर परिवार का बोझ था, न पत्नी का अनुशासन, विधुर बदरी नास्तिक थे, मांस, अंडा, मछली से उन्हें कोई परहेज नहीं था। मित्र के साथ प्रति मंगल हनुमान मन्दिर अवश्य जाते पर बाहर ही खड़े रहते—'निगरगंड मोटा, नफा न टोटा' का मूल मंत्र जपते वे जीवन के सत्तर नीरस वर्ष काट चुके थे। न उन्हें भविष्य की चिन्ता थी, न वर्तमान की। एक बार बेटे से रूठे तो उससे रिश्ता ही तोड़ लिया। सामान्य-सी पेंशन में उनकी गुजर हो ही जाती थी। फिर शिबू जैसा उदार मित्र भी तो था। उस दिन भी वे उस मित्र की विपत्ति की घड़ी में भागते चले आए।

"क्या हुआ ? सच-सच बताओ साले।" सब कुछ सच-सच बता दिया था शिवसागर ने और अबोध बालक-से सिसकते, पत्नी के हिम-शीतल पैरों पर गिर पड़े थे—"मुझे माफ कर दे पार्वती, मैंने तुझे बहुत सताया है, कसाई हूँ मैं!" सदा अकड़ से सीना कबूतर की तरह ताने चलनेवाले अपने अहंकारी मित्र को उस दीन-हीन मुद्रा में देख बदरी पसीज गए, "हो तो साले पूरे कसाई पर जो होना था सो हो गया। लाओ, पकड़ो जरा, खटिया से देही तो उतारनी ही होगी—गंगाजल है घर में, और कुश ?" दोनों मित्रों ने फूल-सी देह को नीचे धरा। फिर शिवसागर ने जो किया, उसके लिए बदरी प्रस्तुत नहीं थे। पागलों की तरह वे झुके और पत्नी की निष्प्राण देह को चूमने लगे। उसके रक्तहीन अधर, कपोल, केश, ललाट, पैर।

"पागल हो क्या! उनकी आत्मा को कष्ट होगा," बदरी ने मित्र का कंधा पकड़कर झकझोरा, "शान्त-स्थिर होकर बैठे रहो। मैं मोहल्ले में खबर कर आऊँ। मिट्टी समय से ही उठानी होगी—बाहर भूरी बदरी घिरी है, कहीं पानी न बरसे।"

सहसा बोलते-बोलते बदरी, भय से निष्प्राण देह की ओर अँगुली उठाकर

बोला, 'अरे देख, देख, भाभी की साँस चलने लगी। हाय राम, कैसा पाप होने जा रहा था हमसे ! यही तो मैं सोच रहा था—ऐसी सती-लक्ष्मी पूस की अमावस में इस घर को छोड़ कैसे जा सकती थी। देख शिबू, अब किसी से कुछ कहियो मत, भाभी से भी नहीं। समझा ? वह हमें कभी माफ नहीं करेगी—मेरे पास पिताजी का दिया मालती वसन्त धरा है। मैं ले आऊँ , दूध में पिला देंगे। असली चीज है, बप्पा कहते थे, 'बदरी, घाट में पड़े मुर्दे के मुँह में भी डाल देगा तो वह घर लौट आएगा।' फिर सारी रात दोनों मित्र अचेत पार्वती के सिरहाने बैठे रहे थे, पलक भी नहीं झपकाई दोनों ने। धीरे-धीरे साँस का वेग प्रखर होता चला गया।

"जा साले, अब बढ़िया चाय बना ला जल्दी—लगता है पसलियों में ठंड घुस गई है। तू फिकर मत कर, अब कुछ नहीं होगा भाभी को।"

शिवसागर ने क्या आज तक कभी चाय का पानी भी खौलाया था ?

अनाड़ी-अनभ्यस्त हाथों से पानी खौलाया, फिर बड़ी देर तक चाय का डिब्बा खोजता रहा, न जाने किस डिब्बे में रखती थी पार्वती। चाय बनी और गिलासों में डालने लगा तो अँगुलियाँ जल गईं। असहाय अश्रुजल से उसकी आँखें डबडबा आईं, कितना अकर्मण्य बना दिया था उसे पार्वती ने ! आज वह चली गई होती तो जीवन कैसा दुर्वह बन उठता !

पार्वती ने अभी भी आँखें नहीं खोली थीं, पर साँस की ऊर्ध्व गति, स्वाभाविक छन्द में उतर आई थी।

"अब सरऊ, हम तुम्हारी पोल खोलकर रख देंगे, आने दो भाभी को होश में। तुमने उनकी जमीन पर धरी देही के साथ क्या किया, कह देंगे हम।" चाय के घूँट सशब्द सुड़कते, बदरी ने बड़ी दुष्टता से एक आँख मींच दी।

"क्या किया था मैंने ?" कुछ न समझ पाने का उपक्रम कर रहे अभिनय-विधुर पैंसठ वर्ष के पंडित शिवसागर मिश्र के दोनों पिचके कपोल सहसा किसी प्रणयिनी किशोरी के कपोलों-से आरक्त हो उठे।

"अब बनो मत साले, पूछते हैं क्या किया मैंने ! अजी हम न होते तो पूतोंवाली को छठा बेटा दे दिया होता तुमने।"

जिस अमावस की मनहूस रात्रि का प्रारम्भ दोनों मित्रों के लिए करुणाविहीन यम के आगमन से भयानक बन उठा था, उसका अन्त हुआ उतना ही मधुर, उतना ही सुखद।

दोनों मित्रों के बीच फिर न जाने कितनी बार चाय का दौर चला, उन सुखद क्षणों में संस्कारशील शिवसागर मिश्र बदरी की निम्न स्तरीय परिहास रसिकता को भी चटकारे ले-लेकर चाय के साथ घुटकते रहे।

''अब मैं चलूँ, चिन्ता मत कर, तेरी घरैतिन लौट आई है घाट से। पर सुन, अब इस बुढ़ापे में ज़वानी में किए एक-एक अपराध की भाभी से क्षमा माँग लेना। फूलों की सेज पर सुलाना अब बुढ़िया को।''

वही किया था शिवसागर मिश्र ने और आज तक किए चले आ रहे थे। यौवन में किए गए एक-एक अक्षम्य अपराध का पूरा प्रायश्चित कर रहे थे वे। पार्वती अभी इतनी दुर्बल थी कि स्वयं उठ नहीं पाती थी, उसे सहारा देकर उठाते, हाथ-मुँह धुलाते, नहा-धोकर चाय बनाते, फिर दलिया बना, अपने हाथों से उसे खिलाते और हर कौर के साथ क्षमा माँगते चले जाते।

''मुझे माफ कर दिया न पार्वती ? तूने नहीं किया तो भगवान भी मुझे कभी माफ नहीं करेगा।''

बिस्तर पर पड़ी पार्वती एकटक अपनी तरल दृष्टि से पति को देखती रहती। क्या यह सचमुच उसका पति कर रहा था या वह कोई सपना देख रही थी ? यदि यह सपना ही है प्रभो, तो इसे भंग मत करना, मैं बिस्तर पर लुंज-पुंज पड़ी यही सपना अन्त तक देखती रहूँ। वह पति, जिसने कभी उसके यौवन को स्वयं अपने हाथों चौदह वर्ष का वनवास दे दिया था, अब उसे पान के पत्ते-सा फेर रहा था, ''मैं उस दिन गुस्से में बौरा गया था पार्वती, मैंने कभी सोचा भी नहीं था कि वह हमारे कुल को ऐसे डुबोकर रख देगा—जानती हो, वह लड़की ईसाइन है। उसके एक मित्र ने लिखा है मुझे।''

''क्यों जी छोटा करते हैं आप ?'' अपने मधुर-शान्त स्वर को मंजीरे-सी खनकाती वह पति को दिलासा देने लगी थी, ''भगवान की यही इच्छा रही होगी। फिर पहले जनम में कुछ बुरे करम किए होंगे हमने।''

शिवसागर आश्चर्य से पत्नी के पीले चेहरे को देखते रहे थे। न उत्तेजना, न क्रोध। शान्त झील-सी आँखों में पुत्र की अबाध्यता के रेले ने, सामान्य-सी हलचल भी नहीं की थी। कहाँ से आ गई उसमें ऐसी दार्शनिकता ?

पार्वती का दुःख इस समय एक ही था, उस आकस्मिक झटके ने उसके हाथ-पैर काटकर बिस्तर पर डाल दिया था, वह पति के लिए कुछ भी नहीं कर पा रही थी। छिः-छिः, लेटे-लेटे पलंग ही तो तोड़ रही थी, बस। और वे जिन्होंने कभी आटे की लोई भी हाथों में नहीं ली थी, उन्हें चूल्हे-चक्की से

जूझना पड़ रहा था। बार-बार वह आँखें बन्द कर ईश्वर से एक ही याचना करती—मैं इन्हीं की गोद में आँखें मूँदूँ और मेरे दो नादान बेटे और कुछ न कर बैठें। पर दूसरे ही महीने चौथा बेटा भी हाथ से निकल गया। उससे तो यही उम्मीद भी थी। वह डॉक्टर था और भोली पार्वती भी इतना जानती थी कि डॉक्टर अमूमन डॉक्टरनी ही लाता है। पर क्या उनके समाज की डॉक्टरनी नहीं जुटती उसे ? बाप से एक बार तो मुँह खोलकर कहा होता। उस पर सुना, बहू का बाप, भतीजे की हत्या के अपराध में किसी जेल में आजन्म कैद की सजा भुगत रहा था। यह अच्छा हुआ कि विवाह होते ही डॉक्टरों का वह जोड़ा स्वयं विदेश की ओर उड़ गया। अब केवल छुटका बचा था। इस बार शिवसागर मिश्र मन-ही-मन दृढ़ निश्चय कर चुके थे कि इस पाँचवें बेटे को अपने ही द्वार के खूँटे से बाँधकर रख देंगे, भागकर देख तो ले—वह तब प्रशासकीय सेवा में जाकर मसूरी में ट्रेनिंग पा रहा था।

बदरी कह रहा था, "वहाँ भी समझ लो, कुआँरों की हाट लगी रहती है—ठीक जैसे सोनपुर का पशु मेला। वहीं या तो लड़की स्वयं फाँस लेती है या लड़की का बाप। फिर छुटका तुम्हारा बहुत सीधा है। बिरादर, ऐसे डरपोक अनाड़ी तैराक ही जल्द डूबते हैं। मेरा कहा मानो तो कोई अच्छे घर की पढ़ी-लिखी लड़की देख बात पक्की कर लो। शादी ट्रेनिंग के बाद होती रहेगी।"

यही तो किया था उन्होंने, फिर भी ठगे गए। बहुत ठोक-बजाकर लिए गए मटके में भी कभी घर लाने पर छेद निकल आता है। वही हुआ। एक तो छुटका बचपन से ही उसकी छाया से भी थर्राता था। पढ़ने में अत्यन्त मेधावी था फिर भी, गणित में 100 में से 99 अंक पाने पर भी बाबूजी का मत्था सिकुड़ जाता, "क्यों बे, एक नम्बर किसमें कटा ?" वे गरजकर पूछते तो वह कुछ बोल नहीं पाता। इसी से, जब उन्होंने कड़ककर कहा, "हमने तुम्हारा रिश्ता पक्का कर दिया है, इसी बैसाख में लगन निकली है।" वह बेचारा एक शब्द भी नहीं कह पाया। यह भी नहीं पूछ सका कि कौन है वह ? लड़की—पढ़ी-लिखी है या अम्माँ की तरह बुढ़ापे में भी घूँघट निकाले रहेगी। किन्तु शिवसागर मिश्र ने अपने सजीले बेटे के लिए टक्कर की ही लड़की ढूँढ़ी थी। गोरी, उजली, दुबली-पतली, तीखे नैन-नक्श और कान्वेंट-शिक्षित। बदरी के साढ़ू ही बिचौलिया बने थे। कन्या के पिता ने पुलिस विभाग के सर्वोच्च पद से अवकाश ग्रहण किया था। इसी से रस्सी

जलने पर भी रस्सी की ऐंठ नहीं गई थी। चाल में अभी भी अकड़ थी। आवाज में कड़क। बदरी के ही कहने पर शिवसागर मिश्र ने उसी शहर में कुछ दिनों के लिए एक कोठी किराए पर ले ली थी और वहीं से विवाह निबटा गाँव चले आए थे, पुलिस महकमे के अपने रोबीले समधी को भला वे अपने गाँव के उस छोटे-से मकान में बारात लाने को कैसे कह सकते हैं? विवाह का निमन्त्रण, उन दो निष्कासित बेटों को नहीं भेजा गया, जिन्होंने अन्तरजातीय विवाह किए थे। उन दो बेटों को, जिन्होंने अपने ही समाज में विवाह किया था, बड़ी आशा से ही निमन्त्रण भेजा गया था, पर वे भी नहीं आए। एक ने अपनी बीमारी की बात लिख असमर्थता व्यक्त की थी, दूसरे ने पत्नी की। "हम जानते हैं कैसी बीमारी है पार्वती !" लम्बी साँस खींचकर शिवसागर मिश्र ने कहा था, "आ जाते तो जरा हमारी भी नाक ऊँची हो जाती, उस ऐंठू समधी के सामने कि देखो, हम भी एकदम गए-बीते नहीं हैं।"

छुटके की बहू भी एक ही बार गाँव आई, फिर आज तक उसका द्विरागमन कभी नहीं हुआ। कितने वर्ष बीत गए थे फिर। अब तो छुटके के बालों में भी सफेदी आ गई थी। तसवीर भेजी थी उसने, दुबली-पतली बहू फूलकर ढोल हो रही थी। उस पर भी छुटका बराबर यही लिखता था कि रीना बीमार है। हर तीसरे साल गुलाब की कलम की भाँति, उसकी देही काँटी-छाँटी जाती। एक-न-एक ऑपरेशन होता रहता। कभी रीना की आमाशय की पथरी निकाली जा रही है, कभी एपेंडिक्स और कभी बच्चेदानी।

शिवसागर मिश्र एक ही बार पुत्र की गृहस्थी देखने गए थे, जब वह नया-नया कलक्टर बना था।

"अम्माँ को नहीं लाए, बाबूजी ?" बहू ने पूछा था, बोलने की तो वह ऐसी मीठी थी कि शिवसागर को भय होता, कहीं उससे अधिक बतियाए तो उनकी ब्लड सुगर न बढ़ जाए।

"नहीं।"

"क्यों, तबीयत ठीक नहीं है क्या ?

'तबीयत-उबियत सब ठीक है, पर हमने सोचा, बुढ़िया अभी भी घूँघट निकालती है, तुम्हारी कलक्टरी में बेमेल लगेगी।"

मर्मस्थल पर चोट करना खूब जानते थे मिसिर। यह भी कह सकते थे कि बेटा, तुमने तो अम्माँ को साथ लाने को लिखा नहीं था, यही लिखा था

कि बाबूजी, आप एक बार आकर हमारी गृहस्थी देख जाइए। जिसने नौ महीने पेट में रखा उसका ध्यान नहीं आया पुत्रवर ? पर यह सब नहीं कहा उन्होंने, पर जो गोली उन्होंने दागी थी वह ठीक बेटे की छाती में जाकर धँस गई थी। तड़पकर रह गया था वह ! ठीक ही तो कह रहे थे बाबूजी। वह सर्वस्व त्यागिनी जननी, जिसके पेट में हाथ डाल वह उसके पास सोने के लिए चारों भाइयों को सींग मार-मारकर दूर खदेड़ देता था, उसे वह सचमुच ही भूल गया था। अब वह संसार में दो ही व्यक्तियों से डरता था। दोर्दंड पिता से और उग्रतेजी अग्निगर्भा पत्नी से। कहीं अम्माँ से कुछ कह बैठती रीना तो बाबूजी अनर्थ कर सकते थे। छुटके का छोटा बेटा आनन्द तब अंग्रेजी स्कूल में पढ़ रहा था। बड़ी बेटी भी कान्वेंट में पढ़ रही थी। शिवसागर मिश्र को पोते की वह शिक्षा एकदम नापसन्द थी। जब देखो तब हाथ में कॉमिक्स और मुँह में च्युंगम।

"अरे, यह क्या गाय-भैंस की-सी जुगाली करता रहता है तू ! क्या खाता है दिन-भर ?" कॉमिक्स के आनन्दोदधि में आकंठ डूबे पौत्र की उस चुप्पी को अबाध्यता समझ, शिवसागर मिश्र बौखला गए थे। बहू-बेटे के साथ वे नाश्ता कर रहे थे। छुटका भी कई बार बेटे को नाश्ता करने बुला चुका था। वह उठ ही नहीं रहा था। "अरे सुना नहीं क्या ? मैं पूछता हूँ, क्या चबा रहा है तू ?" शिवसागर की 'भृकुटि विलास सृष्टि लय होई' वाली मुखमुद्रा पहचानते ही छुटका काँप गया, कहीं हाथ न उठा बैठें बाबूजी।

वही किया उन्होंने, उठे और चट से एक चाँटा धर दिया अबाध्य पौत्र के गाल पर।

बेचारे नहीं जानते थे कि जिसे वे पौत्र की अबाध्यता समझ रहे थे वह तो इस युगीन पीढ़ी की विशेषता थी। यदि हाथ में कॉमिक्स हो तो एक प्रश्न को चार बार पूछिए, तब कहीं अन्यमनस्क उत्तर मिलेगा,"हूँ!"

जिस छुटके ने अपने कैशौर्य तक, बाप के ऐसे अनेक झापड़ खाकर भी कभी मुख खोलना नहीं सीखा था, उसी का बेटा नन्हें सँपोले-सा तनकर खड़ा हो गया और डस ही दिया पितामह को, "हाउ डेयर यू ! क्यों मारा मुझे, कौन होते हैं आप !"

एकाएक शिवसागर मिश्र का वर्षों से भूला-बिसरा उग्र अनुशासन पूरी शक्ति से उनके चौड़े पंजे में उतर आया। वही शिवसागर, जो स्कूल के छँटे-से-छँटे शातिर छात्र को अपने एक ही झापड़ से सीधा कर देते थे, उठे

और बोले, "अभी बताता हूँ, कौन होता हूँ मैं !

फिर चटाचट-पटापट थप्पड़ों की शिलावृष्टि से भयभीत हो बहू ने पिटते पुत्र को खींचकर छाती से लगा लिया था। "जानवर, जंगली हैं आप," वह ससुर से कहती हाँफने लगी, "हमने आज तक इसे कभी फूल की छड़ी से भी नहीं छुआ !" छुटका चुपचाप बैठा रहा, न उसे पिता का पक्ष लेने का साहस था, न पत्नी का।

"वह तो देख ही रहा हूँ," शिवसागर ने नाश्ते की अनछुई प्लेट दूर खिसका दी, "तुम दोनों के दुलार ने ही इसकी यह हालत कर दी है। सातवीं में पढ़ रहा है और कल गणित का एक सामान्य-सा प्रश्न भी हल नहीं कर पाया। न अंग्रेजी ही ढंग की लिख पाता है, न हिन्दी। विज्ञान में एकदम गोल। कहता है डैडी ने कैलकुलेटर मँगा दिया है, हम कैलकुलेटर से सवाल करते हैं। एक दिन जब समझ में आएगा इसके दिमागी कलपुर्जों में तुम यह सब दिलवाकर जंग लगा रहे हो, तो बहुत देर हो चुकी होगी। लानत है तुम पर, जो इसे अब तक सामान्य शिष्टाचार भी नहीं सिखा पाए—न बड़ों का आदर, न छोटों से प्यार, न नौकरों से ढंग से बातें करना। कल तुम्हारा अर्दली स्कूल पहुँचाने देर से आया तो पूछो क्या कहा इसने ?"

"क्या कहा मैंने ?" बेटे का बेटा, क्रुद्ध जंगली बिल्ले-सा कूबड़ निकाल, ऐसे आगे बढ़ा जैसे उनका मुँह नोच लेगा।

"जो तुमने कहा, वह मैं अपनी जबान पर भी नहीं ला सकता...मैं इसे पढ़ाने लगा," वे पहली बार खिसियाए नतमस्तक बैठे बेटे की ओर बढ़े, "तो तेरी बहुरिया को बड़ी माख लगी—मैंने वह सब सुन लिया छुटके, जो यह बरामदे में तुमसे कह रही थी। बेचारी शायद देख नहीं पाई कि मैं भीतर ही बैठा अखबार पढ़ रहा हूँ।"

छुटके का चेहरा झुकता-झुकता एकदम ही नीचे आ गया था। उसका बस चलता तो वह मेज के नीचे दुबक जाता। "वह कह रही थी," शिवसागर कहने लगे, "तुम्हारे बाबूजी तो आनन्द के पीछे हाथ धोकर पड़ गए हैं, स्कूल से लौटकर एक मिनट सुस्ता भी नहीं पाता बेचारा। जब देखो तब उसकी गर्दन दबोचे बैठे हैं। अब घर जाने को कहें तो तुम उन्हें मत रोकना, कुछ महीने और रह गए तो आनन्द का भेजा ही चाट उसे कूढ़मगज बना देंगे...ठीक कहती हो बहू—कहीं वैसा ही न बना दूँ जैसे अपने पाँच को बना दिया है, दो आई.ए.एस., एक डॉक्टर, एक इंजीनियर और एक वैज्ञानिक।

आज जिसके पढ़ाए विद्यार्थियों में से कोई कमिश्नर है, कोई पुलिस का वरिष्ठ अधिकारी, वह तुम्हारे बेटे को कूढ़मगज ही तो बना देगा। बहू, इत्ता हम समझ गए हैं, तुम्हारी पंगत में अब हम बूढ़ों की पत्तल नहीं बिछ सकती। भलाई इसी में है कि हम सब बुड्ढे-बुढ़ियों को, जिन्हें तुम अपनी भाषा में 'ओल्डीज' कहते हो, एक कतार में खड़ा कर धाँय-धाँय गोली चला ढेर कर दो। न रहेगा बाँस न बजेगी बेसुर बाँसुरी।''

और फिर उसी क्षण शिवसागर मिसिर बिना खाए-पिए अपना बुकचा लटकाए पुत्र के गृह से निकल गए थे।

एक-दो बार अपराधी पुत्र ने प्रायश्चित करने की चेष्टा भी की। एक बार दो हजार का ड्राफ्ट भेजा, दूसरी बार पूरे पाँच हजार का, पर दोनों ही बार ड्राफ्ट उसी के पते पर लौट आए। अब तो पाँचों पुत्रों के मोह-बन्धन से मुक्त हो गए थे शिवसागर। उन दोनों की पेंशन, उन दो प्राणियों के लिए बहुत थी, उस पर चाय-पानी का ऊपरी खर्चा वे दो-तीन ट्यूशनों से निकाल लेते थे। सन्ध्या होते ही दोनों मित्र घूमने निकल जाते, लौटते तो पार्वती चाय खौलाकर तैयार रखती। क्या चाय बनाती थी पार्वती ! गुड़ का सौंधा स्वाद, तुलसी की पत्ती, सोंठ, इलायची , न जाने कौन-कौन-से मसाले कूटकर धरे रहती शीशी में, गाढ़ी चाय और गाढ़ा दूध। एक ही घूँट, शरीर के समस्त वात-पित्त को हवा में उड़ाकर रख देता था। कभी-कभी मित्र को शिवसागर जबरन खाने के लिए भी रोक लेते, रात अधिक हो जाती तो बदरी, छत के कमरे में ही खटिया डालकर सो जाते। छत का वह कमरा उस पैतृक गृह का सबसे पुराना कमरा था। चारों ओर ईंटों की जीर्ण दीवारों को अधःपतन से रोकने के लिए, दोनों मित्रों ने किसी प्रकार से चार मोटे बाँस लगा दिए थे। शिवसागर की गृहस्थी की गाड़ी ठीक ही चल रही थी। पर इधर पार्वती का क्रमशः रक्तशून्य हो रहा चेहरा, उन्हें सहमाने लगा था। क्या हो गया था उसे ? क्या पुत्रों की उदासीनता ही उसे घुला रही थी या कोई घातक रोग लग गया था उसे ? आजकल तो जिसे सुनो, उसे ही कैंसर घसीटता मृत्यु की खोह में लिए चला जा रहा था। कहीं कैंसर ही तो नहीं हो गया उसे? अपनी ओर से तो उन्होंने उसकी देख-रेख में कहीं भी त्रुटि नहीं रहने दी थी। रात-रात-भर उसका हाथ अपने हाथों में लिए बैठे रहते थे। पर बेचारा शुष्क शिवसागर, वह यही नहीं जानता था कि बहुत दिनों के भूखे

को यदि छप्पन प्रकार के व्यंजन एक साथ खिला दिए जाएँ तो पेट भर वह खुराक उसके लिए कुपथ्य ही बन उठती है। यौवन-भर तो वे उसे भूखी ही छोड़ गए थे। अब इस वयस में वे लाख व्यंजन परस उसके सम्मुख धर दें—वह क्या खाक खा पाएगी ? वह मुँह खोलकर कुछ बताती नहीं थी पर वे देखते, प्रायः ही वह सामान्य-से कार्य से भी थककर, पति की दृष्टि बचा, बीच-बीच में चुपचाप खटिया पर पसर जाती। यही सब देख, आत्मसम्मान को ताक में धर पूरे दस वर्ष बाद छोटे पुत्र को पत्र लिखा था। वह अब सचिव का पदभार ग्रहण कर दिल्ली पहुँच गया था। सुना था, दिल्ली ही अब अफसरों का मदीना थी, मंत्रियों का महातीर्थ। छुटका चिकित्सा विभाग का सचिव था। सम्पूर्ण भारत के धन्वंतरियों की जन्म- कुंडलियाँ उसकी मुट्ठी में बन्द रहती होंगी। दिन-दिन घुलती माँ की देह को शायद पुत्र के पद की महत्ता बचा ले। धीरे-धीरे उन्होंने पार्वती को भी उस चिकित्सा यात्रा के लिए पटा लिया था। वह बेचारी पाँचों पुत्रों की देहरी पर ठोकर खा चुकी थी कि अब सहज में, पतिगृह की देहरी की लक्ष्मण रेखा लाँघने में भी डरती थी। पूरा महीना बीत गया। छुटके का उत्तर नहीं आया। इस बीच पार्वती की हालत और गिर गई, फिर शिवसागर मिश्र ने स्वयं निर्णय लिया, वे उसके पत्र की व्यर्थ प्रतीक्षा नहीं करेंगे, स्वयं पार्वती को लेकर पहुँच जाएँगे।

"बदरी", उन्होंने अपने मित्र से कहा, "सोच रहे हैं, तुम्हारी भाभी को लेकर दिल्ली हो ही आएँ। छुटका कई बार बुला चुका है।" बदरी ने बड़ी ही व्यंग्यपूर्ण दृष्टि से मित्र को देखा। अपने प्रश्न को तिर्यक् स्मित से और भी घातक बनाकर पूछा, "अच्छा ? बुलाया है छुटके ने ? हो आओ बिरादर, पर जल्दी लौट आना।" छुटके को माँ के हाथ के बने गोंद-मेवे के लड्डू बेहद पसन्द थे। उस हालत में भी आधी रात तक जागकर पार्वती ने लड्डू बनाए, मठरी, बेसन का लट्ठा और खोरमा, पूरी कनस्तरी ही भर-भरकर धर ली। जब अपनी गठरी, कनस्तरी और रंग उड़े फूलदार बक्से के साथ, पुत्र की कोठी पर पहुँचे तो देखा, स्टूल पर बैठा गोरखा दरबान बीड़ी पी रहा है। उसने पहले उस देहाती जोड़े को द्वार पर ही रोक दिया। पर फिर परिचय पाते ही वह उन्हें भीतर ले गया, "आप ड्राइंग रूम में बैठिए साब, मेम साब कहीं गया है, अभी आता ही होगा।"

दोनों अपने ही बेटे के गृह में सहमे अनजान अतिथि-से घंटों बैठे रहे। कैसी सुन्दर सजावट थी कमरे की, मूर्तियाँ, मखमली सोफा, जहाज-सी कुर्सियाँ!

सहसा पुत्र के वैभव के बीच, पार्वती को अपना अतीत याद हो आया। कितना संकुचित था वह अतीत और कितना उदार था यह वर्तमान ! इन बच्चों के वैभव की प्रतीक थी तब घर की एकमात्र आरामकुर्सी जिसे उनके बाबूजी, एक बार शहर जाने पर नीलाम से खरीदकर लाए थे। पार्वती ने ही उस ढीली पड़ रही बेंत की बुनावट को बचाने के लिए पुराने लिहाफ की रुई भर एक गुदगुदी गद्दी बना दी थी। उसमें अर्धशायित पति की रौबदार मुद्रा पर वह बाहर-भीतर जाते, बार-बार न्योछावर होती थी। मजाल थी, शिवसागर के घर पर रहते कोई उस कुर्सी पर बैठ तो जाए, पर जहाँ वह घर से बाहर जाते, तो पाँचों बेटे उस पर टूट पड़ते। जो पहले अपने बाहुबल से चारों को पराजित कर उस पर बैठता, वहीं से विजयपूर्ण घोषणा करता—'राजगद्दी मेरी।'

आज, उसके पाँचों बेटे एक से बढ़कर एक राजगद्दियों पर आसीन थे। सारथी के हाथों से पाँचों की लगाम कब की छूट चुकी थी। क्या अब उन्हें घर की उस राजगद्दी की याद आ सकती थी ?

उसने कनखियों से पति को देखा, न जाने किस सोच में डूबे थे—जरा-सा मुँह निकल आया था। घर पर होती तो अब तक उन्हें तीन-चार बार चाय पिला चुकी होती। ऐसे बिना छुटके को बताए क्या उनका यहाँ आना उचित था ?

इतने ही में कार का शब्द सुन दोनों एक साथ चौंके, पार्वती ने अब तक छाती से चिपकाई दबी पोटली नीचे धर दी। शिवसागर ने रुग्ण पत्नी की भय से फैली तरल पुतलियाँ देख उसकी ठंडी हथेली, अपने सशक्त पंजे में थामकर, मूक आश्वासन दिया, "घबरा नहीं पार्वती, कहीं जंगल में तो नहीं आए हैं, हैं तो हमारे बेटे ही का घर।" खट-खट करते जूतों की आहट जितनी ही निकट आ रही थी, पार्वती का पिद्दी-सा कलेजा उतनी ही बार धड़क रहा था—धड़-धड़। पूरे दस वर्ष बाद देख रही थी उसे, कितना बदल गया था छुटका—अधपके बाल, खिचड़ी मूँछें, पर अब भी कैसा सजीला लग रहा था नीले सूट में, पीछे-पीछे बहू थी। रँगे होंठ, कटे बाल, सँवरा भृकुटि-विलास। उदर-दर्शिनी ब्लाउज से निकली मेद-बहुल परतें।

बेटे का चेहरा देखते ही शिवसागर समझ गए कि उनका ऐसे बिना पूर्वअभिज्ञता के यहाँ चले आना बेटे को अच्छा नहीं लगा।

"आपने कुछ लिखा नहीं, एकदम ही चले आए बाबूजी," उसके कंठ

की झुँझलाहट कुछ अधिक ही तीखी हो उठी।

"क्यों ? चले जाएँ क्या ?" शिवसागर भी नहले पर दहला थे।

"नहीं-नहीं, कैसी बातें कर रहे हैं आप ? उसने खिसियाकर बात पलट दी, "तार कर दिया होता तो हम स्टेशन पर आ जाते।"

"तुम्हारी अम्माँ की क्या हालत है, देख ही रहे हो। सोचा, जिस ऊँचे ओहदे पर हो, इसे आसानी से डॉक्टरों को दिखा सकोगे, चिट्ठी तो लिखी थी, तुमने जवाब दिया ही कहाँ ?"

"आप नहीं जानते, मेरी नौकरी कैसी है। कभी-कभी बारह बजे रात तक घर नहीं आ पाता। फिर यह दिल्ली है बाबूजी, यहाँ डॉक्टरों से भी महीना-भर पहले एप्वाइंटमेंट लेना पड़ता है। खैर, आप हाथ-मुँह धोकर कुछ खा-पी लें, फिर कल देखी जाएगी।"

"बच्चे कहाँ हैं छुटके ?" पार्वती ने डरते-डरते ऐसे पूछा जैसे कोई अपराध कर रही हो। छुटका जोर से हँसा, पार्वती के हृदय में ढुलकता स्मृति-कलश एक बार फिर छलक उठा, ठीक वैसे ही हँसता है अब भी, जैसे पहले हँसता था। सिर पीछे कर आँखें मूँद लेता था हँसने में।

"अब वे बच्चे कहाँ रहे अम्माँ, स्मिता बम्बई में एक होटल में रिसेप्शनिस्ट है, आनन्द पूना में है, फिल्म इंस्टिट्यूट में पढ़ रहा है।" शिवसागर मिश्र के चेहरे की मांसपेशियाँ तन गईं, "अच्छा, तो भाँड़ ही बना रहे हो बेटा को?"

"कैसी बात कर रहे हैं बाबूजी।" देश की राजधानी का वह वरिष्ठ सेनापति झक्की पिता की बात सुन भन्ना उठा था। बहू ने सास से एक शब्द भी अब तक नहीं कहा, वह ससुर की बात सुनते ही भीतर चली गई। पीछे-पीछे छुटका।

न फिर बेटा ही झाँकने आया, न बहू। पलंग बिछाकर नौकर ही ने पूछा, "आप क्या खाएँगे साहब ?"

"कुछ नहीं, हम अपना खाना साथ लाए हैं।" शिवसागर को पार्वती ने शंकित दृष्टि से देखा, कहीं फिर कुछ उलटा-सीधा न कह डालें—आते ही तो बहू-बेटे को नाराज कर दिया।

दोनों ही फिर पुत्र की उस सजीली कोठी में, बिना कुछ खाए-पिए ही सो गए थे।

दूसरे दिन शिवसागर की आँखें खुलीं तो पार्वती, दोनों हाथ छाती पर धरे

चुपचाप छत को देख रही थी। चेहरा एकदम ही धूसर पड़ गया था। न जाने प्राण कहाँ टिके थे उसके। कंकाल-सी देह पर, मांस की एक पारदर्शी परत मात्र रह गई थी।

"कैसा जी है पार्वती ?" उन्होंने बड़े लाड़ से, उसके ललाट पर हाथ धरा और चिहुँककर हटा लिया। ठंडे पसीने से ललाट भोर की भीगी हुई दूब-सा आर्द्र था।

"सुनो जी, मुझे आज ही घर ले चलो," उसने पति का हाथ पकड़ लिया, अश्रुवाष्प से उसका कंठ अवरुद्ध हो गया।

एक ही वाक्य में उस निरीह नारी ने अपनी समस्त, सन्तानजन्य व्यथा उड़ेलकर रख दी थी। वे जानते थे कि वह कितने उत्साह से यहाँ आई थी। छुटका उसके कलेजे का टुकड़ा था। बार-बार बदरी से उसने कहा था, "देखना, अब की पूरा महीना बच्चों के साथ बिताकर आऊँगी...छुटके से कहूँगी—जब आई ही हूँ तो चल छब्बीस जनवरी का जलसा दिखा ला हमें। दिसम्बर तो यहीं बीत गया, दिन ही कितने हैं।"

फिर रात-रात जागकर नाश्ता तैयार किया और कनस्तरी में भरा था बेचारी ने, आज वही रत्नगर्भा कनस्तरी, अनछुए कोने में धरी थी। बहू का उस सुदामा की तन्दुल-भरी पोटली की ओर भर्त्सनापूर्ण दृष्टिपात शिवसागर ने देख लिया था। पार्वती कितनी ही भोली क्यों न हो, पुत्र के व्यवहार से वह जान गई थी कि उनके आकस्मिक आगमन ने बहू-बेटे को पुलकित नहीं किया है। एक बार परदे की आड़ से ही छुटका कह गया, "मैंने अपने पी.ए. से कह दिया है। वह ग्यारह बजे तक आप लोगों को लेने आएगा, वही अम्माँ को सब टेस्ट्स करवा देगा। अम्माँ, आप सुबह कुछ खाइएगा नहीं, सब जाँच खाली पेट ही होगी।"

शिवसागर सन्न रह गए थे, मृत्युद्वार पर खड़ी जननी को स्वयं दिखाने का भी समय नहीं है पुत्र को ? आधी रात को आँखें खुलीं तो देखा, पार्वती उकड़ू होकर बैठी, दोनों घुटनों के बीच सिर छिपाए सिसक रही है।

वे हड़बड़ाकर उठे और दोनों हाथों से सिसकती पार्वती पर झुक गए, "क्या बात है पार्वती, कहाँ तकलीफ है ?"

"मुझे अभी घर ले चलो जी, यहाँ मेरा दम घुटा जा रहा है।"

"ठीक है, ठीक है पार्वती, हम कल ही लौट जाएँगे। अभी इतनी रात को तो कोई सवारी भी नहीं मिलेगी, आओ, सो जाओ।" उन्होंने उसे ऐसे

पुचकारा जैसे किसी अबोध बालिका को पुचकारकर मना रहे हों। आज्ञाकारिणी बालिका-सी ही वह चुपचाप पति के पार्श्व में सो गई और अपने कृशकाय बाहुपाश में उसने पति को ऐसे जकड़ लिया जैसे वह उसे छोड़कर कहीं भाग रहा हो। ऐसा तो उसने पहले कभी नहीं किया था, एक अज्ञात आशंका से शिवसागर का हृदय काँप उठा, यह कैसा बचपना कर रही थी वह ? क्या किसी चिरन्तन वियोग की आशंका ही उसे ऐसे त्रस्त कर रही थी, या बेटे-बहू की बेरुखी से डरकर वह भयभीत कपोती-सी उसे ऐसे जकड़े जा रही थी ? उसकी दुबली-पतली देह का अविराम कम्पन, स्वयं दीर्घदेही शिवसागर की चट्टान-सी देह को थरथर कँपा रहा था। तब क्या यही मृत्यु कम्प था ? कभी-कभी वह फुसफुसाकर कहती, "वह आ रहे हैं, वह देखो, वहाँ।"

"कहाँ, कौन आ रहे हैं पार्वती ? यहाँ तो कोई भी नहीं है। रुको मैं बत्ती जला दूँ।" किसी तरह उसके बाहुपाश से अपने को मुक्त कर शिवसागर उस अनजान कमरे की परिक्रमा कर, दीवारों पर स्विच ढूँढ़ने लगे और द्वार से टकरा गए। ललाट पर गूमड़ उभर आया पर स्विच नहीं मिला। हारकर वे पार्वती के पास आकर लेट गए, वह चुपचाप पड़ी थी। क्लान्त, टूटी, निश्चेष्ट।

कहीं सब कुछ शेष तो नहीं हो गया ? घबराकर उन्होंने अपनी हथेली उसकी नाक से सटा ली—नहीं, साँस चल रही थी।

"हे भगवान, यदि मैंने जीवन-भर कोई पाप नहीं किया हो तो इस घर में कुछ न हो, यह उसी घर से जाए, जहाँ इसकी स्मृतियों से भरा अशर्फियों का घड़ा गड़ा है।"

भोर हो गई थी। सहसा कहीं कौए एक साथ काँव-काँव कर उठे। सड़क पर दो-तीन कुत्ते विकृत स्वर में विलाप कर उठे, एक टिट्टिभ चीखती आकाश की शून्यता को चीरती निकल गई। सूर्य की पहली किरण पार्वती के सफेद चेहरे पर पड़ी, आश्विन के श्वेत फेनिल मेघ ही जैसे उसके चेहरे पर आकर बिखर गए थे। अपनी देह पर झुके चिन्तातुर चेहरे को देख उसने हँसने की चेष्टा की पर ललाट पीड़ा से संकुचित हो गया। "क्या बात है पार्वती, बहुत कमजोरी लग रही है ना?"

एक बार उसके काँपते अधर फिर दयनीय चिरौरी में सिमट गए, "अब तो भोर हो गई, मुझे घर ले चलो जी।"

"ठीक है, तुम लेटी रहो, अभी सब सो रहे हैं, जागने पर जाने नहीं देंगे। मैं सवारी ले आता हूँ।"फिर थोड़ी ही देर में शिवसागर स्कूटर ले आए, घर से बाहर ही रुकवा आए थे, जिससे उसकी खर्र-खर्र से कोई जाग न पड़े। ऐसी हालत में पार्वती को बिना आरक्षण के कैसे ले जा पाएँगे, यह बात भी सोचने का अवकाश नहीं था उन्हें, पहले सामान धरा, फिर क्रुद्ध आशुतोष-से पत्नी की देह कंधे पर डाल वे स्कूटर में बैठ गए।

यार्ड में खड़ी ट्रेन सहारनपुर जा रही थी, टिकट लेकर उसी में बैठ गए। जाए किसी भी पुर, यह मनहूस शहर तो पीछे छूटेगा। उस धूल का एक-एक कण, बिच्छू बना उन्हें हर पल डंक दे रहा था। इस शहर को छोड़ते ही पार्वती ठीक हो जाएगी। उसका अनुमान ठीक था। गाड़ी के चलते ही पार्वती उनकी गोद में सिर धर गहरी नींद में डूब गई।

न जाने कितनी बार गाड़ी बदली, कभी ट्रेन और कभी बस में लम्बा सफर तय कर दोनों अपने घर पहुँचे तो रात हो आई थी। अब कैसा भय! कुम्भीपाक नरक से निकल अब वे दोनों अपने नंदन कानन में पहुँच गए थे। यहाँ से उनकी पार्वती को खींच ले जाएँ इत्ते बाल थे क्या यमराज की छाती में ?

दूसरे दिन तड़के ही बदरी आ गए, शिवसागर कुछ न पूछे जाने पर भी निरन्तर पुत्र के वैभव का वर्णन किए जा रहे थे—"दो-दो कारें खड़ी रहती हैं दरवाजे, एक दफ्तर की, दूसरी अपनी। बहुत बड़ी कोठी है, पर पैर कहाँ टिक पाता है बेचारे का। अभी प्रधानमन्त्री के साथ जापान गया, उससे पहले वाशिंगटन, बहुत मानते हैं उसे।"

"अब चुप भी करो साले, दाई से पेट नहीं छिपता है ! हम जान गए हैं कि खोटे सिक्के-से ही फेर दिए गए हो। हम क्या इन अफसर बेटों को नहीं जानते ? पर हमें बुरा यह लग रहा है बिरादर, हमारे चन्दर ने और उसकी बहू ने हमें कान पकड़कर निकाल बाहर किया, तो हमने चट तुमसे सब उगल दिया। एक तुम हो कि हमें ही उल्लू बनाए जा रहे हो।" मुँहफट मित्र का उपालम्भ दोनों को निर्वाक् बना गया।

"ठीक कहते हो बदरी, हम इससे रास्ते-भर यही कहते रहे कि तुझे गाँववालों ने पूतोंवाली का खिताब दिया, इससे तो निपूती कहा होता। वह जो कविता हमने बचपन में पढ़ी थी बदरी, कि :

पाँच पूत रामा बुढ़िया के, बाकी बचा न एक

वही हो गया हमारे साथ।''

''चुप भी करो,'' पार्वती का क्षीण स्वर भी एक पल को तीखा हो उठा, ''ऐसी अमंगली बात मुँह से मत निकालो, पाँच-पाँच बेटों के रहते मैं क्यों निपूती होने लगी ?''

''मैं जानता हूँ बिरादर'', बदरी ने अधजली बीड़ी रगड़कर बुझा कान में खोंस ली। भाभी को बीड़ी का कड़वा धुआँ बहुत बुरा लगता था, ''यह दर्द कभी जाता नहीं, औलाद की दागी गई गोली, चिता में चढ़ने तक कलेजे ही में धँसी रहती है,'' उसी गोली को कलेजे में लिए बदरी, पिछले दस सालों से ऐसे ही घूम रहे थे। ठीक दस वर्ष पूर्व वे भी पुत्र के बिन बुलाए पाहुने बनकर गए थे। बम्बई का नाम तो सुना था पर कभी वहाँ जा भी पाएँगे, यह बात उन्होंने सपने में भी नहीं सोची थी, बेटे ने विवाह अपनी ही पसन्द का किया था, पर लड़की अपने ही समाज की थी। तीन-चार साल तक कभी-कभार बेटा बूढे बाप को आकर देख जाता पर अपने साथ रहने का आग्रह न बेटे ने किया, न बहू ने। अब तो उन्हें अपने विधुर जीवन की आदत पड़ गई थी पर तब घरनी गई ही थी, घर काटने को दौड़ता। फिर उन्हें पौत्र जन्म का तार मिला। खुशी से बौरा ही गए थे बदरी। पाँच रुपए के बताशे मँगवा, सारे गाँव के नाते-रिश्तेदार की स्त्रियों को न्योत, सोहर भी गवा लिए थे।

''कब जा रहे हो बदरी काका, पोता देखने ? तनी यहाँ तो बुलाओ ना, हम भी देख लें।''

''जाएँगे-जाएँगे, ऐसी जल्दी क्या है, अभी तो बहू अस्पताल ही में है, आराम से जाएँगे।''

पर जाने की वह तिथि कभी नहीं आई। एक-एक कर बच्चे के दो जन्मदिन बीत गए। फिर तीसरे जन्मदिन में वे स्वयं कुछ देहाती फूहड़ स्वेटर और रंग-बिरंगे कनटोप लेकर पहुँच गए थे। बुद्धिमानी यही की थी कि आने का तार दे दिया था, नहीं तो कहाँ भटकते उस सुरसा-से मुँह फैलाए शहर में। उन्हें लेने बहू-बेटे स्टेशन आए तो थे, पर दोनों का चेहरा पिता के देहाती लिबास को देखकर लटक गया था। पीली पड़ गई धोती, नीली फूलदार मिर्जई निरन्तर तेल-मर्दन से एकदम काली पड़ गई थी, पैरों में चमरौंधा जूता और बीभत्स टीन का बक्सा। क्या बँगला था चन्दर का और कैसी सजावट !

आया पोते का हाथ पकड़कर घुमा रही थी। उन्होंने झट से पोते की बन्द मुट्ठी में पाँच का तुड़ा नोट थमाया तो कलमुँही आया मुँह फेरकर हँसने लगी—उसने इस बच्चे की पहली नैपी धोने का नेग ही एक सौ एक रुपया लिया था। फिर तो दूसरे ही दिन से मिर्जई-कनटोप पहन बदरी दूबे, निरंकुश मस्ती में पुत्र की कोठी का चक्कर लगाने लगे। कभी चौकीदार से बतियाते, कभी नौकर से, कभी नन्हें पोते पर प्यार उमड़ता कि उसे चूमचाट कर बेहाल कर देते। उनकी इन सस्ती हरकतों से बहू का खून खौल उठता।

सुबह उठते तो साथ लाई दातूनों के गठ्ठर से एक निकाल, घंटों चबाते, कान पर जनेऊ डाले घूमते रहते। फिर पूरे हाथ को कंठनली में डाल विचित्र भयावह शब्द करते खँखारते और फिर लॉन की झाड़ियों के पीछे ही लघुशंका से निवृत होने बैठ जाते। खाना अपने कमरे में ही खाते। महीने का आटा आठ ही दिन में साफ होने लगा। रोटियों-पर-रोटियाँ दागते चले जाते, उस पर कहते, "भई, तुम्हारी बम्बई की सब्जियों में स्वाद नहीं है।"

"स्वाद होता तो पता नहीं कितना भकोसते।" बहू की हड्डियाँ जल भुनकर खाक हो जातीं, यह सब सुनकर पूरे पन्द्रह दिन बीत गए, तब ही वह भयंकर दुर्घटना घट गई थी। कोकाकोला बदरी दूबे ने कभी पिया नहीं था, बेटे के यहाँ पूरा क्रेट धरा रहता। पहले-पहल तो बड़े संकोच से कभी-कभार एक-आध बोतल पी लेते पर एक दिन घर पर अकेले ही थे, इधर-उधर देख आधा क्रेट ही रिक्त कर दिया उन्होंने। घूम-घामकर बेहद थक गए थे, रात को सोए तो गहरी नींद आ गई। फिर सोते में पेशाब कर बैठे।

"साहब, चाय!" कहकर बेटे का नौकर सिरहाने चाय का गिलास थामे खड़ा था, वे हड़बड़ाकर उठ बैठे। दुष्टता से मुसकराता नौकर बड़े मनोयोग से उस जलकुंड को देख रहा था। बुढ़ापे में कभी-कभी ऐसा भी हो सकता है, यह बात पच्चीस बरस का मुस्टंडा क्या समझता!

वे खिसियाए, गुसलखाने में भीगी चादर धोने जा ही रहे थे कि बहू-बेटे, दोनों तमतमाया चेहरा लेकर उनके कमरे में आ गए, "छिः छिः बाबूजी, आप क्या यहाँ हमारी नाक कटवाने ही आए थे ? सब नौकर हँस रहे हैं। मुँह दिखाने लायक नहीं रखा हमें। लीजिए।" सौ-सौ के तीन नोट उनकी मेज पर पटककर चन्दर ने कहा, "मैंने ड्राइवर से कह दिया है, दस बजे गाड़ी जाती है, आपको बिठा आएगा।" बदरी दूबे का चेहरा तमतमा उठा, उन्होंने

मुँह नहीं खोला। चादर वहीं पटकी और अपना इधर-उधर फैला सामान थैले में भरने लगे। फिर बिना बहू-बेटे की ओर एक बार भी देखे, वे अपने भद्दे जूते फटफटाते बाहर निकल गए। इसके बाद उन्होंने कभी पैर गाँव से बाहर नहीं निकाला।

"अब यहाँ से सीधे घाट ही जाएँगे बिरादर, समझे ? हमारे लिए चन्दर मर गया, मर गया उसका बेटा और उसकी बहू। निपूते हो गए हैं हम और आज पूतोंवाली पार्वती भी उनकी बिरादरी में आ गई।"

सन्ध्या होते ही पार्वती की हालत में और सुधार हो गया। उसने स्वयं माँगकर कटोरा दूध पिया, बिस्तर पर ही कंघी-चोटी की, भीगे गमछे से मुँह पोंछा, बड़ी-सी टिकुली लगाई, माँग भरी, फिर हँसकर दोनों मित्रों से कहा, "जाइए, आप लोग टहल-वहल आइए, रोजाना जैसे जाते हैं, हम अब ठीक हैं।" दोनों निश्चिन्त हो, कुंडी चढ़ा घूमने निकल गए। मंगल था, महावीरजी के दर्शन किए, प्रसाद चढ़ाया और लौट पड़े। रास्ते-भर बेटे-बहुओं के दुर्व्यवहार की व्याख्या के पारस्परिक आदान-प्रदान से दोनों के चित्त फूल-से हल्के हो गए थे।

कुंडी खोलकर भीतर गए तो मूर्तिवत् खड़े ही रह गए। पूरा शृंगार किए पूतोंवाली धरा पर पड़ी थी।

शिवसागर जैसे पत्थर बन गए थे, न आँखों में आँसू, न अधरों का कम्पन। वह ध्यानमग्न उस जितेन्द्रिय सिद्ध-से पार्वती के सिरहाने अडिग बैठे थे, जिसने अपनी तस्कर रूपी छहों इन्द्रियों को पालतू कुत्ते-सा बाँध लिया हो।

"जोर से रोकर निकाल दो सब दरद, नहीं तो पागल हो जाओगे।"

पर वे नहीं रोए। एकटक क्या देख रहे थे उस निश्चेष्ट देह में ?

पूरी रात ऐसे ही कट गई थी। इस बिछोह की घड़ी में वे किसी प्रकार का व्याघात नहीं चाहते थे। सुबह होते ही बदरी दूबे खड़े हो गए थे। "बेटों का पता दे दो खबर करनी होगी।"

"नहीं," मेघ-से गरज पड़े थे शिवसागर मिश्र, "मेरा कोई बेटा नहीं है, निपूती ही रही, उसे निपूती ही जाने दो।"

खबर पाते ही पूरा गाँव उमड़ पड़ा था—पैरों की धूल लेने गाँव की बहू-बेटियाँ एक-दूसरे पर गिरी जा रही थीं।

"पूतोंवाली काकी सुहागन चिता चढ़ रही है, अरी सब पैर छू लो," बड़ी-बूढ़ियाँ कह रही थीं।

मुट्ठी-भर की देह को भस्मीभूत होने में आधा घंटा भी नहीं लगा। दोनों मित्र हारे-थके जुआरी-से घर लौटे तो सन्ध्या सघन हो चुकी थीं। अर्थी के कुछ मुरझाए फूल अभी भी देहरी पर पड़े थे—बाहर झमाझम पानी बरसने लगा था। बीच-बीच में बिजली की चमक आँखें चौधियाँ रही थीं। तभी दिल दहलानेवाली गर्जन के साथ कहीं बिजली गिरी।

"वह पहुँच गई।" उन्मुख लाल-लाल आँखों से बदरी को देख, शिवसागर मिश्र ने पहली बार मुँह खोला।

"कौन ?" आश्चर्य से मित्र की विचित्र दृष्टि और उससे भी विचित्र मुसकान से त्रस्त होकर बदरी ने पूछा, "कौन पहुँच गई है?"

"पूतोंवाली, वहाँ।" कह शिवसागर ने अपनी प्रलम्ब भुजा आकाश की ओर उठा दी।

कैंजा

स्टेशन के कोलाहल और भीड़ के बीच भी लोग उसे मुड़-मुड़कर देख रहे थे। दराबी-से लम्बे कद की उस तेजस्वी महिला का व्यक्तित्व ही कुछ ऐसा था कि आँखें अनायास ही उसके चेहरे पर गड़ जाती थीं। आकाशी नीलवर्णी साड़ी में उसका गौर वर्ण और भी निखर आया था। उसी रंग के स्लीवलेस ब्लाउज़ से निकली बाँहों की हस्तदन्ती शुभ्रता, पुष्ट कलाई पर बँधी चौड़े पट्टे में जड़ी घड़ी, अँगुली पर चमक रही गोमेद जड़ी बहुत बड़ी अँगूठी और काँख में दबा ब्रीफकेस-सा चौड़ा बटुआ, सब कुछ उस विराट व्यक्तित्व के अनुकूल था।

गाड़ी छूटने ही को थी, पर नन्दी तर्वे, पुत्र का हाथ पकड़े, बड़े धैर्य की डगें भरती, अपनी रिज़र्वेशन स्लिप ढूँढ़कर चढ़ गई। हड़बड़ी में किया गया कोई भी काम उसे पसन्द नहीं था। घुँघराले सुनहले बालों और नीली आँखोंवाला वह ब्लांड बालक, चेहरे-मोहरे से एकदम ही विदेशी लग रहा था। उम्र कठिनता से नौ-दस की होगी, किन्तु चेहरे पर किसी अनुभवी प्रौढ़ पुरुष की सी दृढ़ता थी। न उसकी चाल में बालसुलभ चापल्य था न व्यवहार में। माँ की अँगुली पकड़े, वह ऐसे ठसके से कबूतर-सा अपना नन्हा सीना ताने चल रहा था जैसे भीड़ की रेलपेल से बचती माँ उसे नहीं, वह ही माँ को लिए जा रहा हो। नीले कॉर्डरॉय की हाफ पैंट से निकली उसकी गोरी पुष्ट टाँगें दर्पण-सी चमक रही थीं। माता-पुत्र के चेहरे में कोई साम्य नहीं था, फिर भी दृढ़ता से भींचे गए नन्हें होंठों में, भीड़-भड़क्के के प्रति उदासीन तटस्थता में वयस का व्यवधान दोनों को स्पर्श भी नहीं कर पाया था। लगता था, प्रौढ़ा माँ के अस्वाभाविक गाम्भीर्य ने उस बालक की स्वाभाविक चंचलता को असमय ही ग्रस लिया है। गाड़ी चली और चश्मा लगाकर नन्दी तर्वे ने अखबार फैला लिया, तो पुत्र ने भी बैग खोलकर अपनी कॉमिक बुक निकाल ली। गाड़ी के झकोलों के बीच उसका गम्भीर चेहरा कॉमिक के प्रसंगों से

बचकानी खुशी में रँग जाता और कभी-कभी वह अपने-आप खिलखिला उठता। माँ चश्मे को अपनी तीखी नाक पर तनिक खिसकाकर पुत्र के खिले चेहरे को स्नेह-विगलित दृष्टि से देख, फिर अखबार में डूब जाती। दूसरी सीट पर बैठी एक ऐंग्लो-इंडियन महिला माता-पुत्र की उस अनूठी जोड़ी को बड़ी देर से देख रही थी। सौ फीसदी भारतीय लग रही माँ और एकदम खाँटी अंग्रेज लग रहे उस बालक को देख वह अन्त तक अपना कौतूहल नहीं रोक पाई।

"आप भी क्या नैनीताल जा रही हैं?" उसने पूछा।

नन्दी चौंकी। अब तक डिब्बे में कोई और भी है, यह शायद उसने देखा भी नहीं था।

"जी नहीं।" दो टूक उत्तर देकर उस वाचाल अपरिचित के मुखर प्रश्न को बड़ी रुखाई से झाड़-झूड़कर बाहर फेंक दिया और फिर उसी तटस्थता से अखबार पढ़ने लगी।

पर वह भी क्या हार मानने वाली थी। "आपके पास तो दो ही कम्बल हैं, रज़ाई नहीं लाईं क्या? आजकल तो पहाड़ में बहुत ठंड है। कहीं बाहर से आई हैं लगता है?"

"जी हाँ।" नन्दी के उत्तर में अब झुँझलाहट की स्पष्ट छाप उभर आई थी। उस रुखाई से दिए उत्तर के पश्चात् फिर मार्ग-भर उस महिला को कुछ पूछने का साहस नहीं हुआ और वह अपने ऊपर की बर्थ पर चुपचाप सो गई। साथ लाई अंडे की सैंडविच खाकर, माँ-बेटे भी अगल-बगल की बर्थ पर लेट गए थे। पुत्र तो तकिया पर सिर रखते ही सो गया, किन्तु माँ की क्लान्त आँखों में नींद नहीं थी। लम्बी यात्रा से एक-एक अंग पके फोड़े-सा ही दुख रहा था, फिर भी चेष्टा करने पर भी वह सो नहीं पा रही थी। जिस जन्मभूमि की धरा पर मृत्युपर्यंत कभी पैर न धरने का निश्चय कर वह इस दुधमुँहे को लेकर निकल गई थी, आज विषम परिस्थितियाँ उसे फिर वहीं खींच लाई थीं, किन्तु घर से पाँव बाहर निकालते ही अब उसे अपने अविवेकी अभियान की मूर्खतापूर्ण योजना पग-पग पर और भी दुर्बल बना रही थी। बिना सोचे-समझे वह कैसी मूर्खता कर बैठी? ज़िद तो रोहित ने ही की थी, किन्तु क्या एक बालक का कौतूहल ही उसे इतने वर्षों पश्चात् बिछुड़ी जन्मभूमि की ओर खींच रहा था? क्या इन दस वर्षों में वह स्वयं उस निर्दय की तृषार्त-करुण आँखों की स्मृति में बेचैन करवटें नहीं बदलती रही है?

'मूर्ख मूर्ख नन्दी तिवारी' हिचकोले खाती रेलगाड़ी जैसे उसे झकझोरकर कहती जा रही थी। 'समय रहते ही क्या तुम अपनी भीरुता से छुटकारा नहीं पा सकती थीं?'

बगल की बर्थ में रोहित अभी भी बेखबर सो रहा था। सारी रात करवटों में ही कट गई थी, इसी से नन्दी का सिर लोहे-सा भारी हो गया था। ऐंग्लो-इंडियन सहयात्रिणी किछा में ही उतर गई थी और अब वह पुत्र के साथ, अपने डिब्बे में अकेली थी। लालकुआँ आया तो वह बड़े उत्साह से उठकर खिड़की के पास बैठ गई। सामने फैली धूमिल पर्वत-श्रेणियों को वह एकटक बड़ी देर तक देखती रही। खिड़की से आती सूर्य की नवरश्मियाँ रोहित के गोरे-गोल चेहरे पर सुनहला जाल-सा बिखेर रही थीं। लच्छेदार सुनहले केश, नन्हें-नन्हें कुंडल बन, पूरे ललाट पर बिखर गए थे। दोनों हाथ छाती पर धरे, वह शायद नींद में भी अपने आदर्शी पिता को ही देख रहा था। नन्हें खुले अधरपुट से स्मित छिटककर, गोल चिबुक पर छलक गया था। नन्दी का कलेजा ज़ोर-ज़ोर से धड़कने लगा। दो ही रातों में जैसे यह अबोध बालक उसकी आँखों के सामने देखते-देखते ही बदल गया था। ओफ! प्रकृति ने क्या जानबूझकर ही उसका एक-एक नक्शा, इस यात्रा से पूर्व उसकी माँ के साँचे में ढालकर बदल दिया था, जिससे वह बिना किसी परिचय के भी अपने जनक के सामने खड़ा हो तो उसका कलेजा भी नन्दी के कलेजे-सा धड़क उठे। निश्चय ही, यह अनुपम चेहरा, बिना किसी प्रयास के ही स्मृतियों की अर्गला खिसका पिता के वर्षों से भिड़े अतीत के द्वार खोल सकता था। वैसे गम्भीर-सौम्य मूर्ति, स्नेहशीला नन्दी ने कभी उसे पिता का अभाव नहीं खटकने दिया था। कौन-से ऐसे खिलौने हो सकते थे जो उसके पास नहीं थे? एक से एक दामी कपड़े, मनपसन्द कहानी की पुस्तकें, तरह-तरह के जूते और मुँहमाँगी मिठाइयाँ। क्या नहीं था उसके पास! फिर भी सब कुछ देकर भी नन्दी को यही लगता कि उसे कुछ देना रह गया है। एक दिन स्वयं उसी बालक के भोले प्रश्न ने फिर उस कमी को स्पष्ट कर उसे विचलित कर दिया था। जीवन के बत्तीस वर्षों में कभी मन से भी मिथ्या सम्भाषण न करनेवाली नन्दी तिवारी क्या उसे अपने झूठे उत्तर की भूलभुलैया में भटकाने का दुस्साहस कर सकती थी? रोहित स्कूल से लौटकर आया तो उसके सुकुमार चेहरे पर उस दिन नन्दी को न जाने कैसी उदासी तिरती दिखी।

''क्यों बेटा, आज उदास क्यों हो, कुछ बैंडर्स तो नहीं पड़े?'' नन्दी ने हँसकर पुत्र को पास खींच लिया। वैसे उस शान्त बालक को आज तक कभी स्कूल में अध्यापकों ने फूल की छड़ी से भी नहीं छुआ था। रोहित निरुत्तर सिर झुकाकर खड़ा हो गया था। यही उस बालक के विचित्र स्वभाव की विशेषता थी। कभी-कभी पलक झपकाते ही तितलियों के पीछे भागनेवाला, मित्रों की टोली के साथ छत पर धमाचौकड़ी मचा कटी पतंग की डोर लूटने वाला वह चंचल-शोख नन्हा दस्यु, न जाने किस सोच-विचार में उलझ, एक अजीब दार्शनिकता के गाम्भीर्य से अपना बचकाना चेहरा प्रौढ़ बना लेता।

''क्या बात है रोहित?'' नन्दी का स्वर एकदम फुसफुसाहट में उतर आया।

उस प्रश्न के उत्तर में रोहित के प्रश्न के जवाबी हमले के लिए नन्दी प्रस्तुत नहीं थी। ''मेरे डैडी कहाँ हैं माँ?''

एक पल को नन्दी का चेहरा सफेद पड़ गया, किन्तु फिर उसने अपूर्व साहस से हँसकर तने रोहित को गोदी में खींचने की व्यर्थ चेष्टा की।

''क्यों रे, आज तुझे अचानक अपने डैडी की याद कैसे आ गई, आज तक तो तूने कभी नहीं पूछा?''

''आज तक तो मुझसे भी किसी ने नहीं पूछा।'' उसने अपने झुके चेहरे को उठा, जिस दृष्टि से नन्दी को देखा वह तीखे भाले के फाल-सी उसके कलेजे में भीतर तक धँस गई।

''आज किसने पूछा?'' नन्दी का स्वर अचानक कठोर हो उठा। आज ही वह उन दुष्ट छोकरों की शिकायत स्कूल के प्रिंसिपल से करेगी। पर दूसरे ही क्षण उसका कलेजा डूब गया। किस-किस का मुँह रोक सकती थी वह! ''किसने तुझसे पूछा रोहित?''

माँ के आहत कंठस्वर ने एक क्षण को उसे चौंकाया, फिर उसने दृढ़ स्वर में कहा, ''सब कहते थे, तुम्हारे डैडी कहाँ हैं, और...'' वह फिर रुक गया।

''और क्या कहते थे?'' नन्दी कुर्सी का हत्था पकड़ अकारण ही ऐसे हाँफने लगी जैसे मीलों चलकर आई हो।

''और कुछ नहीं कहते थे, बस बार-बार यही पूछते जाते थे और हँसते थे। कह रहे थे, कल अपनी माँ से पूछकर आना तुम्हारे कोई डैडी हैं भी या नहीं!''

रोहित ने कमीज़ की बाँहों से अपनी आँखें पोंछ लीं। पिता के सन्देहास्पद अस्तित्व ने उसके नन्हें कलेजे को बुरी तरह आतंकित कर दिया है, यह नन्दी समझ गई। दस वर्षों में वह क्या इस विचित्र बालक की विलक्षण प्रतिभा का यथेष्ट परिचय प्राप्त नहीं कर चुकी थी? गन्धर्व-किन्नर-सा वह देवदत्त बालक क्या साधारण मानवशिशु-सा भोला-अनजान था? न जाने क्यों, कभी-कभी उसकी मायावी आँखों की चमक नन्दी को बुरी तरह सहमा देती थी। मन की भाषा पढ़ लेनेवाले इस अलौकिक पुत्र की उपस्थिति में मिथ्या भाषण उसके लिए सर्वथा असम्भव हो उठता। किसी अनुभवी घाघ थानेदार की सी उसकी सर्वव्यापी दृष्टि वर्षों के फरार खूनी को भी देखते ही पहचान लेती थी। कभी-कभी तो नन्दी को लगता, उसके कुछ न बताने पर भी वह स्वयं सब कुछ जान गया है। "अपने साथियों से कहना," नन्दी का हाथ पुत्र के सिर पर था और खोई-सी दृष्टि खिड़की के बाहर। वहाँ होकर भी वह जैसे कहीं दूर चली गई थी—"तुम्हारे डैडी पहाड़ में हैं और हम चार-पाँच दिनों में ही उन्हें लेने पहाड़ जा रहे हैं।"

"सच माँ!" रोहित की आँखें, काँच के रंगीन लट्टुओं-सी ही चमकने लगीं। "कब जाएँगे माँ?"

उस प्रश्न का उत्तर नहीं मिला, तो रोहित ने अधैर्य से अपना दूसरा प्रश्न पूछ लिया, "मैं अब अपने नाम के साथ डैडी का नाम भी लिख सकता हूँ न माँ, सब लड़के लिखते हैं?"

ठीक ही कह रहा था वह। सौराष्ट्र की जिस सरल बिरादरी में वह इस अबोध शिशु को लेकर घुलमिल गई थी, उसके सामाजिक आईन-कानूनों को भी तो उसे ग्रहण करना पड़ेगा।

माँ को सहसा उस प्रश्न के साथ गुमसुम बन गई देख, रोहित सकपका गया था। रुआँसे स्वर में उसने फिर अपनी दलील को स्पष्ट किया था, "मेरी क्लास के सब लड़के अपने नाम के साथ अपने पिता का नाम लिखते हैं, मैं कल तुम्हें हरित, रमण सबकी कापियाँ लाकर दिखा दूँगा। हरितलाल जयन्तीलाल पटेल, रमणकान्त जयकान्त देसाई। और भी सब लड़कों के नाम खूब बड़े-बड़े हैं। मुझसे सब कहते हैं, 'तू तो खाली रोहित चन्द्रा लिखता है, यह भी भला कोई नाम है?' मेरे डैडी अपने नाम के आगे क्या लिखते हैं माँ?"

दीन, करुण, सकुचाए स्वर में पूछे गए उस प्रश्न का उत्तर फिर बड़ी स्वाभाविकता से स्वयं ही नन्दी के ओठों पर फिसल गया था। ''तेरे डैडी का नाम सुरेशकुमार भट्ट है रोहित।''

''ओह, जानती हो अब मेरे नाम के आगे क्या लिखा जाएगा?'' उसका उत्तेजित स्वर एकदम तीखा हो गया था—''रोहितकुमार सुरेशकुमार भट्ट।'' और फिर वह दूसरे ही दिन, अपने सहपाठियों से सीना तानकर कह आया था कि वह अपनी माँ के साथ अपने पिता को लाने पहाड़ जा रहा है।

पुत्र की इस घोषणा के पश्चात्, नन्दी के लिए वह पहाड़-यात्रा अनिवार्य हो उठी थी। भावुकता के क्षणिक आवेश में आकर वह आँखें बंद कर जिस अंधे कुएँ में कूद गई थी, वहाँ से अब लौटने का कोई प्रश्न ही नहीं उठ सकता था। हो सकता था, शरीर पर निरन्तर अत्याचार करनेवाला वह दुराचारी प्रकृति से मृत्युदंड पा चुका हो। और यह भी सम्भव था कि फिर से विवाह कर, वह अब तक ऐसे बीसियों रोहितों का पिता बन चुका हो। ग्राम की उस कुख्यात पार्वती को ब्याहने, जब वह बिना किसी बारात के अकेले ही जा रहा था, तो नन्दी के सामने ही उसे मुँहफट ताई ने टोक दिया था—'अरे सुरिया, और कोई नहीं जुटी तुझे? कोट-कचहरी तक हो आई है अभागी, सुना मिशन में एक बेटा भी पल रहा है—छि-छि, थू-थू! शादी से पहले ही जिसका एक हो गया...'

''अरे बुबू,'' बेशरम ने हँसकर ज़ोर से शायद इसीलिए कहा था कि पास खड़ी नन्दी भी सुन ले, ''क्यों परेशान होती हो! उसके तो शादी से पहले एक ही है, मेरे तो शादी से पहले ऐसे ही न जाने कितने हैं।'' और सचमुच ही वह दुस्साहसी वेश्या, दुराचारिणी पार्वती को ब्याह लाया था। एक-दो महीने के असीम लाड़-दुलार के पश्चात् फिर उसने अपनी उसी नवेली को पहाड़ी दमामे-सा ही पीटना आरम्भ कर दिया और साल बीतते न बीतते पीटपाट उसकी धज्जियाँ उड़ा दीं। पार्वती की मृत्यु के पश्चात्, वह फिर किसी नागा साधुओं की टोली के साथ, दिगम्बर बना बद्रीनाथ की ओर निकल गया तो ग्रामवासियों ने सुख की साँस ली थी—चलो पाप कटा, कुकर्मी को सुमति तो आई। गाँव की बहू-बेटियाँ अब निश्चिन्त होकर घास काटने जा सकती थीं, नहीं तो सुरेश भट्ट का आतंक कुमाऊँ के उस क्रूर नरभक्षी से क्या कुछ कम था, जिसके पेट से मारने पर, कार्बेट ने कितनी ही रूपसी षोडशियों के कंकण और मूँगे की मालाएँ बरामद की थीं? जिसे अंग्रेजी में

'लेडी किलर' कहते हैं वही था सुरेश भट्ट।

उस कद्दावर पहाड़ी जवान का रंग, कुमाऊँ के शाहों और ऊँचा कद वहाँ के क्षत्रियों का था। कभी-कभी सनक सवार होने पर वह कोसी नदी की धोखेबाज़ तीखी धार में ताल की पुष्ट मछली-सा ही उछलता ओर किसी पेशेवर गोताखोर की भाँति डुबकी लगा घंटों तक डुबकियाँ लगाता बड़ी दूर तक निकल जाता। फिर धोती की लांग लगा, किनारे बैठ नाक के नथुने मूँद, बकोध्यान लगा, घड़ी के काँटे के साथ स्कूल जा रही नन्दी तिवारी की प्रतीक्षा में बैठ जाता। वह जैसे ही आती, मुँदी पलकों का चिलमन उठा वह ज़ोर से हाँक लगाता, 'नाश हो इस स्वर्ग की मेनका का, जिसने मुझ जैसे विश्वामित्र की तपस्या भंग की।'

साथ ही, स्कूल जा रही ग्राम-कन्याओं की पूरी टोली खिलखिलाकर पूरी घाटी गुँजा देती। अकेली नन्दी ही नहीं हँसती, उसका चेहरा लाल पड़ जाता और वह तेज़ी से भागकर अपनी टोली से आगे निकल जाती। वह प्रायः नित्य की घटना थी। स्कूल जाने के लिए और कोई पगडंडी भी उपलब्ध नहीं थी, इसी से उसी मार्ग से जाना उसके स्कूली जीवन की विवशता बन गई थी। मेनका वही है, यह सब लड़कियाँ जान गई थीं, क्योंकि कभी वह किसी कारणवश स्कूल नहीं जाती, तो वह निर्लज्ज हँसकर हाँक लगाता, 'अरी छोरियो, मेरी मेनका को कहाँ छोड़ आईं? बीमार है क्या?'

लड़कियाँ खिलखिलाकर भाग जातीं और स्कूल से लौट, नन्दी को छेड़ने पहुँच जातीं। कभी-कभी तो नन्दी की आँखें छलछला उठतीं। न चाहने पर भी, उसकी दृष्टि क्यों उस नासपीटे की ओर उठ जाती थी? गोरी-चिट्टी सिल-सी छाती पर पड़ी यज्ञोपवीत की उज्ज्वल डोरी, बिना पुँछी शुभ्रवर्णी रजत देह पर मोती-सी चमकती पानी की बूँदें और स्वयं ही सीधी माँग में विभक्त हो गए चिकने भीगे केश! सकपकाकर वह ऐसे भागने लगती जैसे वह बकोध्यान छोड़, उसे पकड़ने उसके पीछे-पीछे भाग रहा हो। वह फिर बिना पीछे मुड़े स्कूल की ओर चल देती, किन्तु नारी-स्वभाव की एक-एक जटिल पगडंडी से परिचित, वह कुटिल यायावर जान जाता कि उसका बकोध्यान व्यर्थ नहीं गया है। एक न एक दिन वह इस दुर्गम बीहड़ पगडंडी को भी जीत ही लेगा। पर एक दिन गाँव के स्कूल की सब परीक्षाएँ पास कर, वह पढ़ने बाहर चली गई तो सुरेश भट्ट का दिल डूबने लगा। इतने वर्षों की उसकी साधना क्या व्यर्थ जा रही थी? दिन-प्रतिदिन वह बित्तेभर की

छोकरी अपनी उसी उदासीन तटस्थता से दूर छिटकती जा रही थी और सुरेश भट्ट की वही कुंठा, नैराश्य, विवशता उसे और दुस्साहसी बना रही थी, और भी क्रूर!

आज से बीस वर्ष पूर्व, विवाह-सम्बन्धी कुमाऊँनी आईन-कानून बेहद कठोर थे। एक विशिष्ट संकुचित वैवाहिक दायरे में विवशता से घूमते माता-पिता, कभी-कभी अपने से नीचे वर्जित कुल में उसके लाख समृद्ध होने पर भी पुत्री को ब्याहने की धृष्टता नहीं कर सकते थे। चाहे वह चिर दरिद्र ही क्यों न हो, चाहे पुत्री जन्म-भर अन्न के दाने को ही क्यों न तरसती रहे, जामाता यदि अपने उच्च कुलगोत्र का वीसा प्रस्तुत कर देता, तो किला फतेह कर सकता था। सुरेश भट्ट का कुलगोत्र सौ फीसदी विशुद्ध था। मजाल थी कि कोई विशाण के भट्टों की ओर अँगुली तो उठा दे! एम. ए. पास कर उसने सम्मान-सहित वकालत भी पास कर ली थी। कभी जमीन-जायदाद, घर-बगीचा सब कुछ था, किन्तु द्यूतक्रीड़ा का दानव सिन्दबाद के बूढ़े की भाँति उसके कंधे पर, जहाँ एक बार चढ़ा तो फिर कभी नहीं उतरा। पिता की मृत्यु के पश्चात् उसकी पूरी जायदाद बैंक में गिरवी पड़ी थी और अब उसे छुड़ाना उसके लिए एक प्रकार से असम्भव था। फिर विधुर होने पर, जोगियों की जमात उसे गाँजे-चरस की दम-दीक्षा भी दे गई थी। पहले सन्तानहीन चाचा गदाधर भट्ट उसके साथ रहते थे, फिर भतीजे की गुहामानव की सी गतिविधि देख, वे एक दिन चुपचाप खिसक गए। चाचा के जाने के बाद उसने चूल्हा जलाना भी छोड़ दिया। आँगन में खड़े मौसमी फलों के वृक्ष उसके लिए कल्पतरु-से साल-भर फलते रहते। कभी अनार से मीठे दाड़िम, कभी सेव और कभी नाशपाती, खुबानी। कभी-कभी तो वह महीनों अपने बगीचे के उन पुष्ट कदली गुच्छों को खाकर गुजार देता, जिसका तीन-तीन पाव का एक केला खाकर ही पेट भरा जा सकता था। शायद उसी नियमित फलाहार के कारण उसका अनियमित जीवन भी कभी उसके स्वास्थ्य का कोई स्थायी अनिष्ट नहीं कर पा रहा था। एक अँधेरे कमरे में उसका एक छोटा-मोटा सेलर भी था। धारचूला जाकर वह प्रायः ही गर्ब्यांग के अनूठे आसव की बोतलें खरीद लाता और अपने सेलर को सँवारकर जाड़े-भर का समुचित प्रबन्ध कर लेता। उसी विशुद्ध आसवप्रदत्त लालिमा से रँगी उसकी लाल डोरीदार आँखें कभी-कभी कपाल पर चढ़ जातीं। दोनों गालों पर बिखरी सुर्खी

और मस्तानी निगरगंड देह का तारुण्य देख, नन्दी को अपनी अलंकार-दीपिका में पढ़ी पंक्तियाँ याद हो आतीं—

रंग लाल रूप लाल
अधर अधिक लाल,
दृगन बीच कोरे लाल
डोरे लाल झलकें।

नौकरी न करने पर भी वह कहाँ से ऐसे बढ़िया-बढ़िया शाल-दुशाले ले आता है और कहाँ से इतनी पुस्तकें बटोर लाता है, यह ग्रामवासियों के लिए एक ऐसा रहस्य था, जिसकी गुत्थियाँ वे अनुमान के ढेले मार-मारकर सुलझाते रहते। कोई फुसफुसाकर कहता, 'कल अस्कोट गया था हरामी, जुआ खेलने। वहीं के रजवाड़े के रईसों को मूँड़ लाया होगा।'

'अजी हमसे पूछो,' सुरेश के चाचा और भी धीमे स्वर में फुसफसाते, 'चरस और गाँजा बेच आया होगा कहीं।'

किन्तु कोई भी कभी जोर से अपनी शंका व्यक्त नहीं कर सकता था, ऐसा ही आतंक था सुरेश भट्ट का। जो भी हो, उसका पुस्तक-प्रेम स्वयं अपने में एक अनोखी मिसाल बन गया था। दिन-भर इधर-उधर घूम, शिव-मन्दिर में चढ़ाए गए किसी अलमस्त वृषभ की भाँति, डौंरी खेलनेवाला मस्त जवान रात-रात-भर बत्ती जलाकर पढ़ता रहता। अपनी खिड़की की दरार को सामांन्य-सा खोलते ही नन्दी गज़-भर की दूरी पर स्थित, उसके लालछती कॉटेज को देख सकती थी। काँच की खिड़की पर मिट्टी के तेल की कुप्पी का धीमा प्रकाश उसके अध्ययनरत विचित्र प्रेमी की छाया को स्पष्ट कर देता और वह हड़बड़ाकर ज़ोर से खिड़की बन्द कर लेती। उस ग्राम की रात्रिजन्य शून्यता में एक ऐसी विचित्र स्तब्धता थी जैसी आमतौर पर पहाड़ के ग्रामों में नहीं हुआ करती। न वहाँ कभी निशाचरी कुत्ते भौंकते, न कभी किसी शिशु का क्रन्दन। उस सन्नाटे के स्थिर जल में ढेला मारते, न पहाड़ी डाक हरकारे ही अपनी घुंघरू जड़ी बड़ी-बड़ी जाँठिया हिलाते, डाक का थैला लेकर वहाँ से गुज़रते। कभी-कभी आधी रात को, एक भयावह चीत्कार थोड़ी देर के लिए अवश्य सोए ग्राम को झकझोर जाती, पर दूसरे ही क्षण फिर वही निस्तब्धता छा जाती।

शायद वहाँ की शान्त शर्वरी की उस निस्तब्धता का उद्गम-स्रोत वहाँ का

महाश्मशान था। कौन नहीं जानता कि जागेश्वर की उस क्षीण-कलेवरा नदी के तट पर नित्य एक न एक चिता जलती रहती है। कहते हैं कि जिस दिन वहाँ कोई मृत देह नहीं आती, दाऊ-दाऊ कर मसानस्थित लकड़ियों का ढेर स्वयं ही प्रज्वलित होकर, धधकने लगता है।

एक दिन चुपके से द्वार खोलकर नन्दी तिवारी आधी रात को उसी मन्दिर में जाकर मृत्युंजय की मूर्ति के सम्मुख घंटों बैठी सुबकती रही थी।

'हे महाकाल! इस चित्त-विकार से मुझे मुक्ति दो प्रभो! ऐसे पापी- दुराचारी के प्रति मेरा दिन-प्रतिदिन प्रखर होता जा रहा यह कैसा मोह है दीनानाथ? क्यों मैं रात-रात-भर उठकर खिड़की की दरार से उसे देखती रहती हूँ?' उसके आँसुओं से पूरा फर्श भीग गया तो वह चौंककर उठ गई थी। मरघट का वह दमघोंटू सन्नाटा उसकी हड्डियों को चीरता उसका दिल दहला गया था। मन्दिर-प्रांगण में खड़े उस गगनचुम्बी देवदार की भीम शाखाओं से बहती बयार की कैसी विचित्र झंकार थी, जैसे विचित्र वीणा पर किसी ने मारू विहाग छेड़ दिया हो। बड़ी देर तक मृत्युंजय की भव्य मूर्ति के समक्ष अपनी विवशता, संकोच और अनकही व्यथा का निष्कपट निवेदन कर वह घर जाकर सो गई, तो चित्त एकदम कागज़ी फूल-सा ही हल्का हो गया था। दूसरे दिन सुबह उठते ही वह दुराचारी सुरेश भट्ट के प्रति अपनी उस मूर्ख आसक्ति को जड़ से उखाड़ने का दृढ़ संकल्प ले चुकी थी।

नन्दी के पिता हेमचन्द्र तिवारी नेपाल के राणाओं के राजज्योतिषी थे। उनकी विलक्षण गणना-प्रदत्त लोकप्रियता ही एक दिन उनकी शत्रु बन गई। राणा परिवार, बिना उन्हें कुंडली दिखाए, कंठ तले गस्सा भी नहीं उतारता था। उनकी अचूक भविष्यवाणियों से प्रसन्न होकर ही उनके समृद्ध यजमानों ने उन्हें एक छोटी-मोटी जागीर भी दे दी थी। किन्तु जागीरदार बनते ही उनके शत्रुओं की एक पूरी टुकड़ी ने, मानवभक्षी हूणों की भाँति, भाले तानकर उन्हें घेर लिया। और वे आतंकित हो, मातृहीना पाँच वर्ष की नन्दी को लेकर एक बार फिर बाप-दादों के गाँव में भाग आए। सुरेश भट्ट के पिता राघव भट्ट तब मृत्युशय्या पर थे। उन्हीं से मुँह-माँगे दामों में उन्होंने यह छोटा-सा कॉटेज खरीद लिया था। एक ऊँची तीखी पहाड़ी पर किसी डाक बँगले का नक्शा लेकर बनाए गए उस सुन्दर कॉटेज के एकान्त की ही उन्हें कामना भी थी। आसपास कहीं घनी बस्ती नहीं थी। उनके निकटतम प्रतिवेशी थे स्वयं मकान-मालिक और पतिहन्ता मालदारिन। दोनों ही के अस्तित्व के

शास्त्रीजी सदा गज़-भर की दूरी ही बरतते रहे थे। कुछ नीचे उतरने पर, ब्राह्मणों के सात-आठ मकान और थे और नीचे चमकता था छल-छल कर बहती ब्रह्मकुंड की धारा का मायादर्पण। दूर से खिलौने के घरौंदे-सा लगता जागेश्वर का प्राचीन मन्दिर आँखों को बाँध लेता और उसी प्रांगण में किसी बुलन्द इमारत-से खड़े दो भीमकाय देवदार वृक्षों के बीच से साँय-साँय कर बहती थी सैमू पौधों की स्कंध-स्पर्श-सुवासित बयार। शास्त्रीजी के शान्त स्वभाव, स्निग्ध हँसी और नियमित पूजापाठ ने उन्हें देखते ही देखते गाँव का मुखिया बना दिया। उनकी चीनी गुड़िया-सी नन्हीं पुत्री तो ग्रामवासियों के गले का हार बन गई। वह ग्राम पाठशाला में पढ़ने जाने लगी तो उसकी मित्रमंडली सन्ध्या होते ही शास्त्रीजी का आँगन गुलज़ार कर उठी। एक बार ग्राम की रामलीला कमेटी ने सर्वसम्मति से उसे राम का पार्ट दिया। और फिर वह कई वर्षों तक उस भूमिका में अवतरित हो, सचमुच ही राम बन गई। न जाने उसके जोगिया वस्त्रों का आकर्षण था, उसकी असली लम्बी जटाओं का या उसके स्वर-भंग होते मीठे बचकाने कंठ-स्वर का। चौदह वर्ष के कठोर वनवास का दंड पा, वह लक्ष्मण-सहित वनगमन हो जाने लगती, तो दर्शकों के साथ-साथ, शास्त्रीजी भी आँखें पोंछने लगते। कई वर्षों तक राम का अभिनय करती नन्दी तिवारी का सुकुमार चेहरा, सचमुच ही जानकीवल्लभ के-से स्निग्ध सात्त्विकी रंग में रँग गया था। तबला ठनकता, हारमोनियम पर गदाधर भट्ट की वादननिपुण अँगुलियाँ थिरकतीं और अपने उस्तादी गले से वे मीठी चौपाई के माध्यम से, रंगमंच पर धीमी मंथर पदचाप से अवतरित हो रहे दशरथनन्दन का परिचय देते—

कलकपोल कुंडल श्रुति लोला।
चिबुक अधर सुन्दर मृदु बोला।।
कुमुद बंधु कर निंदक हासा।
भृकुटी विकट मनोहर नासा।।

तालियों की गड़गड़ाहट के बीच निंगाल के धनुषवाणधारी श्रीराम और लक्ष्मण की मनोहर जोड़ी स्टेज पर आतीं और गदाधर भट्ट दूसरी चौपाई छेड़ते—

भाल बिसाल तिलक झलकाहीं।
कच बिलोकि, अलि अवलि लजाहीं।।

किन्तु फिर तेरह वर्ष की नन्दी की देह की गठन एक दिन अचानक ही

सहसा बढ़ आई नदी की भाँति उफान लेने लगी और फिर कभी रामरूप में दर्शकों का मन न मोहने पर भी वह एक दर्शक को स्थायी रूप में मोह चुकी थी। सुरेश भट्ट उन दिनों इलाहाबाद में वकालत पढ़ रहा था। पिता की मृत्यु हो चुकी थी, माँ बहुत पहले ही दिवंगत हो चुकी थी। कृपण पिता की अटूट सम्पत्ति का एकमात्र वारिस वही था। इधर नन्दी के पिता ने भी उसे पढ़ने बाहर भेज दिया था। लड़की अत्यन्त कुशाग्र बुद्धि की थी।

"क्यों हो शास्त्री ज्यू, तुमने तो लड़की को पढ़ने बाहर भेज दिया। क्या कोट-कचहरी करवाओगे उससे? हाथ पीले कर चटपट गंगा नहाते।" उनके परम मित्र गदाधर भट्ट ने कहा तो शास्त्रीजी उदास हो गए।

"सब कुछ देखकर, किसके पुत्र का सर्वनाश कर दूँ गदा!" उन्होंने एक लम्बी साँस खींचकर कहा।

"मतलब?"

"मतलब क्या समझाऊँ! घोर वैधव्य योग है छोकरी का। दृष्टि में भी स्वामी नहीं है। इससे अच्छा है, पढ़ा-लिखा उसी के पैरों पर खड़ी कर दूँ।"

और मन ही मन अपने अकर्मण्य भतीजे का प्रस्ताव लेकर आए गदाधर भट्ट फिर चुपचाप खिसक गए थे। लाख दुराचारी हो, था तो सगा भतीजा। फिर एक बात और भी थी, भाई के उस कुपुत्र के प्रति गदाधर भट्ट को एक अजीब लगाव था।

धीरे-धीरे पूरे ग्राम को नन्दी की कुंडली में छिपे वैधव्य-तक्षक ने सूँघ लिया। पर फिर भी, जब एक दिन यही दुःसाहसी बाँका युवक सुरेश भट्ट, स्वयं ही अपना निर्लज्ज प्रस्ताव लेकर नन्दी के घर पहुँच गया, तो शास्त्रीजी हतबुद्धि-से बैठे ही रह गए थे।

"शास्त्री जी, मैं आपकी कन्या से विवाह करना चाहता हूँ; मैं उसके वैधव्य योग के बारे में सब सुन चुका हूँ और मुझे कोई आपत्ति नहीं है।" उस मुँहफट युवक के चेहरे पर न अनावश्यक दीनता थी, न संकोच।

सुरेश भट्ट का दृढ़ कंठस्वर मोटी दीवार को भेदता रसोई तक चला गया था, जहाँ नन्दी गरम तेल की कहाड़ी में बैंगन छौंकने जा रही थी। उसे लगा, उसका धड़कता कलेजा तत्काल मुँह से निकल उसी क्षण बैंगनों के साथ गर्म कड़ाही में गिर पड़ेगा। कड़ाही नीचे उतार, वह साँस रोककर पिता के उत्तर की प्रतीक्षा में आँखें बन्द कर बैठ गई थी।

शान्त-धीर स्वर में पिता ने क्या कहा, वह ठीक से सुन नहीं पाई, किन्तु उसी क्षण सुरेश का उद्दंड उच्च स्वर किसी माइक-सा गूँज उठा–

"आखिर क्यों? अपने राणा यजमानों की दी गई सम्पत्ति का क्या बहुत घमंड है आपको?"

शान्त पिता के क्रोध को वह खूब पहचानती थी, इसी से उस दुःसाहसी प्रशंसक का अविवेकी प्रश्न सुन वह थरथर काँपने लगी थी।

"नहीं।" इस बार पिता का स्वर और भी शान्त था और भी शीतल। "अपनी लड़की का हाथ किसी अकर्मण्य शराबी-जुआरी को थमाने से मैं उसे ब्रह्मकुंड की धारा में बहाना अच्छा समझता हूँ भट्ट, इसलिए।"

"यानी मैं अकर्मण्य हूँ! शराबी हूँ! जुआरी हूँ!" उस ऊँचे कंठस्वर में मदालस-अटपटी जिह्वा की तीखी फिसलन एकदम स्पष्ट हो उठी थी। निश्चय ही वह एक-आध घूँट चणका कर आया था।

"मैंने कब कहा भट्ट जी कि आप शराबी हैं!" पिता की भोली परमहंस हँसी में कैसा तीखा व्यंग्य था! सहसा 'तुम' से 'आप' पर उतर आए शास्त्री जी अपनी इसी हँसी से उसे और भी बौखला गए।

"आप अपने को, कौन-सा दूध का धुला समझते हैं शास्त्रीजी? पिछले साल ही नेपाल से लौटा हूँ समझे? वहाँ कौन नहीं जानता कि आपने अपने नेपाल के राणा की विधवा यजमानिन को कैसा तिलपात्र करवाया है! हम साले सब खबर रखते हैं। मैं भी देखता हूँ कि कुमाऊँ के किस साले पंत पांडे की छाती में इतने बाल हैं, जो आपकी इस राजकन्या को ब्याह ले जाए!"

"चिन्ता मत करिए भट्टजी, भगवान करे मेरी कन्या आजन्म कौमार्यव्रत ही धारण करे। इसी में उसका मंगल है।" एक दीर्घ श्वास के साथ ही शास्त्रीजी फिर बड़े धैर्य से उठकर भीतर जाने लगे, तो बौखलाकर सनक गया सुरेश भट्ट जोर-जोर से अशोभन गालियाँ देने लगा।

"जाओ बेटा।" शास्त्री जी ने फिर उसे कंधा पकड़कर, बड़ी नम्रता से बाहर धकेल दिया था।

"घर जाओ भट्ट, अभी तुम होश में नहीं हो।" भीतर आकर उन्होंने फिर चिटखनी चढ़ा दी थी।

"कौन कहेगा, यह राघव भट्ट का पुत्र है? कौन-सा दुष्कर्म छूटा है अभागे से!" वे फिर पुत्री को सुना-सुनाकर ऐसे कहने लगे, जैसे उन्होंने उसके दुर्बल

चित्त की व्याधि की नब्ज़ पकड़ ली हो। "अच्छा हुआ जो माँ-बाप समय रहते ही चले गए। कैसा कर्मकांडी बाप था और कैसी सती-लक्ष्मी माँ! मैं हमेशा समझाता था, 'रघुवा, एक ही पुत्र है तो क्या हुआ, इतना सिर मत चढ़ा। सन्तान पर जहाँ अनुशासन का अंकुश एक बार ढीला किया, तो लाख सिर पटकने पर भी तू कभी सख्त नहीं कर पाएगा।' वही हुआ। दाँतों से पकड़कर जोड़ी गई सम्पत्ति की अन्त तक तृतीय गति ही हुई।" उन्होंने फिर पुत्री के सफेद पड़ गए चेहरे को देखकर प्रसंग बदल दिया।

"तू घबड़ा मत बेटी, तुझे मैं पढ़ा-लिखाकर एक दिन ऐसी बना दूँगा कि जीवन-भर किसी पुरुष के कंधे का सहारा तुझे नहीं लेना होगा।"

कैसी विचित्र भविष्यवाणी थी पिता की! जीवन के उन शुष्क बत्तीस वर्षों में, नन्दी तिवारी को कभी भी किसी पुरुष के कंधे का सहारा लेने की आवश्यकता नहीं पड़ी थी। उसके बुद्धिमान पिता ने सुरेश भट्ट के रहते फिर पुत्री का उस गाँव में रहना उचित नहीं समझा। निरन्तर प्रवास में ही रहकर, उसने डॉक्टरी पास की और फिर बिरादरी से बहुत दूर इधर-उधर विभिन्न शहरों की खाक छानती वह पेट पालती रही थी। ग्रीष्मावकाश में वह पिता से मिलने आती तो शास्त्रीजी परछाईं की भाँति उसे घेरे रहते। सन्ध्या होते ही पिता-पुत्री कभी एकसाथ दूर-दूर तक घूमने निकल जाते और कभी देवदर्शन को। दुर्गम पर्वतों पर स्थित प्राचीन देवालयों की परिक्रमा में पूरा पखवाड़ा बिताकर लौटते, कभी द्रोणागिरि, कभी सोर की कालिका, कभी गरुण और कभी बैजनाथ।

सुरेश भट्ट अभी भी गाँव में ही था। नन्दी की अनुपस्थिति में उसका विवाह हुआ और वह विधुर भी हो गया। जब उसकी पत्नी की मृत्यु हुई, नन्दी दुर्भाग्य से वहीं थी। पत्नी की मृत्यु का अशौच भी उस अभागे को स्पर्श नहीं कर पाया था। लोग बेचारी को फूँककर लौटे भी नहीं थे कि वह दूसरे गाँव जाकर अपने औचर्ड को जुए में हार आया था। शायद उसी हार का गम गलत करने वह एक बुरुंश के पेड़ के नीचे, पी-पिलाकर मुर्दा-सा पड़ा था। नन्दी पिता के साथ घूमकर लौट रही थी और दोनों एक साथ धरा पर रजतगिरि-सी अचल पड़ी उस दीर्घ देह को देखकर, चौंक पड़े थे। हवा के झोंकों ने झर-झर कर चार-पाँच बुरुंश उसकी चौड़ी छाती पर गिरा दिए थे। उलझे-बिखरे केश-गुच्छों पर एक बड़ा टोकर-सा बुरुंश आकर ताज-सा

अटक गया था। ओफ! कितना सुन्दर लग रहा था निर्दय! एक क्षण को उस मातृ-पितृहीन अभागे के लिए नन्दी का कोमल हृदय करुणा से छलक उठा था और कंठ में उठ गई सिसकी उसका गला-सा घोंटने लगी थी। पिता उस दिन साथ न होते तो शायद वह वहाँ बैठ, उसके बालों से फूल निकालने लगती और शायद—शायद कुछ और मूर्खता भी कर बैठती।

उस दिन वह बड़ी रात तक सो नहीं पाई थी। कैशोर्य से ही, जो उसके सम्मुख व्यर्थ प्रणय-निवेदन में घुटने टेककर, गिड़गिड़ाता रहा था, उस वनराज को क्या उसने ही खूँखार आदमखोर नहीं बना दिया था? पिछली छुट्टियों में वह एक दिन अकेली ही घूमने निकल गई थी। पिता को उस दिन सामान्य-सी हरारत हो आई। "बहुत दूर मत जाना बेटी," पिता ने कहा तो वह समझ गई कि उन्होंने किस आशंका से त्रस्त होकर उसे चेतावनी दी है। मन्दिर का मार्ग जितना ही बीहड़ था, उतना ही रम्य भी था। दोनों ओर कलाप्रिया स्वयं प्रकृति के हाथों से लगाई गई गुलबनफ्शे की पीली ऊदी झाड़ियाँ, शालीमार गार्डेन की सी नपी-तुली सिधाई में खड़े मेहराबदार देवदारु के वृक्षों की कतार, और रंग-बिरंगी खुशबूदार लताओं की झालरें! कभी बुरुंशों के विचलित पुष्पगुच्छ झरझराकर उसके कंधों पर आ गिरते और कभी किसी पहाड़ी जंगली अनामा पुष्प की सुगन्ध उसे विभोर कर उठती। उस दिन नन्दी ने सहसा कंधे पर आ गिरे दो बुरुंश-पुष्पों को कानों में खोंस लिया और दुर्दिन की कुबेला में वह न जाने किस झोंक में आकर, माँ के कभी न खोले गए बक्से को खोल, उसकी मदीने की साड़ी भी पहन आई थी। जिस माँ की अब अकेली धुँधली-सी स्मृति ही शेष थी, उसकी उस कत्थई रंग की बड़े-बड़े गुलाबी फूलों और मखमली बेल लगी साड़ी का स्पर्श उसे विस्मृता जननी के स्नेह-भीने कर-स्पर्श की ही भाँति सहला गया। आँचल को उसने कसकर छाती से लगाया, तो वर्षों से बक्से में बन्द, नेप्थलीन की तीव्र दुर्गन्ध को भी उसके नथुनों ने ग्रहण नहीं किया। यह तो जैसे उसकी माँ की ही देह-परिमल थी। एक पल को वह आँखें बन्द कर खड़ी ही रह गई। आज पहली बार माँ की स्मृति उसे विह्वल कर रही थी। बन्द पलकों की ओट से ढुलकी आँसू की बूँदें उसके कपोलों पर आकर अटक गईं।

नियति, क्या जानबूझकर ही उसकी वह अपूर्व रूप-छटा दिखाने, उस दिन सुरेश भट्ट को वहाँ खींच लाई थी? मदीने को उस गहरे कत्थई रंग की

साड़ी में और भी निखर आया उसका सौ फीसदी कुमाऊँगी रंग, कान के ऊपर लापरवाही से खोंसे जाने पर भी स्वयं ही एक कलात्मक ढलान में जड़ाऊ झुमकों-से ढल गए दो बुरुंश-पुष्प और नवजात शिशु के अंगों-से चिकने कपोलों पर झलक रहे अश्रुबिन्दु!

"नाश हो उस स्वर्ग की मेनका का!" हँसकर उस उन्मत्त प्रणयी ने अपनी दोनों फैली बाँहों के व्यूह में उसे घेर लिया था। पहली बार कुटिल वधिक के जाल में फँसी भयभीत मृगी-सी वह छटपटा उठी थी। न जाने क्या सोचकर उसने पकड़ स्वयं ढीली कर दी और अवसर पाते ही वह दूर छिटककर बुरी तरह हाँफने लगी।

"घबड़ाओ मत नन्दी, अब ऐसी मूर्खता नहीं करूँगा।" वह फिर किसी अनादर से दुत्कार दिए गए कुत्ते की ही भाँति, डरता-डरता एक बार फिर उसके निकट आ गया था।

"मैं जानता हूँ नन्दी, 'कौन कुटिल खल कामी मो सम'।" वह निर्लज्ज हँसा, किन्तु उसकी बेहया हँसी भी कितनी मोहक थी, कितनी निर्दोष!

"पर कभी तुमने अपनी अन्तरात्मा से पूछा है नन्दी तिवारी कि क्या मेरे एक-एक पाप के पीछे स्वयं तुम खड़ी हो? तुम्हारे उस घमंडी पिता ने मेरा प्रस्ताव स्वीकार कर लिया होता, तो मेरी यह दुर्दशा न होती। मैं मानता हूँ कि मैं शराबी हूँ, जुआरी हूँ और प्रेमोदधि में मैंने कई बार रस की डुबकियाँ भी लगाई हैं। कई बार तो मुझे ऐसा लगता है कि संसार-भर की युवतियों के मोहक बाहुपाश, लक्ष-लक्ष नारी अधरपुट भी मेरे नारीलोलुप हृदय की प्यास को नहीं बुझा सकते। आखिर क्यों ऐसा हुआ, क्यों? जानती हो क्यों?" एक बार फिर वह दुःसाहसी दस्यु अपना क्रोध से तमतमाया विलासी चेहरा उसके एकदम निकट ले आया। भय से सहमी नन्दी ने फिर आँखें बन्द कर लीं। भागने की चेष्टा करने पर भी वह नहीं भाग सकी थी। लगता था, किसी ने लोहे की मोटी जंजीर से उसके दोनों पैरों को जकड़ किसी मन्त्रपूत कीलक से उसे गाड़ दिया है।

"इसलिए नन्दी तिवारी की जिस प्यास को आज सहस्र अधरों की नित्य-नवीन सुरा से छलकते मधुपात्र भी नहीं बुझा सकते, चाहने पर बुझाने वाली कभी उसे एक ही घूँट से बुझा सकती थी। मोपासाँ मैंने खूब पढ़ा है नन्दी। जानती हो वह क्या कहता है," अब हँसकर उसने फिर नन्दी को बाँहों में घेर लिया, " 'नारी और जल की तृषा जब कभी घातक रूप से

तीव्र हो उठती है, तो उसे बुझाने के लिए मनुष्य जघन्य से जघन्य अपराध भी कर सकता है।' तब क्या एक न्यायप्रिय न्यायाधीश का यह कर्तव्य नहीं है कि विवशता में किए गए अपराध के लिए अपराधी को क्षमा कर दे? जब प्यास बहुत गहरी हो उठती है, तब मनुष्य अंधा बन, गन्दी नाली के अंजलि-भर पानी से अपनी प्यास बुझाने में भी नहीं हिचकता।''

नन्दी समझ गई, वह स्वेच्छा से कटघरे में खड़ा अपराधी, अपने जघन्य अपराध की पैरवी कर रहा है। घृणा से सिहर, वह फिर उसके बाहु-बन्धन से विलग हो गई। कुछ ही महीनों पूर्व, ग्राम से रहस्यमय ढंग से अदृश्य हो गई एक अंधे शिल्पकार की नाबालिग कन्या की खून से लथपथ निर्जीव देह पेड़ के नीचे मिली, तो ग्रामवासियों ने बिना किसी चश्मदीद गवाह के ही हत्यारे अपराधी को पकड़ लिया था। किन्तु कितनी ही बार ऐसे असंख्य अपराधों के सिलसिले में पकड़े गए अपने उस मुँहलगे इकलौते को, विधाता बार-बार अपनी उदार ज़मानत से छुड़ा लेता था। उस बार भी ऐसा ही हुआ। सोते गाँव को नींद से डूबा देख, वह आधी रात को, किसी बेदविन बंजारे की भाँति, अनजान राह पकड़ फिर अदृश्य हो गया था। ओफ! इस व्यक्ति के लिए तो कुछ भी करना असम्भव नहीं था।

''अभी भी कुछ नहीं बिगड़ा नन्दी तिवारी। डॉक्टरनी बनकर क्यों अपनी कंचन-सी देह का धुआँ देखती हो?'' उसने बड़े अधिकार से नन्दी के कंधे पर अपना बघनखा गाड़ दिया। फिर उस चौड़ी हथेली की अनुभवी अँगुलियाँ, धीरे-धीरे दुःसाहस से आगे बढ़ने लगी थीं।

चौंककर, नन्दी ने गज़ब की फुर्ती से उसका हाथ दूर झटक दिया और तीर-सी छिटक गई थी। फिर तो वह क्षण-भर पूर्व की माँ की याद में सुबकती भावुक नन्दी नहीं थी, यूनिवर्सिटी एथलेटिक टीम की चार सौ मीटर की दौड़ में सर्वदा प्रथम आनेवाली जंगली खरगोश की-सी टाँगोंवाली नन्दी तिवारी बन गई थी।

हाँफती, काँपती, थरथराती नन्दी घर पहुँची, तो चिन्तातुर पिता बरामदे में चक्कर लगा रहे थे। दूसरे दिन वह घर से बाहर नहीं निकली और तीसरे दिन उसकी छुट्टियाँ खत्म हो गई थीं। इसके बाद वह साल-भर तक घर नहीं आ पाई थी।

परीक्षा समाप्त कर वह हाउस सर्जन बनी ही थी कि पिता का पत्र आया

था। उन्हें पीलिया हो गया है और वे इलाज के लिए उसी के पास आ रहे हैं, पर चिन्ता की कोई बात नहीं है। पिता को देखकर, वह उसी क्षण अपने अन्धकारमय भविष्य के लिए प्रस्तुत हो गई थी। उनके सूखे चेहरे का हल्दी-पुता रंग, उनकी चादर-तकिया और अयत्न से उगी दाढ़ी पर भी फैल गया था। एक ही झलक में उसने विवर्ण पिता के पीछे खड़ी आसन्न मृत्यु की स्पष्ट छाया को पहचान लिया था।

पिता की मृत्यु के बाद, कुछ दिनों तक वह विक्षिप्त-सी हो गई थी, अब कौन था उसका, कहाँ जा सकती थी वह? पर फिर बड़े-से-बड़े आघात को भी झेलने की शक्ति लेकर जनमी नन्दी अपना निश्चय ले चुकी थी। पिता की सब चीज़ निकालकर वह घर को किराए पर उठा देगी और स्वयं आजीविका-सन्धान में कहीं दूर निकल जाएगी। यदि उसकी इस संक्षिप्त ग्राम-यात्रा के बीच सुरेश भट्ट फिर अपना धृष्ट प्रस्ताव लेकर आ गया तो वह इस बार मिश्चय ही सहानुभूतिपूर्ण दृष्टिकोण अपनाएगी। उसका यह आकस्मिक विचार-परिवर्तन, उसे फिर यात्रा-भर उत्फुल्लित करता रहा था। नियति हाथ में गंडासा लिए, किसी हृदयहीन जल्लाद की भाँति, उसकी गर्दन खटकाने खड़ी है, यह वह क्या जानती थी? वह घर पहुँची, और सरल बिरादरी की समवेत सहानुभूति ने उसका दुःख सचमुच ही हल्का कर दिया। कोई दूध ले आया कोई चाय। दूर के रिश्ते की स्नेही ताई तो अपना बिस्तर-बोरिया लपेट, उसके यहाँ सोने को भी आ गई थीं। वैसे, नन्दी उस दिन एकान्त में जी भरकर रोना चाहती थी। दिवंगत पिता की शून्य पर्यंक, खूँटी पर टँगा उनका निर्जीव पट्टू का कोट, कोने में खड़ी जंगली जानवरों को भगाने वाली उनकी घुँघरू बँधी मोटी छड़ी और लाल वस्त्र में लिपटी उनकी पूजा की पुस्तकें, उसके कैशोर्य और शैशव की असंख्य स्मृतियों के साथ उसे अतृप्त प्रेतात्माओं की भाँति घेर-घेरकर, त्रस्त करने लगी थीं। उधर मुखरा ताई उसे उसकी अनुपस्थिति में घटी एक-एक घटना का ब्यौरा देती जा रही थीं।

"और जानती है, वह अभागा सुरिया इस बार कैसे नाक कटाकर भागा है? कैसे कहूँ, कुँआरी लड़की के सामने आज एकादशी के दिन, यह सब कहने में लाज आती है। इस बार मालदारिन की पगली लड़की का सर्वनाश कर फरार हो गया है हरामी! अभागी तेरह की भी पूरी नहीं हुई और घाघरी गले से बँधी है। आजकल में कभी दर्द उठ सकते हैं।" एक पल को मोटी

रज़ाई और पहाड़ी मन-भर के थुल्मे के नीचे दबी होने पर भी नन्दी की देह हिमखंड-सी ठंडी पड़ गई थी।

विधवा मालदारिन के कलुषित अतीत ने उसे ग्राम की बिरादरी से बहुत पहले ही बहिष्कृत कर दिया था। उसका पति रानीखेत की गोरी पलटन की मेस का खानसामा था। वहीं, अपने आंग्ल प्रभुओं की सेवा कर, उसने पत्नी को सोने से मढ़ दिया था। फिर एक दिन उस आभूषणमंडिता को स्वयं ही 'मालदारिन' का खिताब भी मिल गया। पर वेचारा खानसामा पत्नी की देह को ही सोने से मढ़ पाया, हृदय को नहीं। एक दिन अपनी आँखों से ही उसने अपने गोरे विदेशी प्रतिद्वन्द्वी को कुलटा पत्नी के साथ देख लिया। उसी दिन नौकरी छोड़ वह मालदारिन को फिर गाँव में घसीट लाया। अब दिन-रात दोनों साँप-नेवले की ही भाँति एक-दूसरे से जूझते रहते। उनके नित्य का कलह पूरे गाँव का सिरदर्द बन गया था कि मालदारिन ने स्वयं ही मुक्ति मार्ग ढूँढ़ लिया। मरने से पूर्व, तड़पता खानसामा चीख-चीखकर शास्त्रीजी से कह गया था, "इसी हत्यारिन ने मुझे कुछ खिला दिया है गुरु! कसम खाकर कहता हूँ, चाय में ही कुछ घोल दिया है इसने।" सचमुच ही घातक विष से उनकी पूरी देह नीली पड़ गई थी। पर पटवारी ने, जान-बूझकर ही, मामला दबा दिया था। मालदारिन की घात को भला कौन नहीं जानता था? विधवा ने उस जादूगरनी को न जाने कैसे-कैसे तंत्र-मंत्र सिखाकर ही पृथ्वी पर भेजा था। पति की रहस्यपूर्ण मृत्यु के तीसरे महीने उसने अपनी उन्मादिनी पुत्री को जन्म दिया था। उसके उत्कट उन्माद ने उसे जन्म के पाँचवें वर्ष से ही बन्दिनी बना दिया था। धूप निकलने से पूर्व, वह घर के भीतर एक पलंग के पाये से बँधी रहती और जहाँ धूप का चौकोर टुकड़ा दाड़िम के पेड़ की डाल से नीचे उतर, धरा पर बिखरता, उसकी माँ उसे बाहर बाँध जाती। बीच-बीच में एक भयानक अमानवीय चीत्कार दीवारें भेदती नन्दी को सहमा जाती। और वह आँखें बन्द कर, कानों पर अँगुलियाँ धर लेती। थोड़ी देर में लड़की थककर स्वयं ही चुप हो जाती।

वर्षों से उसकी नीरस दिनचर्या को अपनी खिड़की से देखती-देखती नन्दी अब उसकी चीखों की अभ्यस्त हो चुकी थी। उसकी माँ, उसे दो-तीन गज़ लम्बी रस्सी से बाँध स्वयं अपने ढोर-जानवर लेकर जंगल चली जाती थी। लम्बी रस्सी का औदार्य उसे बँधी बछिया की ही भाँति इधर-उधर चलने-फिरने की यथेष्ट स्वतन्त्रता देता था, पर फिर भी वह दाड़िमतरु तले चुपचाप बैठी

शून्य दृष्टि से न जाने किन सपनों में खोई रहती। कभी-कभी वह ज़ोर से हँसती और उसकी वह बीभत्स हँसी उसकी दिल दहला देनेवाली चीख से भी भयानक लगती। ग्राम की परम्परा के अनुसार, वहाँ पाली गई गाय-भैंसों का दुग्ध-विक्रय सर्वथा वर्जित था। इसी से मालदारिन सेर-सेर-भर ताज़ा दुहा दूध पुत्री को सुबह-शाम डाँट-फटकारकर घुटका देती थी। उसी थनपुँछे दूध के नियमित कल्प के कारण वह लुभावना चेहरा और भी लुभावना बन गया था। किन्तु आरक्त कपोल बिम्ब, अबोध शिशु की सी निष्पाप हँसी से स्नात रहने पर भी शरीर की गठन में कहीं भी शैशव का लवलेश नहीं था। कभी जल का स्पर्श न करने से मुखमंडल की गोरी त्वचा म्लान अवश्य पड़ गई थी, किन्तु एक दिन पगली ने अपनी मैली चीकट-सी वास्कट के बटन तड़-तड़ तोड़ उसे दूर फेंक दिया, तो नन्दी ने उसकी फिरंगी मेम की सी सफेद चमड़ी के बीच यौवन के स्पष्ट हस्ताक्षर देख, लजाकर आँखें फेर ली थीं। कितनी गोरी थी वह लड़की! माँ की अवहेलना, अनादर और उदासीनता से श्यामवर्णी बन गए चेहरे के विपरीत, अब एक वास्कट में छिपी उसकी संदली काया की झलक नन्दी की आँखों को झुलसा गई थी। एक क्षण को उसे लगा था, वह रौद्र सूर्य की प्रखर किरणों को ही देख रही है। वर्षों से प्रयोग में लाई जा रही किसी पुरानी रज़ाई की विवर्ण छींट की उधड़ी तुरपन जैसे कभी-कभी उसके मौलिक चटख रंग का परिचय दे जाती है, ऐसे ही उस दिन नन्दी पगली की मौलिक अंग-छटा देख मुग्ध हो गई थी।

निश्चय ही मालदारिन के कलुषित अतीत की दन्तकथाओं में कुछ तथ्य रहा होगा, क्योंकि कोई भी भारतीय पिता पगली को ऐसा रंग और ऐसी नीली आँखें नहीं दे सकता था। पगली कमला की जंगली माँ पर नन्दी को क्रोध भी आ गया था। नव तारुण्य की देहरी पर खड़ी उन्मादिनी पुत्री को दिन-भर लावारिस छोड़, उसका ऐसे इधर-उधर भटकना क्या उचित था? उसी दिन वहाँ जाकर नन्दी ने मालदारिन को खूब झाड़ा भी था।

"अपने ढोर-जानवरों को तो साथ लेकर जाती हो चाची, और बेटी को जानवर बनाकर खूँटे से बाँध जाती हो। लाख पगली हो, है तो वह सुन्दर और जवान।" और फिर वह अपने संकोची स्वभाव के कारण, जो कुछ स्पष्ट कर नहीं कह पाई थी, वह उसका लाल पड़ गया चेहरा कह गया। चाची समझ गई, "ठीक कहती हो पोथी (बेटी), आज से जंगल जाऊँगी तो करमजली

को तेरे पास रख जाऊँगी।''

और फिर उसी दिन वह उसे नन्दी के पास पहुँचा गई थी। उसके जाते ही फिर नन्दी ने उसे बन्धनमुक्त कर दिया था। पगली आश्चर्य से अपना मुक्तिपर्व निहारती, कभी नन्दी को देखती और कभी अपनी शून्य दृष्टि से क्षितिज से उतरते नवीन मेघखंड को देखने लगती। दो-तीन घंटों में ही नन्दी ने उसकी काया कंचन-सी निखार दी थी। तीन-चार टिन गर्म पानी, झामे और साबुन की पूरी टिकिया गलाने पर ही वह उस हीरे को निखार पाई थी। उलझी जटाओं को सुलझाने में तो उसे कई बार जुँओं से भरे रेशमी गुच्छों को काट-काटकर दूर फेंकना पड़ा था। नहला-धुलाकर, फिर उसने पगली को हाथ खींचकर चटाई पर बिठा दिया और बक्सा खोल, उसके लिए अपना कार्डिगन ढूँढ़ने भीतर चली गई थी। क्या पता, यह उसके जन्म के पश्चात् उसके जीवन का दूसरा ही स्नान हो और कहीं लड़की ठंड खा जाए! शास्त्रीजी पुत्री का उस उन्मादिनी के प्रति वह सहसा अनुराग देख अप्रसन्न भी हो गए थे, ''क्या लगी है इस पगली के पीछे! कहीं भाग-वाग गई, तो इसकी माँ आसमान सिर पर उठा लेगी।'' हुआ भी ऐसा ही। नन्दी कार्डिगन ढूँढ़कर बाहर आई, तो चटाई-सहित पगली गायब थी। फिर तो वह दिन-भर उसे ढूँढ़-ढूँढ़कर हार गई थी। शास्त्रीजी ने पहले तो उसे खूब डाँटा, पर जब वह इधर-उधर अकेली ही भागती पगली को ढूँढ़कर रुआँसी-सी बनी हार गई, तो वे भी उसे ढूँढ़ने निकल पड़े थे। दिन डूबे मालदारिन लौटी और खो गई पुत्री का समाचार सुनते ही आग उगलती ज्वालामुखी बन गई थी।

''हाय, हाय, इन हरामी ब्राह्मणों ने मेरी बच्ची को लाठी लेकर गाँव से बाहर कर दिया है। आधी रात को कभी चीखकर इन नवाबज़ादों की नींद जो खराब करती थी मेरी दुधमुँही। वह अब कभी इस गाँव में नहीं मिल सकती।''

पर मिली वह उसी गाँव में थी। अन्त तक नन्दी ने ही उसे ढूँढ़ा था। अपने ही घर के पिछवाड़े पर्वताकार खड़े सूखी घास के लूटे के शिखर पर वह हाथ-पैर सिकोड़े किसी अलसाई मार्जारी की भाँति बेखबर सो रही थी। नहा-धोकर उजली-चट्टी बन गई अपने गर्भ की सन्तान को ही मालदारिन पहले पहचान नहीं पाई, फिर उसने खींचकर उसे छाती से लगा लिया और ज़ोर-ज़ोर से रोने लगी थी। उसके बाद मालदारिन ने न जाने क्या सोचकर उत्पाती पुत्री को स्वयं ही बन्धनमुक्त कर दिया था। उसकी इस मुक्ति ने

उसे आश्चर्यजनक रूप से शान्त बना दिया था—न वह रात-रात-भर चीखती, न अकारण हँसती। कभी-कभी माँ के पीछे-पीछे जंगल चल देती और कभी चुपचाप आकर नन्दी के पैरों के पास बैठ जाती। फिर एक दिन नन्दी ने देखा, वह सुरेश भट्ट के बन्द मकान के बरामदे में पैर फैलाए सो रही है।

न जाने क्यों, नन्दी को उसका उस बदनाम बरामदे में ऐसे पसरना अच्छा नहीं लगा था। पर सुरेश भट्ट तो कब का गाँव छोड़, उन सबके लिए मर-खप गया था। कभी वह बन्द ताला खुल भी सकता है, यह सम्भावना उस दिन नन्दी के दिमाग में नहीं आई थी।

"नित्य अभागी वहीं जाकर पड़ी रहती थी, एक दिन सुरेश चोरों की तरह ताला खोलकर भीतर चला गया और अब क्या कहूँ चेली (बच्ची) आज पुत्रदा एकादशी के दिन उस कुपुत्र का पाप कैसे जीभ पर लाऊँ!" धर्मभीरु ताई सहसा चुप हो गई थीं। किन्तु उनके कुछ न कहने पर भी नन्दी सब समझ गई। क्षुधातुर कंगले भिक्षु के द्वार पर स्वयं विधाता ही छप्पन व्यंजनों का थाल सजाकर धर गया, तो क्या वह ऐसा मूर्ख था, जो उस थाल को ठुकराकर भूखा ही सो जाता?

उस रात को सुना, महीनों बाद गाँव की दिशाएँ फिर पगली की चीख से गूँज उठी थीं और निरन्तर गूँजती रही थीं। उसका उत्पाद फिर पूर्ववत् विकट हो उठा। माँ उसे फिर कसकर दाड़िम के तने से बाँधकर जंगल जाने लगी थी। लौटकर रस्सी खोल उसे भीतर ले जाने लगती, तो वह उसे धक्का मार सुरेश भट्ट के मकान की ओर भाग जाती और बन्द ताले पर अपना सिर मारने लगती। कुछ ही दिनों की सरस स्मृति हृदय में सँजोए ग्राम का वह रंगीला पाहुना फिर द्वार पर ताला मार अलोप हो गया था।

पुत्री के मानसिक विकार के साथ-साथ उसका शारीरिक विकार भी उसकी अनुभवकुशला जननी की पैनी दृष्टि से छिपा नहीं रहा था। चोर को उसने अपनी मायावी विद्या से पकड़ा या स्वयं अपने जीवन के अनुभूत तथ्यों से, यह रहस्य उसी तक सीमित था। किन्तु, एक दिन उसने छाती पीट-पीट उस हत्यारे सुरेश भट्ट के सात पुश्तों का विधिवत् श्राद्ध कर, ग्रामवासियों के सम्मुख अपनी उन्मादिनी पुत्री के सर्वनाश का चिट्ठा खोलकर फैला दिया था। ताई ग्राम की उस ऐतिहासिक घटना को सुनाकर खर्राटे लेने लगी थीं, किन्तु नन्दी की आँखों में फिर नींद नहीं रही थी। जिस व्यक्ति के समस्त अपराध,

कलुष, कल्मष क्षमा कर, स्वयं ही निर्लज्जता से बाँहें फैला जिसे ग्रहण करने वह साहस से आगे बढ़ रही थी, उसने उसे सहसा क्रूरता से पीछे धकेल दिया था। उसके हाथ की वरमाला छीन, उसने अपने पैरों तले कुचलकर बिखरा दी थी। स्वयं उसकी ही सिसकियों के वेग से वह सिर से पैर तक काँपती चली जा रही थी। कहीं ताई जग गईं तो क्या कहेंगी।

तभी पगली का गगनभेदी चीत्कार किसी तीखे सायरन की भाँति गूँज उठा। ओफ! कैसा करुण चीत्कार था, जैसे कोई कुन्द छुरी से बकरे की मोटी गर्दन को जिबह कर रहा हो!

"कौन है री? लगता है राँड़ को दर्द उठ गए हैं। सत्यानाश हो इस कुलबोरनी का। अरे सुरेश भट्ट, तू जहाँ भी है करमजले, तुझे हाथ-हाथ-भर के कीड़े पड़ें।" ताई, न जाने कब जगकर उसके पीछे खड़ी हो गई थीं।

पगली का क्रन्दन अब पल-पल तीव्रतर होता और भी हृदयद्रावी हो चला था, और भी करुण! जैसे वह आँचल फैलाए, पूरे ग्राम से दया की भीख माँग रही थी। उसकी उस लम्बी चीख के साथ ही डॉक्टरनी नन्दी की तन्द्रा सहसा स्वयं भंग हो गई। उसने फिर एक क्षण का भी विलम्ब नहीं किया था।

हाथ का बैग लिए वह तीर-सी छिटक गई थी।

पगली की चीख उसके घटनास्थल पर पहुँचने से पूर्व ही किसी दुर्घटना की सूचना दे रहे सायरन की भाँति पूरे गाँव को वहाँ खींच लाई थी।

भीड़ को दोनों हाथों से कमरे से बाहर ठेल, नन्दी ने फिर द्वार बन्द कर दिए थे। "आप लोग बाहर जाएँ। छोटा-सा कमरा है, लड़की का दम घुट जाएगा।" उसका स्वर जितना नम्र था, व्यवहार उतना ही कठोर। ताई को तो उसने एक प्रकार से धक्का देकर गिरा ही दिया था।

अकेली मालदारिन ही, सहमी-डरी दृष्टि से उसे देखती, एक कोने में दुबकी खड़ी थी। "चाची, जल्दी पानी गर्म कर, और कोई साफ फटा कपड़ा है क्या?" उसने कहा, और फिर मालदारिन के निर्विकार चेहरे को देखकर स्तब्ध रह गई थी। लगता था, इस बार पुत्री का नहीं, स्वयं माँ का ही दिमाग फिर गया है। वह सब कुछ सुनकर भी कुछ नहीं सुन रही थी। जिस मोटी रस्सी से पगली नित्य बँधी रहती थी, वह उस दिन छत की बल्ली से बँधी नीचे तक लटक रही थी।

बार-बार वह निरर्थक झूल रही रस्सी का फन्दा, इधर-उधर अकेली ही

भागकर प्रसव का आयोजन कर रही नन्दी के सिर पर टकरा रहा था।

"यह क्या है?" उसने झुंझलाकर पूछा।

"ऐसे ही रस्सी पकड़कर मैंने इसके दरद को झेला था, पर हरामिन कहाँ पकड़ रही है इसे!"

मालदारिन का बोल पहली बार फूटा। ठीक ही तो कह रही थी वह! ऐसे ही, बल्ली के सहारे झूलती रस्सी पकड़ तो पहाड़ी ग्रामों की अधिकांश जननियाँ प्रसव-वेदना झेलती थीं।

"हटाओ इसे। यह क्या तमाशा है!" नन्दी ने बौखलाकर, रस्सी की ऊँची गाँठ में लपेट दूर पटक दिया था। फिर वह अपने गरम स्वर को उतना ही नरम बनाकर गठरी बनी पगली पर झुक गई थी। "कमुली, ऐसे नहीं, ऐसे लेट।"

तभी, पगली को उसकी क्रमशः तीव्रतर हो रही प्रसव-वेदना ने गठरी बना दिया था। ठीक जैसे स्पर्शकातर केंचुआ मानव की अँगुली का स्पर्श लगते ही पोटली बनकर लोटने लगता है। वह कुंडली मारती गोल-गोल घूमी, फिर क्रुद्ध नागिन-सी फूत्कार मार, उसने अपने बाल सहला रही नन्दी के हाथ में दाँत गड़ा दिए थे।

इस बार नन्दी तिवारी पीड़ा से चीख पड़ी थी। आज भी उस नन्ही बत्तीसी का स्मृतिचिह्न उसकी कलाई में कंकण बना उभरा धरा है। घड़ी के चौड़े पट्टे से ही वह उसे छिपाकर रखती है।

बाहर से उत्तेजित भीड़ बन्द द्वार की दरार से नन्दी को सहानुभूतिपूर्ण स्वर में अनुभूत नुस्खे थमा रही थी।

"अरे कहो, रस्सी पकड़ दर्द झेलती रहे।"

"अरी, ले यह भभूत टेक दे छोकरी के माथे पर।"

"सतिया धराया या नहीं मालदारिन? सब बन्धन खोल दे—चोटी, गले की माला, बटन।"

पसीना-पसीना हो रही नन्दी का उतरा चेहरा देखकर लग रहा था, दर्द जच्चा को नहीं, स्वयं उसे ही उठ रहे हैं।

उल्टे-सीधे हाथ-पैर पटक, शरीर की कुंडली पोटली बना, अनाड़ी उन्मादिनी ने प्रसव की स्थिति को गम्भीर रूप से जटिल बना दिया था।

जितनी ही बार अजन्मा शिशु पृथ्वी पर आने के लिए हाथ-पैर मारता, पगली शीर्षासन की मुद्रा में उसे उतनी ही बार अपनी आँतों में उलझाकर

फँसा लेती। मृत्यु को दोनों हाथों से धकेलकर ही नन्दी उस जीवित शिशु को पृथ्वी पर अवतरित करा पाई थी। इसमें कोई सन्देह नहीं था कि उस शिशु को जीवनदान उसकी जननी ने नहीं, स्वयं नन्दी ने ही दिया था।

जब वह लिज़लिज़ा लाल मांस का चीखता लोथड़ा उसके हाथों में पहली बार आया, तो नन्दी को लगा था, वह स्वयं गिर पड़ेगी। उसे नहला-धुला साड़ी का आँचल फाड़, उसे लपेट वह उसकी नानी की गोद में थमाने बढ़ी तो देखा—नानी कहीं नहीं थी। द्वार तो बन्द था। तो क्या वह पुत्री की अमानवीय चीख से स्तब्ध हो, ऊँची खिड़की से कूद गई थी? चीखते शिशु को छाती से लगा उसने रक्त से सनी शान्त पड़ी पगली की देह को ढँका और द्वार खोल दिए।

"क्या हुआ, क्या हुआ?" तीव्र आँधी के झोंके की भाँति पूरी भीड़ भीतर धँस आई।

"लड़का।" नन्दी ने कहा और पगली के पुत्रजन्म का आनन्द पूरे सरल ग्राम का आनन्द बन गया था।

क्षमाशील ग्रामवासी नवजात अवैध शिशु की जननी के कलंक, उसकी नानी के कलुषित अतीत और सुरेश भट्ट के जघन्य अपराध को भूल-बिसरकर रह गए थे। पगली पूरे गाँव की बेटी थी और उसका पुत्र पूरे गाँव का पौत्र।

"इसकी माँ की हालत ठीक नहीं है, किसी के पास ब्रैंडी होगी क्या?" नन्दी ने पूछा फिर निराश होकर स्वयं चुप हो गई।

उस सात्त्विकी ग्राम में भला ब्रैंडी किसके पास हो सकती थी!

पर फिर, पलक झपकाते ही गदा कक्का सुरेश भट्ट का ताला तोड़, उसके समृद्ध सेलर से ही उसके पुत्र के लिए एक बोतल निकाल लाए थे।

किन्तु रात-भर मृत्यु से जूझकर भी, नन्दी उस असमय जननी बन गई पगली किशोरी को नहीं बचा पाई थी।

मालदारिन का कहीं पता नहीं था। अब मुख्य समस्या थी, उस अनाथ बालक को पालने की। कौन पालेगा उसे? कोई भी हत्यारिन नानी, उन्मादिनी जननी और दुराचारी सुरेश भट्ट के अवैध पुत्र को ग्रहण करने के लिए राज़ी नहीं था। थोड़े दिनों तक पाल देंगे, पर फिर उसे मिशन में ही पहुँचाना होगा। "कोई बात नहीं, दो-तीन दिन में मैं इसे मिशन में पहुँचा आऊँगा।" गदाधर भट्ट ने हँसकर कहा था—

"हसुवा हैनरी जसुआ जैका।
कल नी जाणी च्याल मैकैका।।

क्या अपूर्व चुटकी ले गए हैं कवि गौर्दा! अनामा पितृकुल के हसुवा को हैनरी और जसुवा को जैक बनानेवाला मिशन निश्चय ही हम पाखंडी कर्मकांडी ब्राह्मणों से कहीं अधिक दयालु है। भाइयो, वह इस अभागे को भी पाल लेगा। अरी हिरुवा की धुलैणी, तेरा दूध पीता बच्चा है, आज रात तू ही उसे दूध पिला दे। कल सुबह ही मैं इसे मिशन में छोड़ आऊँगा।"

"नहीं, मैं इसे पालूँगी कक्का।" नन्दी ने दृढ़ स्वर में कहा और बिना किसी समर्थनं के बच्चे को छाती से लगाकर, भीड़ का घेरा चीरती चली गई थी।

रुई के फाये से दूध पिलाकर, उसने फिर उसे जिला ही लिया था। कितना समझाया था गदाधर कक्का ने—"कैसी मूर्खता कर रही है पगली! नौकरी पर जाएगी, तो वहाँ के लोग क्या विश्वास करेंगे कि यह तेरा दत्तक पुत्र है? तू कुँआरी है, यह क्यों भूल जाती है? एक तो तू यहाँ लम्बी छुट्टी पर आई है, फिर यह महीने-भर का बच्चा लेकर वापस जा रही है!"

"कहने दो कक्का, मैं किसी से नहीं डरती। लड़की होती तो शायद मुझे चिन्ता भी होती, पर यह तो लड़का है, पत्थर भी तोड़ेगा तो अपना पेट पाल लेगा।"

"नहीं बेटी," गदाधर कक्का का स्वर वह आज भी सुन पा रही थी, "तुझे यह माँ भले ही कह ले, एक न एक दिन यह तुझसे पूछेगा, मेरा पिता कौन है माँ? तब तू क्या कहेगी?" ठीक ही कहा था उन्होंने। आज पुत्र को वही उत्तर देने के लिए, वह फिर उस भूले-बिसरे गाँव में आ गई थी।

कक्का अब नहीं रहे, पर मृत्यु से पूर्व उनका अन्तिम पत्र उसे सुरेश भट्ट की गतिविधि का समाचार दे गया था।

अब वह फिर गाँव में शायद मरने को ही लौट आया है।

"बड़ी दुर्दशा है उसकी, न जाने किस असाध्य व्याधि को लेकर लौटा है! पर पी-पिलाकर चौपट कर लिए गए यकृत की यन्त्रणा उसे अस्वाभाविक रूप से शान्त बना गई है। बड़ी चेष्टा से लाठी टेककर थोड़ा-बहुत टहल आता है। मैंने उसे सब कुछ बता दिया है। तेरा पता माँग रहा था, मैंने नहीं दिया। क्या करूँ, सगा भतीजा है, एकमात्र वंशधर! इसी से उसके पास रहने

चला आया हूँ। कोई और होता तो शायद मैं थूकता भी नहीं। तुझे तो पता है, कैसे इसने मुझे घर से बाहर कर दिया था! चिन्ता एक ही है बेटी, अगर मुझे कुछ हो गया, तो इसे तो कोई पानी देनेवाला भी नहीं रहेगा।"

क्या चतुर बुड्ढा अपने उस अन्तिम वाक्य में उसी की कर्तव्यपरायणता को उकसा गया था? फिर उसने अपना वह विचित्र निश्चय ले लिया था।

ग्राम जाकर, उसे अपने इस दत्तक पुत्र के पितृविरहदग्ध हृदय को शीतल करना ही होगा।

समाज की लांछना, विद्रूप, व्यंग्य झेलकर वह उसके पिता को अपना पति बनाकर साथ ले आएगी।

किन्तु अल्मोड़ा पहुँचते ही उसका समस्त उत्साह ठंडा पड़ गया था। नौ-दस वर्षों में ही कितना बदल गया था यह शहर! बिना धुले मारकीन के कोरे थान की ही भाँति, किसी चतुर धोबी की भट्टी से उजली निखर, शहर की विवर्ण पीली सड़कें धुलते ही सिकुड़, सिमटकर रह गई थीं। हर दो गज़ के फासले पर बने नए मकान, अजस्र लांड्रियाँ और दोनों ओर खड़ी मिठाई की असंख्य दुकानों ने मोटर की प्रशस्त सड़क की परिधि को संकुचित कर दिया था। वर्षों पूर्व की गई गुमानी कवि की अद्भुत भविष्यवाणी उसकी आँखों के सम्मुख साकार पड़ी थी–

देख शहर अल्मोड़े का,
यह नक्शा औरे और किया।

तिरछी, टेढ़ी, आड़ी मिठाई की दुकानों में काँच के शो-केसों में सजे रंगीन डिब्बों में सँवरी, पहाड़ की आडम्बरहीन पत्ते में लिपटी सिंघौड़ी भी उसे अनजानी अनचीन्ही लगी थी। नित्य की संस्कारशीला लहँगाधारिणी कुलवधू जैसे पलक झपकाते ही कैबरे नर्तकी बन गई थी। कहाँ गई वह खोए में घुलमिल गई मालू पर्ण की सोंधी सुगन्ध और 'भुटी कुन्द' के लड्डुओं की वह अनोखी सुवास! सड़क पर बेल बाटम और ढीले कुर्तों की भीड़ से वह चेष्टा करने पर ही लड़कियों को बीन पाई थी।

गाँव पहुँची तो दिन डूब चुका था। उसके घर में अब वृद्धा ताई रहती थीं। दाँत टूट गए थे। पीठ झूलकर कूबड़ निकल आया था, किन्तु पोपले मुख के दन्तहीन शासन से जिह्वा और भी तीखी बन गई थी, और भी मुखर। पूरे दस वर्षों बाद लौटी नन्दी को देखने पूरा गाँव ही उमड़ पड़ा था। उत्सुकता

उसे देखने से भी अधिक उसके पुत्र को देखने की थी। बड़ी रात तक गाँव की औरतें बैठी ही रही थीं, फिर ताई ने उन्हें डपटकर भगा दिया था, "अरे, सोने भी दोगी या नहीं उसे? थकी-माँदी आई है, जाओ अब कल आना।" रोहित खा-पीकर सो गया, तो वह स्वयं ताई के पास जाकर लेट गई।

"तूने अच्छा किया जो इसे ले आई बेटी।" ताई ने उसके सिर पर बड़े स्नेह की थपकी देकर कहा था, "सुरेश भट्ट की हालत ठीक नहीं है। एक बार लड़के का मुँह तो देख लेगा। हज़ार हो, है तो बाप ही।"

एक बार नन्दी के जी में आया, उस उदार-स्नेह वृद्धा के सम्मुख अपना दुःसाहसी निश्चय उगलकर रख दे, पर फिर उसके विवेकशील चित्त ने स्वयं उसका हाथ थाम लिया। क्या पता, नित्य उसके सम्मुख घुटने टेककर प्रणय की भीख माँगनेवाला भिक्षुक आज स्वयं उसे भीख देने से मुकर जाए! पहले उसे आज ही लज्जा-संकोच को ताक पर धर, मध्य रात्रि के एकान्त में स्वयं अभिसारिका बन उसके हृदय की थाह लेनी होगी।

थका रोहित नींद में बेहोश था। सोई ताई का दन्तहीन मुख भी मरी चिड़िया के चंचु-सा खुला पड़ा था। उसने शाल कंधे पर डाला और चुपचाप निकल गई। पाँच ही मिनट में वह सुरेश भट्ट के बदनाम बरामदे के भिड़े कपाटों के पास खड़ी थी। द्वार बिना किसी साँकल के हवा के झोंकों से ही बार-बार भिड़कर खुल रहे थे। क्षण-भर के लिए खुली उसी दरार से उसने झाँककर देखा, सुरेश भट्ट दीवार की ओर मुँह किए कुछ पढ़ रहा था। काल की प्रतीक्षा में खड़ा वह मृत्यु-पथ का यात्री शायद अब भी अपना पठन-पाठन नहीं छोड़ पाया था। नन्दी के दोनों पैर अचानक काँपने लगे। वह तेज़ी से मुड़ी और मन्दिर की पगडंडी उतर गई। मृत्युंजय की जिस अपूर्व मूर्ति के सम्मुख वर्षों पूर्व उसने अपने इस चित्त-विकार से मुक्ति माँगी थी, आज वह फिर उसी दिव्य धरा पर मत्था टेकने जा रही थी, उसी प्रेमी से चिर-मिलन का वरदान माँगने।

मन्दिर की निस्तब्धता के बीच गूँज रही झींगुर-ध्वनि असंख्य मिज़राबों-सी ही झंकृत हो रही थी। महाश्मशान में किसी अधबुझी चिता की धूम्ररेखा मँडरा रही थी। जले बालों का दुर्गन्धपूर्ण वही धुआँ पूरे मन्दिर-प्रांगण में भी फैल गया था। हवा के वेग से मन्दिर की घंटियाँ बीच-बीच में स्वयं टुनक रही थीं। सिर झुकाकर ही नन्दी तेज़ी से अँधेरे मन्दिर के भीतर घुस गई थी। अंधे हाथों से ही फिर वह, उस विराट मूर्ति को टटोलती हिम-शीतल

शिवलिंग से लिपट गई थी। कैसी भव्य शान्ति थी उस अँधेरे देवालय में! नन्दी को लगा, संसार के किसी भी मन्दिर में ऐसी शान्ति नहीं मिल सकती। लगता था, स्वयं मृत्यु बाँदी की नम्रता से हाथ बाँधे, उस महाकाल की मृत्युंजयी मूर्ति के समक्ष खड़ी निरन्तर थर-थर काँप रही है। सहसा बाहर खड़े हो गए कई लोगों के कंठ की गुनगुनाहट सुन वह चैतन्य हुई। लगता था, मुर्दा फूँककर लौट रही भीड़ शायद आधी रात की उस भयावह निस्तब्धता से सहम मन का भय भगाने ही ज़ोर-ज़ोर से 'शम्भो-शम्भो' कह घंटा हिला रही थी। नन्दी लिंग के पीछे दुबक गई। क्या पता दर्शन करने भीतर ही आ जाएँ! पर सौभाग्य से भीड़ वहीं से लौट गई।

बहुत देर बाद वह उठी, तो मृत्युंजय की मृत्युंजयी पारसमणि उसके शंकालु चित्त को छू चुकी थी। न अब उसे प्रेमी के सम्मुख अपने चित्त-विकार की स्वीकृति का भय था, न समाज के विद्रूप की चिन्ता। वह तेज़ कदमों से बढ़ी, द्वार पर पहुँची और धड़धड़ाती कोने में पड़े पलंग के सिरहाने खड़ी हो गई। दोनों हड्डियों-से हाथों में धरी पुस्तक पकड़े वह अब भी दीवार की ओर मुँह किए पढ़ रहा था। नन्दी बाहर ही चप्पल खोल, बिल्ली की चाल से आई थी, फिर भी कमरे के सन्नाटे ने उसकी चोरी पकड़ ली। सुरेश भट्ट ने चौंककर करवट बदली और नन्दी यदि अपने को न रोकती, तो शायद उसके मुँह से चीख निकल पड़ती। बीमारी ने क्या उसे एकदम ही बदल दिया था? गाल और आँखें ही नहीं, लगता था, दोनों ओर से उसका ललाट भी बहुत भीतर धँस गया था। नित्य के भरे-भरे कपोलों की हड्डियाँ अब दोनों ओर से तीखे पत्थरों-सी ही उठ आई थीं। सूखे होंठों पर जमी पपड़ियाँ, आँखों में क्रमशः जमी जा रही स्थिर सफेदी और चारुचिबुक पर उग आई घुँघराली भूरी दाढ़ी!

"अरे वाह!" मृत्युद्वार पर खड़ा वह आनन्दी-मस्त फकीर सहसा अपनी निगरगंड हँसी का चीमटा खनका उठा, "नाश हो स्वर्ग की उस अप्सरा का, जिसने मुझ जैसे..." और फिर अपनी अधूरी व्यंग्योक्ति उसने बीच ही में रोक दी। सम्मुख खड़ी अभिसारिका के सफेद काँपते अधरों को देख वह अपनी ठिठोली भूल गया। हाथ की पुस्तक पटक उसने बैठने की चेष्टा की। खुरदरा जीर्ण कम्बल नीचे खिसक गया और विस्मृत प्रेमी के मांसहीन कंकाल को देखकर, नन्दी ने आँखें फेर लीं।

"यह मैं सपना देख रहा हूँ। नन्दी तिवारी या सचमुच ही तुम हो, देखूँ?"

उसने फिर वही ठठरी की करवट लेकर थरथराती नन्दी का हाथ थाम लिया।

मार्ग-भर कितनी बातों का पूर्वाभ्यास कर आई थी, पर उस स्पर्श ने झटके से उसे स्मृतिभ्रष्ट कर एकदम ही विचलित कर दिया। वह कटे पेड़-सी उस कंकाल पर औंधी गिर पड़ी और तेज़ी से उठ-गिर रही उस छाती पर सिर धर, फूट-फूटकर रोने लगी।

वर्षों से रोका गया प्रेम का उच्छ्वास नदी के टूटे बाँध की ही भाँति, कगार पर खड़े विवेक-वटवृक्षों को तोड़ता-फोड़ता अपने साथ बहा ले गया।

"आज तुम यहाँ क्या रास्ता भूलकर आ गईं नन्दी?" प्रेमी के व्यंग्यपूर्ण उपालम्भ से तिलमिलाकर उसने फिर सिर उठाया।

अश्रुसिक्त आँखों के पक्ष्मों में अभी भी हीरे की नन्ही-नन्ही कनियाँ झलक रही थीं, "नहीं, मैं रास्ता भूलकर नहीं, पहचानकर ही आई हूँ।"

उसके दृढ़ता से भींचे गए होंठों पर, फिर वर्षों का अतीत चीर, जानकीवल्लभ का वही दिव्य स्मित खेल उठा जिसे पहली बार देखकर ही वह तरुण वकील मुग्ध हुआ था।

इस बार सुरेश भट्ट ने आँखें बन्द कर लीं। उसे लगा, ग्राम के रामलीला मंच पर निंगाल के धनुष-बाण लिए, श्रीराम फिर खड़े हो गए हैं। ठनकते तबले के साथ गदाधर कक्का का मांसल कंठ गूँज रहा है—

कल कपोल कुंडल श्रुति लोला।
चिबुक अधर सुन्दर मृदु बोला।।

"नन्दी," उसका स्वर भर्रा गया, "जान-बूझकर ही क्या अब मरे को मारने आई हो?"

"नहीं, तुम्हें लेने आई हूँ।"

"बड़ी देर कर दी मेनका।" वह हँसा और उसी करुण हँसी के साथ उसकी साँस फूलने लगी।

"मैं तुम्हें लेने आई हूँ सुरेश। तुम्हारा पुत्र मेरे पास है, यह तो तुम्हें पता है न?" उस तीखे प्रश्न ने कंकाल को सिर से पैर तक कँपा दिया।

"जन्म से ही वह मुझे माँ कहकर पहचानता है। मैं नहीं चाहती कि वह पिता के रहते पितृ-सुख से वंचित रहे। अब वह सयाना हो गया है। स्कूल जाने लगा है, उसके सहपाठी उससे पूछते हैं—'तुम्हारे पिता कहाँ हैं? क्यों कभी तुमसे मिलने नहीं आते?' "

एक क्षण के लिए नन्दी का स्वर काँपा, फिर उसने उसी दृढ़ स्वर की मींड़ खींच ली, "मुझसे कभी किसी को कुछ पूछने का साहस नहीं होता, शायद इसलिए।"

वह रुकी और फिर म्लान हँसी के साथ उसने सुरेश के दुर्बल हाथ को कसकर पकड़ लिया।

"मुझे कभी किसी की मैत्री के कौतूहल ने नहीं झकझोरा। न मेरा कोई मित्र है, न शत्रु। फिर भी बातों की भनक मेरे कानों में पड़ती रहती है। कोई कहता है, डॉक्टरनी यह लावारिस बच्चा किसी अस्पताल से उठा लाई है, कोई कहता है यह..." वह चुप हो गई, उसका चेहरा लाल पड़ गया।

"क्या कहता है?" प्रेमी का अधैर्य फिर उसे मुखर बना गया।

"कि यह मेरे कौमार्यावस्था की भूल का स्मृतिचिह्न है। पर आज तक मैं एक कान से सुनकर दूसरे से निकाल देती थी। अब जब स्वयं रोहित मुझसे बार-बार पूछता है, 'मेरे डैडी नहीं हैं क्या माँ?' तो मुझे लगता है कि मैं क्या जान-बूझकर ही इस निर्दोष बालक के भविष्य की हत्या नहीं कर रही हूँ? चाहने पर मैं क्या इसे इसके पिता से नहीं मिला सकती?"

"पर उसे उसके पिता से मिलाकर भी क्या तुम उसे उसका पिता दे पाओगी नन्दी?"

"वही करने तो आई हूँ, मैं तुमसे विवाह कर तुम्हें अपने साथ ले जाऊँगी। उससे इस विवाह के विषय में हम कुछ नहीं कहेंगे। कह दूँगी, आज तक तुम्हारे पिता से मेरा झगड़ा था, अब मेल हो गया है। विमाता का सम्बोधन मुझे कभी नहीं डँस पाएगा सुरेश, जहाँ मेरी नौकरी है, वहाँ मेरा अतीत एक नए अतीत के रूप में बड़ी आसानी से उभर सकता है। तिवारी से तर्वे बनकर वहाँ गई थी। सोचा था, बदले नाम का यह जाल मुझे उबार लेगा, पर ऐसा हो नहीं पाया।" अपनी शान्त दृष्टि उसने एक बार फिर रोग-जीर्ण चेहरे पर निबद्ध कर दी।

"हे भगवान, हे जागनाथ, तुम यह क्या कह रही हो नन्दी! मैं पापी हूँ। घोर पापी।"

"मैं जानती हूँ।" स्वर की दृढ़ता का हथौड़ा जैसे किसी पथरीली दीवार पर कील ठोंक रहा था।

"कोई भी कुकर्म मुझसे नहीं छूटा।" वह अब बैठकर हाँफने लगा था और उसकी आँखों में एक अजीब वहशीपन उतर आया।

"इन हाथों ने एक पगली ही नहीं और भी कितनी पतिताओं को आलिंगन-पाश में बाँधा है, फिर भी तुम्हें इस बाहुपाश की कामना है?"

"हाँ।"

"मेरे इन अधरों पर कितने कलुषित अधरों का स्पर्श है, जानती हो?"

अब वह सन्निपात ज्वर में बहके रोगी की ही भाँति आँय-बाँय बकने लगा था।

"कुछ भी मुझसे नहीं छूटा है, भगवान, कुछ भी नहीं...मर्डर...रेप..."

वह उत्तेजित होकर अपने बालों को मुट्ठी में बाँध, फिर तकिया पर ढुलक गया और बच्चों की तरह सुबकने लगा।

"अब लाठी लेकर भी मुझसे नहीं चला जाता। न भूख है, न प्यास। ताई कभी रोटी डाल जाती है, पर मैं खा नहीं पाता। इन्हीं किताबों के सहारे जी रहा हूँ नन्दी। इनके सिवा अब मेरा कोई नहीं है। वह आकर चुपचाप नित्य पैरों के पास बैठ जाती है—" उसके चिपके-धँसे ललाट पर पसीना झलकने लगा था। "सच, कसम खाकर कहता हूँ। गायत्री की सौं नन्दी, उठकर देखता हूँ, वैसी ही सहमी आँखों से मुझे देख रही है, मुँह, हाथ, पैर सब वैसे ही बँधे हैं जैसे मैंने उस दिन—उस दिन।" वह फिर सूखे होंठों पर जीभ फेरने लगा। लग रहा था, उसकी समस्त शक्ति उसी अधूरे वाक्य के साथ चुक गई है।

"तुम सो जाओ," नन्दी ने कम्बल ऊपर तक खींचकर उसका माथा थपथपाया, "मैं सुबह उसे लेकर आऊँगी।"

सुबह होने से पहले ही वह फिर ताई को सोती छोड़ चली आई थी। रोहित वैसे भी देर ही में उठता था और ताई जग भी गईं, तो सोचेंगी, वह नहा-धोकर नित्य की भाँति मन्दिर चली गई है।

जल्दी-जल्दी उसने सुरेश भट्ट का कमरा झाड़ा-बुहारा, पलंग की चादर बदली। छिपाकर लाई सिरिंज उबाल, उसे एक इंजेक्शन दिया। अनाड़ी हाथों से, जीवन में पहली बार किसी पुरुष की दाढ़ी बनाई, फिर बटुए से अपनी कंघी निकाल, उसकी उलझी जटाओं को सुलझाने लगी।

गूँगे बालक की ही भाँति सुरेश भट्ट चुपचाप पड़ा रहा।

"मैं उसे लेकर अभी आऊँगी सुरेश। सोया था, इसी से नहीं जगाया। पर सुनो, वह आएगा तो तुम्हें अपने पर काबू रखना होगा, समझे सुरेश!"

बार-बार उसके मुँह से अपने नाम का सम्बोधन उसके रक्तहीन शरीर में एकसाथ पाँच बोतल खून चढ़ा गया था।

पुत्र को लेकर वह आई, तो बड़ी चेष्टा से हाथ में पकड़ी गई पुस्तक काँप गई।

"रोहित, तुम रोज पूछते थे न, तुम्हारे डैडी कहाँ हैं? ये रहे तुम्हारे डैडी।"

नन्दी ने शरमा रहे उस सुन्दर-सजीले बालक को खींचकर पलंग से सटाकर खड़ा कर दिया। सुरेश भट्ट के सफेद पड़ गए चेहरे को देख, फिर वह पैंतरा बदल, हास-परिहास के छींटों से मरणासन्न रोगी को भी मृत्यु-भय से मुक्त कर देनेवाली, अनुभवकुशला डॉक्टरनी बन गई।

"रोहित," लाजभरी चितवन से सुरेश को देख, उसने पुत्र के घुँघराले बालों को चूम लिया, "तुम्हारे डैडी से आज तक हमारी कुट्टी थी—अब मेल हो गया है। क्यों, अब इन्हें अपने साथ ले चलें बेटा?"

एक बार सहमी-सकुची दृष्टि से अपने उस विचित्र डैडी के भावशून्य चेहरे को देख, रोहित ने माँ की छाती में अपना मुँह छिपा लिया। सुरेश भट्ट की आँखें पुत्र के चेहरे पर नग-सी जड़ गई थीं। वही आँखें, वही नाक और वैसे ही घुँघराले केश। यही नहीं, उन सन्दिग्धपूर्ण रूप से नीली लग रही आँखों की पुतलियों में भी उसकी उन्मादिनी जननी की आँखों की-सी विदेशी चमक थी।

"हे भगवान, हे भगवान!" कह उसने करवट बदली, "आओ बेटा, तुम्हें किशन नैनीताल घुमा लाएगा।" वह फिर बड़े छल-बल से बाहर खींच ले गई।

"क्यों माँ, तुम नहीं चलोगी?" उसने तुनककर पूछा।

"तुम्हारे डैडी की तबीयत ठीक नहीं है रोहित, मैं यहीं रहूँगी।"

रोहित को खिलौने खरीदने का समुचित उत्कोच देकर, फिर नन्दी ने उसे ताई के भानजे के साथ, उसकी जीप में बिठाकर, नैनीताल भेज दिया था। उसके जाते ही, फिर ताई को घेर, उसने अपनी योजना स्पष्ट कर दी थी। फिर तो, पलक झपकाते ही अपने योजना को कार्यान्वित कर दिया। छोटे-से गाँव को ताई ने न्यौत कर उसके बरामदे में बिठा दिया था। अपनी सरल बिरादरी के सम्मुख वह लौह स्तम्भ-सी ही खड़ी हो गई थी।

"मैंने आप सबको यहाँ क्यों बुलाया है, शायद ताई आपको बता चुकी

हैं। मैंने निश्चय किया है कि मैं सुरेश भट्ट से विवाह करूँगी। रोहित आज तक यही जानता है कि मैं ही उसकी सगी माँ हूँ। आप सबसे मैं हाथ जोड़कर अनुरोध करती हूँ, कल उसके घर लौटने पर कोई भी उससे इस विवाह की चर्चा न करे। मैंने उससे कहा है कि उसके पिता से आज तक मेरी अनबन थी, अब मेल हो गया है। मैं उसकी सगी माँ हूँ, यही वह जानता है। मैं नहीं चाहती, अब कोई उससे यह कह दे कि मैं उसकी माँ नहीं, कैंजा हूँ। ईश्वर-कृपा से मैं बहुत दूर हूँ। कहाँ हूँ, यह भी आपसे इसी से छिपा रही हूँ, जिससे मेरा इस छूटे गाँव से फिर कोई रिश्ता न रह जाए। सुरेश भट्ट और रोहित की पिछली ज़िन्दगी का कलंक मैं इसी ब्रह्मकुंड की पवित्र धारा में प्रवाहित कर बहा जाना चाहती हूँ भाइयो। न रोहित कभी यह जान पाएगा कि वह एक पगली का अवैध पुत्र है और न मैं उसे यह हवा ही लगने दूँगी कि उसकी नानी हत्यारिन थी, पिता शराबी। जैसे भी हो, आप सबको मुझे अपना सहयोग देना ही होगा। कल शाम ही को हमारा परिवार फिर आप सबसे सदा के लिए विदा ले लेगा।''

नित्य की भाँति, वह कंधे सतर किए खड़ी थी। निष्कम्प वाणी में न आवेग था न आवेश। उस मधुरभाषिणी, तेजस्विनी, दृढ़निश्चयी डॉक्टरनी के एक-एक शब्द को गाँव की बिरादरी साँस रोककर सुन रही थी।

''मैं चाहती हूँ'' दोनों हाथ पीछे बाँधकर गर्दन और ऊँची कर ली। पहली बार नारी-सुलभ व्रीड़ा से उसके कपोल रंजित हो उठे, ''यह शुभ कार्य तत्काल सम्पन्न हो, क्योंकि कल सुबह ही रोहित शायद लौट आएगा।'' उसकी इस चट मँगनी और पट विवाह में फिर दो घंटे भी नहीं लगे थे। सौभाग्य से उस दिन भी ताई का व्रत था, निर्जलनिराल कर, उन्हीं ने कन्यादान किया और अपनी एकमात्र मोहनमाला नववधू को पहना दी। ऐसा विचित्र विवाह उस गाँव में ही क्या, शायद संसार में भी पहले कभी नहीं हुआ था। उत्तेजना से क्लान्त हो गया नौशा बार-बार निढाल होकर बिस्तर पर लेट जाता था। कई बार विवाह-वेदी से उठ-उठकर वधू ने उसकी नब्ज़ देखी। सप्तपदी के बीच पावन अग्नि की आँच में ही सिरिंज उबाल, उसे इंजेक्शन दिए और जब फेरे फिरने का समय आया, तो वह वरविहीन वधू पीले पटुके को अपने आँचल से बाँध, अकेली ही पावन अग्नि की प्रदक्षिणा कर गई थी। पलंग पर पड़ा सुरेश भट्ट बीच-बीच में आँखें खोलता और फिर बन्द कर लेता। विवाह सम्पन्न होते ही सहमे अतिथि स्वयं ही विदा हो गए, तो चिन्तातुरा

नन्दी सुरेश भट्ट के सिरहाने बैठ गई। नाभि-स्पर्श करती उसकी लम्बी मोहनमाला उसके धड़कते हृदय की धड़कनों से काँप रही थी, उसी माला के शीतल स्पर्श से चौंककर सुरेश भट्ट ने आँखें खोल दीं।

एक पल को उन पथराई-सी आँखों की सफेदी में नटखट बालक की आँखों की सी विद्युत् कौंध गई। "नाश हो उस स्वर्ग की मेनका का," उसने कहा, तो नन्दी ने झुककर अपना अश्रुसिक्त चेहरा उसके धँसे कपोलों में सटा लिया।

"हम कल सुबह ही यहाँ से चल देंगे सुरेश। वहाँ समुद्र के किनारे हमारा बहुत बड़ा बँगला है। वहाँ जाकर फिर कभी कोई नहीं जान पाएगा कि हमारे इस विचित्र विवाह को चार ही दिन हुए हैं। समुद्री जलवायु निश्चय ही आठ दिन में तुम्हें चंगा कर देगी और फिर हम तुम्हें दिखाने मुम्बई के सबसे बड़े अस्पताल में ले चलेंगे।"

सुरेश चुपचाप उसे ऐसे देख रहा था जैसे चेष्टा करने पर भी वह उसे पहचान न पा रहा हो। कभी एक शब्द भी न बोलनेवाली उसकी यह भीरु प्रेयसी आज इतनी मुखरा कैसे बन गई थी? जिसे पाने को वह कई वर्षों तक नैराश्य के अंधकार में भटकता अपना मानसिक सन्तुलन खोकर एक भयानक सेक्स मैनियक बन उठा था, आज वह स्वयं आकर उसकी बाँहों में सिमट गई थी। पर आज तो उसकी बाँहें पक्षाघात के किसी आकस्मिक झटके से अवश होकर निर्जीव लटकी पड़ी थीं।

"नन्दी!" उसका स्वर किसी सुदूर घाटी से गूँजा।

"कहो।" नन्दी का ढीला जूड़ा खुलकर उसकी छाती पर बिखर गया था।

नारी-देह-गंध के मधुर नैकट्य से उसके अनुभवी नथुने फड़क उठे, "जो साड़ी पहनकर तुम उस दिन मन्दिर गई थीं..."

"ओह, उसे पहनकर आऊँ क्या? मेरे पास अभी भी धरी है।" किसी चपला तन्वंगी किशोरी की भाँति वह हँसती-इठलाती उठ गई और थोड़ी ही देर में कत्थई मदीने की बेल लगी साड़ी में दस वर्ष पूर्व की नन्दी तिवारी प्रेमी के सम्मुख हँसती-लजाती खड़ी थी।

"तुमने उस दिन कानों में लाल बुरुंश के झुमके भी तो पहने थे नन्दी।"

"ओह, तुम्हें तो सब याद है! रुको मैं वैसे ही झुमके ढूँढ़कर पहन आती हूँ।"

झुमका-सन्धान में उसे उस दिन स्मृति-कानन में दूर-दूर तक भटकना पड़ा। अँधेरा हो गया था। दूर खनकते मन्दिर के घंटों की धीमी ध्वनि क्रमशः निकट आ रही थी। घाटी आज उस दिन की भाँति उदार नहीं बनी। हवा नहीं थी, इसी से उद्धत शाखाओं में लदे लाल बुरुंश-गुच्छ नीचे गिराने में वह ढेले मार-मारकर हाँफ उठी थी। झुमके पहनकर लौटी, तो अँधेरा और भी सघन हो गया था। दूर से आ रही भारी घंटे की गुरु-गम्भीर ध्वनि पहाड़ों से टकरा रहे किसी गरजते मेघ-सी ही गूँज रही थी। निर्धूम चिता की विलीन धूम्ररेखा अब भी दुर्गन्ध का भभाका बनी मँडरा रही थी। उसका पुलकित हृदय स्वयं ही म्लान हो गया। प्राणों में जाग्रत वसन्त को असमय ही आ धमके पतझड़ ने लाठी लेकर दूर खदेड़ दिया। अपनी रसकेलि के बीच वह क्या रोहित को एकदम भूल गई थी? वह तो उसे कितनी ही बार याद कर चुका होगा। शृंगारिका नववधू जब झुमके पहनकर प्रणयी के सिरहाने खड़ी हुई, तो वह अचेत पड़ा था। भागकर वह ताई को बुला लाई। अपना बैग लेकर वह जब उसके सिरहाने खड़ी हुई, तो यकृत की पीड़ा से ऐंठता सुरेश भट्ट का लम्बा धड़ पलंग से नीचे लटक गया था। बड़े यत्न से दोनों ने उठाकर उसे फिर पलंग पर लिटाया। ताई ने चटपट आग जलाकर गर्म पानी किया, ठंडे हाथ-पैरों से पसीना पोंछा। और अपनी काँपती अँगुलियों से कई बार उन निश्चेष्ट पलकों को खोलने की व्यर्थ चेष्टा थी।

"नन्दी", फिर उन्होंने मुड़कर नन्दी के कन्धे पर हाथ धरकर कहा, "कमर कस ले बेटी, इसकी कान की लोड़ियाँ पलट गई हैं, अब उसका बचना मुश्किल है। हाय, हाय, ऐसी कंचन-सी काया अपने हाथों मिट्टी में मिला दी हरामी ने!"

"अरे सुरिया," एक बार ताई ने उस अचल देह को झकझोरा—फिर न जाने क्या सोचकर पत्थर बनी खड़ी नन्दी का हाथ खींचकर सुरेश भट्ट की छाती पर धर दिया, "यह देख तेरी बहू खड़ी है, आँखें तो खोल!" शायद नन्दी का नाम सुनकर ही उसने पल-भर को आँखें खोलीं। घबराहट में इधर-उधर भागती नन्दी कान के पुष्प-गुच्छ भी उतारना भूल गई थी। कुम्हलाकर म्लान हो गए अवनत झुमकों को उसकी अवसन्न डूबती दृष्टि ने देख लिया। उसी नटखट चमक से, एक पल को पलट रही पुतलियाँ चमकीं, बंकिम स्मित में तने होंठ स्वयं ही बुदबुदाने लगे।

ताई ने झुककर बड़बड़ा रहे होंठों से कान सटा लिया। " 'नाश हो उस

सुरग की अप्सरा का,' कह रहा है बेटी। न जाने किस सुरग की अप्सरा को कोस रहा है हरामी? इसकी क्या एक-आध अप्सरा थी! अरे सुरिया, मरते वक्त तो किसी को मत कोस, राम-राम कह, राम-राम!...''

किन्तु ताई का आदेश सुनने से पहले ही वह फिर अचेत हो गया। नन्दी ने अब उसके सिरहाने बैठ, अपना हाथ उसके ललाट पर धर दिया था। मृत्यु का आह्वान स्पष्ट होकर अचेत सुरेश के कंठ में घरघराने लगा था। ताई ने अपनी अनुभवी दृष्टि से उसे एक बार देखा और बिना कुछ कहे ही तुलसीदल लेने चली गईं।

ताई के जाते ही नन्दी विह्वल होकर अचेत सुरेश के चेहरे पर झुक गई।

''सुरेश भट्ट, तुमने तो मेरी एक बात नहीं सुनी। मैंने ही तुम्हारा सर्वनाश किया है। ठीक कहते थे तुम, बड़ी देर कर दी मैंने, बड़ी देर। पर जाने से पहले सुन जाओ सुरेश, मैंने जीवन में तुम्हीं से प्यार किया था, सुनते हो?'' वह वहाँ क्या था, जो सुनता!

नन्दी तिवारी यह जानकर भी कि जानेवाला कब का चला गया है, उसकी पसरी निर्जीव हथेली को कसकर मुट्ठी में दबाए अचल बैठी थी।

किसने, कब उसकी चूड़ियाँ तोड़ीं, केवल एक दिन को कंठ में झूल, उसे सम्राज्ञी-सी महिमामयी बना गया मंगलसूत्र किसने झटककर दूर फेंक दिया वह कुछ भी नहीं जान पाई। लोकल ऐनिसथीसिया देकर जैसे किसी ने उसका निचला धड़ ही सुन्न कर दिया था। ताई ने जब अचानक रोहित को लाकर सुरेश भट्ट के सिराहने खड़ा कर दिया, तो उसकी चेतना लौटी। ''यह कब आ गया ताई? आप यहाँ क्यों ले आईं?'' वह हड़बड़ाकर उठने लगी, तो ताई ने हाथ पकड़कर बिठा दिया, ''लाती क्यों नहीं भला, अरे बड़ा होगा, तो कुछ याद तो रहेगी बाप की! किस्मत है अभागे तेरी, हाय इस उम्र में ही 'छोर-मुल्या' (बिना माँ-बाप का) बन गया रे!''

नन्दी ने तुनककर कहा, ''नहीं, नहीं, इसका यहाँ रहना ठीक नहीं है। चल रोहित तुझे घर पहुँचा आऊँ।'' हाथ पकड़कर वह सहमे पुत्र को बाहर खींच ले गई थी। सहानुभूति प्रदर्शन करने आई सरल ग्राम्याओं का दल, कभी भी कुछ कह, उस अबोध बालक के भविष्य का स्थायी अनिष्ट कर सकता था। अब उसे लेकर उस गाँव में रहना उसके लिए सांघातिक भूल बन सकता था। कल ही वह गाँव छोड़ देगी।

ताई मिट्टी उठने से पहले उसे बुलाने आईं, पर वह नहीं गई। जिस

खिड़की से वह सदा छिप-छिपकर उसे देखती थी, आज उसी खिड़की की दरार से उसने उसे अन्तिम विदा भी दी। रोहित जाने के उत्साह में अपने नए खिलौने बटोर-बटोरकर बैग में ठूँसता अपने अनचीन्हे जनक के बिछोह को एकदम भूल गया था। शोक की म्लान छाया जिस वेग से उस नन्हें चेहरे पर उतरी थी, उसी वेग से विलीन भी हो गई। पहली बार मृत्यु को इतने निकट से देखने पर भी वह न डरा, न सहमा।

नन्दी ने जान-बूझकर ही ताई को मोटर के टिकट लेने भेज दिया था। कुछ क्षणों के लिए वह एकदम अकेली रहना चाहती थी। ताई ने ही ज़िद कर उसे उस दिन रोक लिया था—"अरी कल ही तेरे आदमी की मिट्टी उठी है; चाहे कैसा ही क्यों न हो, अँगूठा तो तेरा पकड़ा ही था। जाना ही है, तो तू तीसरे दिन जाना।" और फिर तीसरे ही दिन तड़के जाने की तैयारी कर रही नन्दी लैम्प जलाने उठी, तो जीवन्त मृत्यु की विवर्ण छाया-सी ही वह, उसके पास आकर खड़ी हो गई थी।

उसके फटे लहँगे की मग्ज़ी पर अब चीथड़ों की झालरें ही अवशिष्ट थीं। उलझी जटाओं को उसने एक बदसूरत जूड़े में ऊँचा उठा कनफड़ा जोगियों के ही जुट्टे-सा बाँध दिया। बत्तीसी से बचे दो दीर्घ वराह-दन्त होंठ फाड़कर नीचे लटक आए थे। नन्दी का रक्त भय से जम गया। कौन पगली थी यह?

"नहीं पहचाना पोथी (बेटी)?" वह हँसी और नन्दी को लगा, उस हँसी के साथ ही उसके ठक-ठक कर हिल रहे दोनों दाँत चिबुक पर गिर पड़ेंगे। फिर विचित्र नवागता की दृष्टि, डरकर कोने में दुबके खड़े रोहित पर पड़ी। काँख की मैली पोटली नीचे पटक, उसने दौड़कर उसे छाती से लगा लिया। "अरे मेरे कलेजे के टुकड़े, अरे मुझे कोई न भी बतलाता, तब भी मैं तुझे लाखों की भीड़ में पहचान लेती रे दुश्मनिया!" वह उसे चटाख-चटाखकर चूमती जोर-जोर से रोती जा रही थी।

"हाय री अभागी कमुली, तू मर गई और अपनी इस तस्वीर को क्यों छोड़ गई मुझे रुलाने? एकदम वही सूरत है, एकदम वही! अरे, मैं तो तेरे जनमने से पहले ही जान गई थी कि तू अपनी माँ को खा जाएगा। इसी से तो मैं खिड़की से कूदकर भाग गई थी।"

कमरे में सहसा तूफान-सी घुस आई, किसी परी-कथा की जादूगरनी-सी उस उन्मादिनी के प्रेमोच्छ्वास से हक्का-बक्का बन गया रोहित फुक्का फाड़कर

रो पड़ा। नन्दी ने उसे खींचकर छाती से लगा लिया। हाँफती, नाक पोंछती बुढ़िया अब पलंग पर बैठ गई।

"धन्य हो पोथी, भगवान करे तेरे पैर में काँटा भी न चुभे। मैंने सब सुन लिया है, सब। बिना माँ-बाप के इस चिहड़े (पुत्र) को तूने पाल-पोसकर साहब बना दिया है। इसी से भाई से छिपाकर आज अपना पूरा धन तुझे सौंपने आई हूँ।" उसने मैली पोटली की गाँठ खोली और काला पड़ गया पीतल का पानदान नन्दी की गोद में धर दिया, "कमुली के लिए सब गाड़कर रखा था, अब तो तू ही मेरी कमुली है। तू क्या मेरे लिए लड़की की सौत है, चेली? कभी इसकी शादी होगी, तो मेरी नात बहू को पहना देना।"

आँखों से टपक रहे आँसू, झुर्रियों की घाटियों में अटकते उसकी मैली कुर्ती पर टपक पड़े, "कल रात-भर मसान में बैठकर अभागे की चिता की आग तापी," वह फिर रुक-रुककर कहने लगी, "तभी कहीं कलेजा ठंडा हुआ। चाहती तो यह चिता मैं बहुत पहले ही जला सकती थी। गंडासा तेज़ कर एक दिन मैंने पूरी तैयारी भी कर ली थी।" वह बीभत्स हँसी हँसती, नदी के नजदीक घिसट आई, "पर उसी रात को छोकरी ने मुझे सपना दिया—'इजू मत मारना उसे, वह मेरे बेटे का बाप है।' गंडासा फिर मैंने बरमकुंड में बहा दिया। पर भगवान के यहाँ देर है पोथी, अँधेर नहीं। खूब घुला-घुलाकर मारा है जागनाथ ने। हे भोलानाथ, धन्य हो महाराज धन्य हो!" बुढ़िया ने दोनों हाथ माथे से लगाए और उठ गई।

"माँ, यह कौन है?" सहमे रोहित का फुसफुसाहट में पूछा गया निर्दोष प्रश्न बुढ़िया ने सुन लिया।

कुछ क्षण पूर्व जिन आँखों से क्रोध की चिनगारियाँ छूट रही थीं, वे नन्दी की छाती से चिपटे उस सफेद चेहरे पर फिसलते ही वात्सल्य से छलछला उठीं। झुककर बुढ़िया ने अपनी गठिया से विकृत ऐंठी अँगुलियों से, उस नवनीत-से सुचिक्कन चिबुक का स्पर्श कर चूम लिया।

"आहा, कैसी बात पूछी है, पोथी! जीरै बच रै (जीता रह बेटा)। पूछता है, माँ, यह कौन है! अरे, यह क्या तेरी माँ है? यह तो तेरी कैंजा है कैंजा—तेरी सौतेली माँ। माँ तो तेरी मर गई और मैं हूँ तेरी माँ की माँ!" वह ठठाकर हँसी और उसी हँसी में मृतवत्सा गाय की-सी ही करुण रम्भाहट की गूँज थी। एक पल को पुत्री की उस सौत के प्रति ईर्ष्या, द्वेष और असह्य क्रोध की ज्वाला जैसे बुढ़िया को उन्मत्त कर उठी। एक बार भी बिना मुड़े वह

भड़ाक से द्वार भड़भड़ाती बाहर निकल गई।

विमाता के लिए पहाड़ के उस डंक देनेवाले सम्बोधन की सम्पूर्ण व्याख्या ही तो बुढ़िया उसके निर्दोष पुत्र को समझा गई थी। अब बचा ही क्या था!

कल तक पिता को खोकर पितृहीन ही बना था, आज नानी उसे मातृहीन भी बना गई। रोहित कब उसकी गोदी से उठकर चला गया, वह जान नहीं पाई। तभी टूटे काँच की झनझन से वह चौंककर उठी और गोदी में पड़ी जीर्ण पोटली नीचे गिरकर बिखर गई। कहीं सतलड़ पहुँची और कहीं चमचमाती अशर्फियों की माला।

"रोहित, रोहित!" वह घबड़ाकर उसे पुकारते दूसरे कमरे में गई।

कभी उसके पिता को दिया गया राणा परिवार का बहुमूल्य आदमकद शीशा चूर-चूर होकर पड़ा था।

"कैसे टूट गया यह, कैसे?" नन्दी को रुआँसे स्वर में पूछे गए अपने प्रश्न का उत्तर अनायास ही मिल गया।

नन्हा अपराधी, नतमस्तक खड़ा था। अभी भी उसकी बँधी मुट्ठी में एक तीखा डाँसी पत्थर था। माँ के रोकने से पहले ही खींचकर उसने अपना दूसरा सधा निशाना मारा। इस बार खिड़की का सतरंगी काँच झनझनाकर बिखर गया।

"रोहित, रोहित–ऐसा क्यों कर रहा है बेटा? ऐसा तो तू कभी नहीं करता था।" नन्दी ने विद्रोही पुत्र को बाँहों में बाँधने की चेष्टा की तो वह पहले छटपटाया, फिर उसकी छाती में मुँह छिपाकर ज़ोर-ज़ोर से सिसकने लगा।

"मैं तुमको कैंजा नहीं कहूँगा, कभी नहीं।"

"कौन कहता है, मैं तेरी कैंजा हूँ, पगले! कौन–" पर हँसकर उसे बहलाने की लाख चेष्टा करने पर भी रोहित की कैंजा फिर हँस नहीं पाई।

विषकन्या

पूरे तीन महीने बीत गए हैं, पर आज भी उस परिचय की सन्ध्या का एक-एक पल किसी सद्योदृष्ट दुःस्वप्न की ही भाँति सजीव धरा है। कैसा आश्चर्य है कि जिसकी स्मृति को मैं बड़े यत्न से मिटाना चाहती हूँ, वह किसी जिद्दी ढीठ बालिका की भाँति बार-बार मुझे सम्मुख खड़ी होकर मुँह चिढ़ाने लगती है। उस दिन उस आकस्मिक परिचय के लिए मैं प्रस्तुत थी ही कहाँ? आँधी ही की भाँति आकर, वह मेरे अपने साथ उड़ा ले गई थी और जब लौटी तो उसका घातक विष मेरे सर्वांग में व्याप चुका था जिसके बहुचर्चित सौन्दर्य की एक झलक देखने की उत्सुकता मुझे ही नहीं, मेरी अनेक समृद्ध प्रतिवेशिनियों को भी कई बार उसके बँगले की व्यर्थ परिक्रमा कर निराश लौटा आई थी, वह एक दिन स्वयं ही मुझसे मिलने ऐसे चली आएगी, यह मैंने कभी स्वप्न में भी नहीं सोचा था।

"मुझे आज ही पता चला कि आप यहाँ रहती हैं। वह तो सौभाग्य से आज किसी पत्रिका में आपका पता देख लिया, पर देखिए ना, कल ही सुबह आठ बजे की दिल्ली वाली बस से जा रही हूँ। इसी से आपको एक धृष्ट प्रस्ताव से बाँधने आई हूँ।" फिर वह ऐसी स्वाभाविकता से स्वयं ही कुर्सी खींचकर मेरे सामने बैठ गई, जैसे मेरा-उसका परिचय बहुत पुराना हो।

मैं कुछ कहती, इससे पहले ही वह मेरी उलझन के तागे स्वयं सुलझाकर, अपने दिव्य स्मित का जाल बिखेरती, किसी निरन्तर चिढ़ाई गई कोकिल-सी टहूकने लगी, "इस दिसम्बर में मुझे वहाँ पूरे दो महीने हो गए, पर अभी तक किसी को भी नहीं जानती।"

मैं ही तो इस रहस्यमयी की निकटतम प्रतिवेशिनी थी और दो महीनों में पहली बार इस देवांगना को देख रही थी, आज तक क्या किसी को भी इस परम रहस्यमयी ने बढ़ावा दिया था? स्वयं मकान-मालिक ही उसकी गतिविधि से अनभिज्ञ थे। फिर उन्हें मुँह-माँगा किराया जो मिल रहा था। न

उदार गृहस्वामिनी किराया थमाकर रसीद ही माँगती थी, न अन्य सुविधाएँ। कई वर्षों से साह जी की वह अरण्यस्थित अट्टालिका खाली पड़ी थी। उतनी दूर भला आता भी कौन? एक ओर थी कालाढूँगी की तीखी घाटी, जिसे देर तक देखते रहने पर सिर चकराने लगता और दूसरी ओर था गर्वोन्नत चीनापीक। पाँच बजते ही वहाँ मध्यरात्रि का सन्नाटा छा जाता और कभी अत्यधिक ठंड बढ़ जाने पर, आसपास के पर्वत-शिखरवासी जंगली भालुओं का झुंड का झुंड वहाँ उतर निर्भय हो विचरण करने लगता। वन्य पशुओं के आतंक से न वहाँ कोई चौकीदार जुटता, न माली। फिर इतनी ऊँचाई पर कभी किसी नवेली के-से ही बीसियों नखरे दिखाकर पानी चढ़ भी आता, तो नवम्बर के प्रारम्भ में ही टंकियाँ जमकर पत्थर बन जातीं। एक दिन उसी बँगले की सर्पिल पगडंडी से होकर मैं सिनरिया की देवी के दर्शन करने गई तो बँगले की नीरस किलेबन्दी के बीच सरस पुष्पवाटिका के वैभव को देखकर, खड़ी ही रह गई। ऐसा नन्दनवन तो नैनीताल के राजभवन को भी नसीब नहीं हुआ था। बन्दगोभी से गुलाब एक ही कद के, कतार में खड़े, हवा में झूम रहे टाइगर लिली के काली धारियोंवाले नारंगी पुष्प ऐसे लग रहे थे जैसे लहरदार केसरिया पाग बाँधे राजस्थानी लोकनर्त्तकों की टोली छब्बीस जनवरी के परेड-नृत्य का पूर्वाभ्यास कर रही हो। दिसम्बर में, जब नैनी का एक-एक वन-उपवन मुर्दा पड़ा था, ऐसा मदिर सुवासित पुष्पवाटिका में क्या इसी रहस्यमयी के हाथ की बाजीगरी थी? एक तो उन दिनों उसी को लेकर नैनीताल में भाँति-भाँति की कपोल-कल्पनाओं का बाजार गर्म हो चला था। कोई कहता, "घुटी स्मगलर है, ऐसी तस्करी को प्रश्रय देकर साहजी ने अच्छा काम नहीं किया।" कोई तो यह भी कह देता, किराए के लोभ में ऐसे विभीषण को कोठी थमा दी है। हो न हो, साड़ी पहन, बृहन्नला बना यह कोई चीनियों का छोकरा जासूस है। देख लेना, एक दिन कुमाऊँ की लंका ढहा देगा। किसी लड़की में भला कभी यह हिम्मत हो सकती है कि उस भुतही कोठी में अकेली रहे?

कोठी सचमुच ही भुतही थी, किराएदारों को उसमें बसी किसी सुन्दरी मेम की प्रेतात्मा, सुना, चाँटे मार-मारकर भगा चुकी थी। स्वयं ऊषा ओबेराय ने मुझे अपने संक्षिप्त प्रवास में खाए गए चाँटों का इतिहास बताया, तो मेरे भी रोंगटे खड़े हो गए थे। पर वह तो दो महीने से वहाँ थी। उतने बड़े बँगले

में न कोई नौकर था, न रसोइया, फिर भी उसके बावर्चीखाने से आती मदमस्त मसालों की खुशबू मुझे एक नहीं, बीसियों बार व्याकुल कर चुकी थी। विशुद्ध घृत में भूनी जा रही सूजी की मधुर सुगन्ध या बड़े अन्दाज से तामसी मसालों की भूमिका बाँधकर भूना जा रहा गोश्त अपनी बादशाही सुगन्ध से जब-तब मेरे नवरात्रि व्रतों का कौमार्य भंग करने किसी दस्यु के दुःसाहस से वातायन खोलकर चला जाता, तो मैं कभी-कभी झुँझला उठती। खिड़की बन्द कर देने पर भी उस सुगन्ध की केसरिया लपटें मेरा पीछा नहीं छोड़तीं। एक तो व्रत के दिन मानव का दुर्बल चित्त जाने-अनजाने स्वयं ही खाने की मधुर कल्पना-जल्पना में खो जाता है, फिर उस सुगन्ध की तो बात ही निराली थी। उस सुगन्ध-सूत्र को पकड़, मैं न चाहने पर भी उसके आदर्शी खाद्यान का मेनू बनाने लगती। पता नहीं, क्या-क्या बना रही है? लगता है, गोश्त के बिना ससुरी के कंठ तले गस्सा ही नहीं उतरता। कई बार इधर-उधर देखने पर कभी उसकी एक झलक नहीं दिखी, लॉन में कहीं एक रूमाल भी तो नहीं सूखता था। यही तो महान् आश्चर्य था। कैसा ही सुसंस्कृत परिवार क्यों न हो, क्षणिक धूप की आँख-मिचौनी में कपड़े सुखाए बिना क्या आज तक नैनीताल में कोई रह पाया है? पर अन्तरंग ताक-झाँक के बावजूद मैंने उसके लॉन में कभी एक कपड़ा भी सूखते नहीं देखा। स्वामिनी का एक पेटीकोट भी देख लेती तो उसका व्यक्तित्व कुछ न कुछ पकड़ में आ ही जाता। मैं तो सोचती हूँ, किसी भी स्त्री या पुरुष का आधा व्यक्तित्व उसके परिधान में ही स्पष्ट हो उठता है। किन्तु उस बँगले को देखकर क्या लगता था कि उसमें कोई कपड़े सुखानेवाली रहती भी है?

बहुत पहले उसमें बड़े दुःसाहस से रहने गई थीं ऊषा ओबेराय। उनके पति का तराई में विराट् फार्म था, दो पुत्रियाँ रैमनी में पढ़ती थीं। बीच-बीच में पति आते रहते और "अकेली रहने में मुझे कोई डर नहीं लगता, मिसेज पंत।" वे बड़े गर्व से मुझसे कहती थीं, "आश्चर्य है, पढ़ी-लिखी होकर भी आप भूत-प्रेत की बात करती हैं!" जहाँ तक शरीर की परिधि का प्रश्न था, ऊषा ओबेराय निश्चय ही एक साथ तीन-तीन मेम प्रेतनियों को अपनी बगल में दबा सकती थीं, किन्तु दूसरे ही महीने उन्हें कोठी छोड़नी पड़ी थी। "अब मैं क्या बताऊँ, क्या बताऊँ," कहती-कहती वे पसीना-पसीना हो गई थीं। इसके बाद एक लम्बे अरसे तक वह कोठी खाली रही। आसपास की सब कोठियाँ आबाद थीं। वनवासी समृद्ध हजार-हजार एकड़ के फार्म-प्रभुओं की

कई प्रोषिता पत्नियाँ वहाँ कोठियाँ लेकर अपने बच्चों को पढ़ा रही थीं। न उन्हें अन्न का अभाव था, न धन का। इसी से उनके हाथों में सलाइयाँ खटकतीं और मुँह में जिह्वा। उनकी निरर्थक दुपहरियाँ इधर-उधर डोलने में कटतीं और सन्ध्या बोट हाउस में, जहाँ इम्पोर्टेड शिफॉन, नायलॉन, जार्जेट, विदेशी सेंट जैसे अलभ्य देवदुर्लभ पदार्थों पर विचार-विनिमय कर थाकी-माँदी वे रात को लौटतीं और देखतीं कि भुतही कोठी की बत्ती जल रही है। बारी-बारी से सब मैत्री का हाथ बढ़ाने उस ओर हो आई थीं, पर कभी तो देर तक घंटी बजाने पर भी द्वार नहीं खुलता और कभी अन्धकार में डूबी कोठी के जिस अन्तरंग कक्ष में जल रही बत्ती का आश्वासन पाकर बेचारी आई थीं, वह घंटी सुनते ही बड़ी अशिष्टता से, दपू कर बुझ जाती। आज वही स्वेच्छा से बनी बन्दिनी, कौन-से धृष्ट प्रस्ताव से मुझे बाँधने चली आई थी?

"आपको उतनी बड़ी कोठी में अकेले डर नहीं लगता?" मेरे मुँह से निकल गया।

"डर?" वह हँसी, और मैं एक बार फिर उस दाड़ि मदशना की दिव्य छटा देखकर मुग्ध हो गई।

क्षमा कीजिएगा, यहाँ पर एक बात कहना चाहूँगी। मेरे पाठकों की प्रायः ही मुझसे यह शिकायत रहती है कि मेरी प्रत्येक नायिका अपरूप सुन्दरी ही कैसे हो जाती है? यह उपालम्भ एक बार फिर मुझे बींधे, इससे पूर्व ही मेरा नम्र निवेदन है कि इस बार दोषी मैं नहीं हूँ। एक तो यह नायिका नहीं, स्वयं विधाता की कृति है, इसी से इसके अपूर्व रूप-लावण्य की सशक्त अभिव्यंजना में मेरी लेखनी एक ईमानदार स्वामिभक्त स्टेनो की ही भाँति अपने प्रभु का डिक्टेशन मात्र ले रही है। कृपया इसका ध्यान रखें।

मैंने एक बार फिर उसे देखा, अकलंक सुन्दर मुखश्री, आयात उज्ज्वल आँखों में आवेग-कम्पित कृष्णवर्ण पुतलियों की अतलस्पर्शी गम्भीरता और रक्तिम ओष्ठप्रान्त की सलज्ज हास्य-रेखा। वह भी ऐसी व्यंग्यात्मक, जैसे मेरी हँसी उड़ा रही हो। सुगठित-सुकोमल देह की कृशता को उस चतुरा तनुमध्या ने पतली काली जीन्स में कसकर और भी स्पष्ट कर दिया था। उसकी टर्टल नेक की सतरंगी जर्सी घुटनों तक झूल रही थी। सचमुच ही दूर से देखे जाने पर ऐसा ही लगता था जैसे कोई विदेशी हिप्पी छोकरा चला आ रहा है। मेट्रोपोल में तो आए दिन ऐसे हिप्पी छोकरों की बिरादरी जुटती ही रहती

है। कन्धे तक झूल रहे केश-गुच्छ असली या नकली घुँघराली लटों का आकर्षण भी नहीं था, एकदम सीधे एलिसवाली हेयर स्टाइल, पर फिर भी मुझे लगा कि सिर पर एक अदृश्य ताज धरे यह विश्वसुन्दरी अपने भृकुटि-विलास से ही सृष्टि-लय करने की क्षमता रखती है। ''मैं आपसे एक अनुरोध करने आई हूँ,'' वह बोली, ''पता नहीं इस शार्ट नोटिस में दिए गए मेरे इस निमन्त्रण को आप स्वीकार भी करेंगी या नहीं। पर अभी-अभी मुझे आपका पता मिला और मैं भूखी ही भाग आई। क्या आप आज दोपहर का खाना मेरे साथ खाने की कृपा करेंगी?'' मैं हाँ या ना कहती, इससे पूर्व ही वह स्वयं जैसे मेरी ओर से समर्थन करती उठ गई।

''धन्यवाद, धन्यवाद। मैं जानती थी कि आप अवश्य आएँगी। दस बजे हैं, मैं ठीक एक बजे आपको लिवाने आ जाऊँगी। कुछ बना चुकी हूँ, कुछ चटपट बना लूँगी। असल में भृत्यहीन हूँ, इसी से पीर, बावर्ची, भिश्ती खर सब कुछ खुद ही बनाना पड़ता है।''

वह चली गई, तो मैं तटस्थ हुई। कैसी विचित्र लड़की थी! और मुझे भी क्या साँप सूँघ गया था! जान न पहचान, बड़ी बुआ सलाम! पति दौरे से पाँच बजे लौटने को कह गए हैं, पुत्र साढ़े तीन बजे स्कूल से आएगा—उस पर बीसियों काम पड़े हैं—पर वह तो चली गई थी, जाना अब पड़ेगा ही।

ठीक एक बजे वह मुझे लेने आ गई, ''चलिए, इस पगडंडी से ही चलें।'' कहती वह मुझे एक-सवा गज की नई ही पगडंडी से ले चली, वह आगे-आगे चल रही थी और सुचित्र जघना कृशोदरी की एक-एक पदचाप, किसी बैलेरीना की-सी ही सधी-सन्तुलित चाल में बँधी सचमुच मेरी दृष्टि को भी बाँध गई।

कोठी के द्वार पर पहुँचते ही मैंने देखा कि वहाँ पर एक बहुत बड़ा ताला ही नहीं लगा है, उसे कपड़े में सीकर, सील-मुहर भी लगा दी गई है।

''आइए,'' वह बिना किसी कैफियत के ही मुझे एक अनजानी सुरंग से भीतर ले जाने लगी, तो मेरा माथा ठनका। मैं उस कोठी में पहले भी कई बार जा चुकी थी, तब तो वह सुरंग नहीं थी, आज अचानक इसका अस्तित्व कैसे प्रकट हो गया? वैसे नैनीताल की अधिकांश पुरानी कोठियों में एक-आध ऐसी सुरंग रहती है, हो सकता है ऊषा ने इसे बन्द ही रखा हो! भीतर पहुँचते ही कोठी के आपाद-मस्तक परिवर्तित रूप को देखकर मैं दंग रह गई।

''आप यहीं बैठें, आपके लिए तब तक कुछ ले आऊँ। ह्वाट विल हैव?

फ्रूट जूस या...''

अपने गूढ़ प्रश्न को बड़ी नटखटी से अधूरा ही छोड़, वह मुझे ऐसी अन्तरंगता से छेड़ने की अनाधिकार चेष्टा करने लगी जैसे मेरी मुँहलगी छोटी ननद या देवरानी हो। पर मुझे इस बार उसकी इस सुन्दर धृष्ट मुद्रा ने नहीं मोहा। लाख हो, वह मेरी एक प्रशंसिका पाठिका मात्र थी। मेरी कलाई पकड़ते ही उसका पहुचा पकड़ना मुझे कुछ जँचा नहीं।

''धन्यवाद, मैं कुछ नहीं लूँगी,'' मैंने शायद कुछ रुखाई से ही कहा।

''वाह, यह भला कैसे हो सकता है,'' वह फिर हँस-हँसकर कहने लगी, ''अपनी कहानियों में तो आप कभी-कभी ऐसी खासी रुचि का परिचय देती हैं; इसी से पूछा था। कोई बात नहीं, मैं अपनी ही पसन्द की चीज ले आती हूँ।'' और वह चली गई।

उसके जाते ही मैंने एक बार फिर उस सर्वथा बदल गए कमरे को देखा। पहले कोनें में ऊषा का एक ऐसा विक्टोरियन सोफा उदधि था, जिसमें बैठते ही अतिथि किसी ऊर्ध्वस्त जहाज-से डूबकर विलीन हो ही जाते। यही नहीं, विलीन होने से पूर्व, सोफे के जराजीर्ण स्प्रिंग चूँ-चा का ऐसा ध्वनि-संगीत प्रस्तुत करते कि बैठनेवाला अप्रस्तुत होकर बगलें झाँकने लगता। आज उसी कोने में एक रंग-बिरंगा जामनगरी हिंडोला धरा था, जिस पर पड़ा डनलप का मोटा गावतकिया अतिथि को स्वयं ही बैठने का मूक आमन्त्रण दे रहा था। कमरे की अनूठी सज्जा स्वामिनी के ही सौन्दर्य से टक्कर ले रही थी। सिंहासन-सी मखमली गद्दीदार ऐसी ऊँची-ऊँची कुर्सियाँ थीं, जिन पर बैठकर कभी भारत के वायसराय चित्र खिंचवाया करते थे। एक गुदगुदा कालीन अन्तहीन क्षितिज-सा पूरे कमरे के क्षेत्रफल को बड़े अन्दाज से नापता दूर तक बिछता चला गया था। हवा से हिल रहे भारी पर्दों की नन्ही घंटियों की रुनुक-झुनुक से टकराती मेरी दृष्टि सरसराकर किसी अबाध्य वन्य शाखामृगी-सी ही कमरे के बीचोंबीच टँगे झाड़-फानूस पर चढ़ती, संगमरमरी मेज पर धरे एक हरे इत्रदान पर उतर आई। ओह; तो कमरे के अटपटे मदीले सौरभ का केन्द्रबिन्दु यही था! मैं उठकर उसे सूँघने झुकी ही थी कि तश्तरी में दो गिलास धरे मेरी मेजबान आ गई। वह एकदम ऐसे निःशब्द चली आएगी, यह मैंने सोचा भी नहीं था।

मुझे लगा कि बड़े यत्न से खींची गई मेरे गाम्भीर्य की लक्ष्मण-रेखा को अपनी रतनारी एड़ियों से रौंदती वह एक बार फिर मेरे अन्तरंग कक्ष में

मुस्कराती खड़ी हो गई है।

"अच्छा लगा ना आपको? आजकल यह इत्रदान लेटेस्ट क्रेज है।" वह कहने लगी, "विदेशी पर्यटक तो आजकल हमारे देश की हिना, खस और मोतिया की चुटकियों पर मर मिटते हैं। सब पुरानी चीजें लौट रही हैं।" ठीक ही कह रही थी वह। कुछ दिन पहले मैं लखनऊ से लौटी थी और वहाँ अतीत के ऐसे प्रत्यावर्त्तन को देखकर सहम-सी गई थी। यह क्या हमारी प्राचीन संस्कृति का प्रत्यावर्त्तन था? चिकन और कारचोबी की चकाचौंध, गजल, ठुमरी और कव्वाली से लदी साँझें, बेला और मोतिया के गजरे हाथों में लपेटे कत्थक की घुरनियों में झूमते गुणी दर्शक और फैशन परेड में प्रस्तुत किया गया उन्मुक्त सौन्दर्य-प्रदर्शन? क्या सचमुच ही हम अनजान बने एक बार फिर वाजिदअली शाह की इन्दर-सभा का आयोजन करने लगे हैं?

"आजकल ऐसे इत्रदान का फॉरेन मार्केट तगड़ा है।" उसने हँसकर एक गिलास मुझे थमाया और फिर मेरी सन्दिग्ध दृष्टि के मूक प्रश्न का उत्तर भी स्वयं ही दे दिया; "चिन्ता न करें, आप ही के रामगढ़ सेबों का एकदम वर्जिन जूस है..."

वह फिर स्वयं झूले में बैठकर, जूस पीती हल्की-हल्की पेगें लेने लगी, "इतना सामान फैला है और कल सुबह ही मुझे जाना है, पर मैंने सोचा, पैकिंग तो रात भर जगने पर भी की जा सकती है, पर आपसे बातें तो फिर नहीं हो पाएँगी।"

"कैसी बातें?" मैं अचरज में डूबी जा रही थी।

"आइए, पहले खा लिया जाए, यहाँ तो खाना मेज पर धरते ही बर्फ बन जाता है।" वह एक झटके से हिचकी रोककर, नीचे उतर गई।

उसके खाने के कमरे की स्वच्छ सज्जा देखकर मैं कुछ कहती, इससे पूर्व वह बोली, "गृहसज्जा मेरी एक-मात्र दुर्बलता है।"

"वह तो मैं देख ही रही हूँ," मैंने उसकी भड़कीली सज्जा में सँवरे अतिथि की प्रतीक्षा में आतुर मेज को देखा। जिन सुरभित खाद्यपदार्थों को दो महीनों से अपनी घ्राण-शक्ति से सात्त्विकी चौके में खींचती मैं काल्पनिक भोग का आनन्द ले रही थी, वह मेरे सम्मुख साकार बने नाना कटोरियों में मुस्कुरा रहे थे।

"आप कहती हैं, आपके पास नौकर भी नहीं है। फिर भी इतना सब कैसे बना लिया?"

दो थालियों में कितनी कटोरियाँ थीं और कितने सारे व्यंजन!

"बैठिए।" उसने बड़ी ही नम्रता से मेरे लिए कुर्सी खींच दी। और हँसकर कहने लगी, "आपसे झूठ नहीं बोलूँगी। मैंने एक भी चीज नहीं बनाई।" मेरा कलेजा धक्-धक् कर उठा। कहती है नौकर नहीं है, अकेली रहती है, तब क्या यह मेम के प्रेत की पाकशाला का चमत्कार था?

"पास ही में एक बावर्ची की बेवा रहती है। पुराने कमिश्नरों के बैरा बटलरों को क्या कोई इस विद्या में पछाड़ सकता है? उसी ने शायद अपनी बीवी को भी चलते-चलते यह विद्या थमा दी थी। ईश्वर की कृपा से संसार के बड़े से बड़े होटलों का चुग्गा चुग चुकी हूँ, पर ऐसा स्वादिष्ट खाना कहीं नहीं खाया।" उसने कहा।

"क्या यहीं है वह?" मैंने पूछा। सचमुच ही ऐसा सालन मैंने भी कभी नहीं खाया था, फिर ऐसी गुणी पाचिका कभी-कभार दावतों में दाहिनी भुजा बनाई जा सकती थी।

"नहीं जी, यही तो बात है, खाना बनाकर रख जाती है। किसी के सामने नहीं निकलती। असल में बेहद बदसूरत है। बीस साल पहले यहीं एक भालू ने पूरा चेहरा नोच लिया था। मुँह ढककर आती है और काम निबटाकर ही चली जाती है। वैसे भी मैं तो सोचती हूँ, खूबसूरत खाना बना ही नहीं सकती। बदसूरत जितनी जानलेवा होगी, खाना बनेगा उतना ही स्वादिष्ट, इसी से तो मैंने आज तक आलू भी नहीं उबाला।" और वह फिर अपनी भुवन-मोहिनी हँसी का जाल बिखेरती हड्डी चिंचोड़ने लगी।

मैं बीच-बीच में कमरे की सज्जा देखती जा रही थी। खाने का यह कमरा कभी ऊषा का गोदाम था। कोने में पहाड़ी आलू का बोरा, मुँहबँधे अचार के बोयाम, बड़े-बड़े ड्रम-पीपों में गेहूँ-चावल और काम में न आनेवाले बर्तन-परात, यही सब भरा रहता था इसमें। वही अनाकर्षक कमरा, उस जादूगरनी के हाथ से सजकर, क्या अब सहज में ही पहचाना जा सकता था।

"आपने तो इस कमरे की कायापलट ही कर दी है," मेरे मुँह से अनायास ही निकल गया, "इस कमरे को मैं पहले भी देख चुकी हूँ।"

"मेरी यह निजी धारणा है," उसने बड़ी ही नजाकत से अपने तीक्ष्ण

नखों से चपाती का टुकड़ा सालन में डुबोकर ऐसे मुँह में धरा जैसे कोई दक्ष चित्रकार तूलिका को रंग में डुबो, कैनवास को अपने कलात्मक स्ट्रोक से धन्य कर रहा हो।

"कि किसी भी नारी या गृह की बदसूरती या खूबसूरती को केवल दस मिनट में सँवारा जा सकता है, यह बात उल्टी भी लागू होती है—इट टेक्स ओनली टेन मिनिट्स टु रुइन ए हाउस। यह मैं आपको अपना अनुभूत तथ्य बता रही हूँ और सच पूछिए, तो यही सुनाने आपको यहाँ खींच भी लाई हूँ।" मैं न चाहने पर भी उस मायावी दलदल में फँसती जा रही थी।

"चलिए, दीवानखाने में बैठें, बड़ा कोजी कमरा है।" कहती वह मुझे साथ ले चली। "आप यहाँ बैठें," उसने मुझे हाथ खींचकर जमीन पर ही धरे गुदगुदे दीवान पर बिठा दिया और स्वयं भी मेरे पास बैठ गई।

"पर देखिए, एक वचन देना होगा आपको। जो कुछ आज आपको सुनाऊँगी उसे लेकर कभी कहानी लिखने मत बैठिएगा। नहीं तो मैं कहीं की भी नहीं रहूँगी—क्यों, नहीं लिखेंगी ना?" और वह किसी सिरचढ़ी बच्ची-सी ही मेरा हाथ पकड़कर मेरे अभयदान के लिए मचलने लगी।

किसी के यहाँ स्वादिष्ट भोजन खाना सचमुच ही कभी कितना खतरनाक हो सकता है, यह मुझे उसी दिन ज्ञात हुआ। मेजबान फिर यदि किसी दुराग्रह के लिए मचले, तो क्या अतिथि कभी ना कर पाता है? "नहीं लिखूँगी," मैंने हँसी-हँसी में बात टालने की चेष्टा की, क्योंकि सहसा मुझे उस धृष्ट ऐब्नार्मल किशोरी की उपस्थिति सहमाने लगी थी। "पर आप मुझे सुनाती ही क्यों हैं, मुझे दो बजे अपनी बीमार ममेरी बहन को देखने सैनेटोरियम भी जाना है।"

"नहीं, अब आपको कहीं नहीं जाना है," मैं उठने ही लगी थी कि उसने बड़ी जोर से मेरी कलाई पकड़ मुझे बिठा दिया, और फिर उसकी आँखों में न जाने कौन-सा शैतान उतर आया। तब क्या यह लड़की किसी पागलखाने से भाग आई थी?

कहीं पगली ने गला ही घोंट दिया तब? उस अरण्य में क्या सहज ही में कोई मेरी चीख सुन पाएगा। मुझे भी उचित सबक मिल गया था। केवल दिन-रात सूँघे गए, तामसी भोजन की ललक से ही एक अनजान मेजबान की अतिथि बन आई ही क्यों थी भला?

"पता नहीं, आपने बनैले इतुरी स्पिटिंग कोबरा के विषय में कभी पढ़ा

है या नहीं। फन उठाकर अपने क्रोध का विषैला आक्रोश वह अपने शिकार पर थूक की सधी पिचकारी बनाकर छोड़ देता है। पल-भर में ही तड़पकर जान देनेवाला फिर पानी भी नहीं माँग पाता। उसी के लिए लेखक ने लिखा था, आई रिग्रेट टु से दैट दि रैप्टाइल्स आर एक्सेलेट शाट्स। शायद मेरे ही लिए लिखा था यह। यकीन मानिए, मेरा विष उससे भी घातक है।''

वह सिर झुकाकर कुछ देर तक चुप बैठ गई। अकेली भाँय-भाँय करती उस कोठी में उस विक्षिप्त सुन्दरी के सान्निध्य ने मुझे कँपा दिया। देखने में तो वह पूर्ण रूप से स्वस्थ लग रही थी। स्पष्ट था कि उसका रोग मानसिक था। कभी उसकी काली आँखें एक अस्वाभाविक दीप्ति से उल्लसित हो उठतीं और कभी स्वयं ही चुककर बुझ जातीं।

मैंने धीरे से खिसकने की फिर चेष्टा की थी कि उसने लपककर मेरा हाथ पकड़ लिया, ''कहाँ जा रही हैं? बाहर लगा ताला नहीं देख आईं क्या? और जिस सुरंग से आपको लाई हूँ उसमें आठ दिन भटकने पर भी आप बाहर नहीं निकल पाएँगी।'' वह हँसने लगी। मेरा चेहरा शायद बुरी तरह तमतमा गया था, उसकी चोरी और सीनाजोरी देखकर मैं दंग थी।

वह मुँहजोर फिर हँस-हँसकर कहने लगी, ''हंगेरियन राजाओं की एक विचित्र परम्परा थी। राजभोज में निमन्त्रित अपने अतिथियों की गाड़ी के पहिए राजा खोलकर छिपा देते थे, जिससे अपने प्रिय अतिथियों का सुखद सहवास उन्हें देर तक मिलता रहे; आपकी गाड़ी के पहिए तो छिपाने को थे नहीं, इसी से आपकी चप्पलें छिपा दीं।''

''मैं नंगे पैर भी जा सकती हूँ,'' मैंने बौखलाकर कहा और अपना हाथ छुड़ाने की व्यर्थ चेष्टा की। उस दुबली-पतली कमजोर छोकरी के हाथ क्या लौहदंड बन गए थे!

''मुझे दुःख है कि आप नंगे पैर भी तभी जा पाएँगी जब मैं आपको अपनी कहानी सुना लूँ। बहुत दिनों से आपकी कहानियों का आनन्द उठा रही हूँ—इस बार अपनी एक पाठिका को भी अवसर दीजिए ना?''

इस बार उसने बड़े यत्न से मेरी पीठ के पीछे गुदगुदा गावतकिया लगा दिया, ''इस बात में तो आप मुझसे सहमत होंगी ही कि अच्छी कहानी का भी श्रोता-वक्ता दुर्लभ होता है। क्षमा कीजिएगा, यह लत तीन साल पहले ही पड़ गई थी।'' उसने एक सिगरेट जलाकर एक लम्बी कश खींची और

ऊर्ध्वमुखी धूम्ररेखा छोड़ती, दोनों सुडौल टाँगें दीवान पर फैला लम्बी हो गई।

वैसे किसी भारतीय नारी को सिगरेट फूँकते देखकर मेरी मज्जा भी दग्ध हो उठती है, किन्तु उस अपूर्व सुन्दरी की उस मुद्रा में भी न जाने कैसा जादू था कि मेरा क्रोध भी उसी सिगरेट की धूम्ररेखा के साथ विलीयमान हो गया और मैं उसे एक बार फिर मुग्ध होकर देखने लगी।

छरहरे शरीर का क्या उतार-चढ़ाव था और कपोल पर ढुलक आए कटे केशगुच्छ से आधे ढके श्वेत रक्ताभ कर्णफूलों पर चमकते हीरे के कर्ण-फूलों की जैसी अपूर्व आभा! जैसे पाटल प्रसून के गर्भ-केसर कक्ष में किसी ने तेज बल्ब लगाकर जला दिया हो।

फिर वह अचानक ही धाराप्रवाह अंग्रेजी उगलने लगी, "क्षमा कीजिएगा, इसी भाषा में मैं अपनी बात ठीक से कह पाऊँगी। जैसा नाटक का परिवेश, रंगमंच, पात्र एवं पात्री, वैसा ही ध्वनि-संगीत भी हो तब ही नाटक जमता है। फिर एक बात और भी है,"—उसने एक सिगरेट के फुँकते ही दूसरी जला ली। "ऊँचे स्तर के नाटक के लिए ऊँचे तबके के दर्शक भी तो चाहिए, चलती-फिरती नौटंकी तो जिस किसी को पकड़कर सुनाई जा सकती है।" कुछ उसका सौन्दर्य, कुछ कहने का ढंग और फिर उसकी किसी पेशेवर कथाकार की-सी रोचक शैली धीरे-धीरे, मेरी नारी-सुलभ उत्सुकता को बाँधने लगी। स्कूल से मेरा पुत्र लौटता होगा और दौरे से पति, यह सब मैं भूल गई।

"मुझे खेद है," वह फिर कहने लगी, "कि आपको अपना जन्म-स्थान, कुल, गोत्र कुछ भी नहीं बता पाऊँगी, पर मोपासाँ आपने निश्चय ही पढ़ा होगा। वह कहता है ना, कि किसी भी सुन्दरी का सौन्दर्य ही उसका एकमात्र परिचय है? और जहाँ तक इस परिचय का प्रश्न है, मुझे पूरी आशा है कि आपको मैंने सन्तुष्ट कर दिया होगा।"

वह अल्हड़ गर्वीली सुललिता, एक बार फिर सतर्क होकर बैठ गई।

"दो वर्षों से मैं गगनविहारिणी हूँ। इंडियन एयरलाइंस के कितने अतिथियों को मैंने डँसा, इसकी गणना भी आज मेरे लिए सम्भव नहीं है, किन्तु अपनी इस अद्‌भुत मायाविनी दैवी शक्ति का आभास पाते ही मैंने स्वेच्छा से डँसा था पायलट डिसूजा को, जो निःसीम शून्य नक्षत्रखचित गगन के बीच ही अपने वासनामय प्रेम का प्रतिदान न पा मेरे प्राणों का प्यासा बन उठा था।

जिस फ्लाइट में मेरी ड्यूटी लगती, अभागा हड़के कुत्ते-सा ही अपनी विषैली लार टपकाता मुझे काट खाने को दौड़ता, इसी से उसे डँसकर मैंने पाप नहीं किया।'' बीच-बीच में वह एक के बाद एक सिगरेट फूँकने की क्रिया के ठहराव के लिए पल-भर को रुकती और फिर उत्तेजित होकर कंठ-स्वर आरोह में खींच लेती। उस समय उसकी आँखों में एक अमानवीय चमक आ जाती और चेहरा एकाएक गम्भीर हो उठता।

''मैं और मेरी जुड़वाँ बहन दामिनी, जन्म से अठारह वर्ष तक कभी एक पल के लिए भी नहीं बिछुड़ीं। हम दोनों आइडेंटिकलट्विंस थीं, इसी से ममी भी कभी-कभी हमें पहचानने में धोखा खा जातीं। दीदी तो बेहद शान्त थीं। ओह, मैं उससे बीस मिनट छोटी थी, यह तो आपको बताना ही भूल गई। अपने शान्त स्वभाव के कारण दीदी को तो कभी आवश्यकता नहीं पड़ती, पर मैं एक-सी सूरत का आए दिन लाभ उठाती रहती। किसने मम्मी का कठोर अनुशासन भंग किया है, यह गुत्थी सुलझाने में बेचारी कभी पसीना-पसीना हो जातीं। चोरी-छिपे इधर-उधर भागने, बिना पूछे पिक्चर देखने, या अपने सहपाठी छोकरे मित्रों के उदार निमन्त्रण स्वीकारने में मैं बड़े ही छल-बल से डुबकी लेती रहती। जब कभी पकड़े जाने पर पेशी होती, तो वास्तविक अभियुक्ता को सजा देने से पूर्व गवाह और न्यायाधीश दोनों चकरघिन्नी खा जाते—कटघरे में एक ही सूरतवाली दो लड़कियों में कौन थी अपराधिनी? दीदी मुझे पकड़वाने को प्रस्तुत नहीं होतीं और मैं क्या सहज में पकड़ में आ सकती थी? लेकिन...''

वह फिर पलभर को चुप हो गई। किसी अनुभव-कुशल सम्पादक की ही भाँति वह अपने जीवन-उपन्यास की धारावाहिक रोचक किस्त के एक ऐसे मोड़ पर आकर बार-बार चुप्पी साध लेती कि मैं गतिहीन बन बैठी रहने पर भी जैसे उतनी ही बार दूसरी किस्त की उत्सुक प्रतीक्षा में उससे पूछने लगती—फिर? फिर? ''किन्तु, शायद विधाता भी मुझे सबक सिखाना चाहता था। माँ को मैंने बार-बार छला था अपनी शान्त बहन की ओट में छिपकर; इस बार नियति उसी बहन की ओट में छिपकर मुझे छल गई।

''हमारी नई भाभी को पहुँचाने उनका भाई रोहित आ रहा था, पर उसे अपनी नई-नई नौकरी का कार्य-भार सँभालने स्टेशन से ही दस मिनट बाद छूटनेवाली मेल से लौट जाना था। भैया बाहर थे, ड्राइवर छुट्टी पर था, इसी से मम्मी चाहती थीं कि हम दोनों बहनें कार ले जाकर भाभी को ले आएँ।

"मैं नहीं जाऊँगी", मैंने बड़ी अशिष्टता से मम्मी का प्रस्ताव खोटे सिक्के-सा फेंक दिया। एक तो महीने-भर बाद, दिगदिगन्त नापकर उसी दिन लौटी थी, उस पर कुटिल कामी डिसूजा ने मुझे बेहद चिड़चिड़ा बना दिया था। फिर एक बात और भी थी, अपनी मूर्खा नई भाभी को पहले ही दिन देखकर मैंने जो तलवार खींच ली थी वह फिर कभी म्यान में नहीं लौटी। हमारे सुसंस्कृत चमकते चाँद से परिवार में वह निश्चय ही एक मनहूस काला धब्बा बनकर बुरी तरह खटकने लगी थी। स्वयं भैया भी घर की इस रूखी दाल-रोटी से ऊबकर हाट-बाजार में कैसी चटपटी चाट के पटाखे उड़ाते हैं, यह मैं खूब जानती थी। अपनी सखी नाइट-क्लब की इवौन कीलर और कैबरे नर्तकी एलीन के साथ मैं उन्हें कई बार देख चुकी थी।

" 'तुम उनके साथ क्यों जाते हो, भैया?' एक दिन उनसे कहा तो वे सुलग गए थे, 'तू कौन होती है मुझे रोकनेवाली, ऐं?'

"मम्मी-डैडी भाभी के पितृकुल के वैभव पर ही रीझकर उन्हें ब्याह लाए थे। शादी के बाद दो बार भाभी ससुराल आई थी और दोनों बार इकलौती पुत्री को समझदार पिता ने ऐसी राजसी विदा दी थी कि सबका मुँह बन्द रह गया, यहाँ तक कि भैया को भी श्वसुर के मोटे चेक ने कुछ दिनों तक साध लिया था। उस बार भाभी की पहली दीवाली थी, भैया अपनी कम्पनी के दौरे पर थे, इसी से भाई पहुँचाने आ रहा था। जैसी मोटी थुलथुल मूर्खा बहन है, वैसा ही डड भाई भी होगा, मैंने मन-ही-मन सोचा। क्यों अपनी एक साँझ चौपट की जाए? वैसे भी किसी को स्टेशन लाना या ले जाना मुझे बेहद खलता है। आनेवाले की प्रतीक्षा हो तो ट्रेन आने से पूर्व, और किसी जाने वाले की विदा की प्रतीक्षा हो, तो ट्रेन जाने के बाद, मूर्खा बन हाथ बाँधे प्लेटफार्म की चहलकदमी मुझे जरा भी नहीं भाती।

" 'तुम चली जाओ, न दीदी,' मैंने कहा। दीदी की भाभी से खूब घुटती भी थी। 'तुम चली जाओ दीदी', मम्मी जोर-जोर से बड़बड़ाने लगीं, 'आग में झोंकना हो तो दीदी, पानी में डूबना हो तो दीदी—दीदी न हो गई तेरी बाँदी हो गई।'

"मैं मन ही मन हँसने लगी थी। दीदी के लिए मम्मी-डैडी दोनों के हृदय में एक नरम-नरम गुदगुदा कक्ष, सदा सजा-सँवरा रहता है, यह मैं खूब जानती थी। कौन कहता है कि माँ-बाप के लिए अपने सब बच्चे पाँचों अँगुलियों की ही भाँति समान हैं? फिर आप ही बताइए, किस मनुष्य की पाँचों अँगुलियाँ

एक-सी होती हैं?" उसने अपनी सुघड़ मैनीक्युर्ड लम्बी-लम्बी पाँचों अँगुलियाँ सहसा मेरे सम्मुख फैला दीं। "दोनों की आँखों की पुतली थीं दीदी, और मैं थी उनकी आँखों की किरकिरी। दीदी थीं उनकी आज्ञाकारिणी, नम्र, शिष्ट पुत्री और मैं विद्रोहिणी, अभद्र, अशिष्ट। स्वभाव के इसी सूत्र को पकड़कर हमें पहचाना जाता, क्योंकि हमारे एक-से दोनों चेहरों की एक-एक रेखा अगम्य थी। दीदी मन्दिर जातीं, पूजा करतीं, सत्यनारायण की कथा होती, तो नाक में रूमाल बाँधकर पंजीरी भूनतीं।

" 'ऐ दीदी, जैन मुनियों से दीक्षा ले आई हो क्या?...सिली...' मैं कहती और मम्मी मुझे चीरकर धर देतीं—"चुप कर किरंटी, ठीक ही तो कर रही है। भगवान् का प्रसाद है, सूँघने में भी चखने का पाप लगता है।" मैं जान-बूझकर ही दीदी को छेड़ने, उनके प्रसाद को लम्बी-लम्बी साँसों से सूँघती जुठला देती। तब मैं क्या जानती थी कि यह तो मेरे विद्रोह की सामान्य भूमिका मात्र है—एक दिन मैं दीदी के इससे भी पुनीत उनके परम आराध्य के प्रसाद को भी अज्ञानवश, सूँघकर चख लूँगी? शैशवावस्था में ही मेरे नन्हें हृदय में उगा ईर्ष्या का अंकुर अब धीरे-धीरे एक पुष्ट तरुवर बन चुका था। मम्मी को कई बार नानी से नालिश करते भी मैं सुन चुकी थी।

" 'दोनों एक ही साथ पृथ्वी पर आईं, एक ही कोख से जनमीं, पर स्वभाव में एक उत्तर तो दूसरी दक्खिन। तुम कहती हो, अंग्रेजी स्कूल के बोर्डिंग में रखकर मैंने ही अपनी लुटिया डुबो दी है, पर तुम्हीं बताओ अम्माँ, क्या अकेली कामिनी ही को वहाँ भेजा था? दामिनी भी तो वहाँ थी।'

"जब-जब मैं लुक-छिपकर एक-आध ऐसी नालिश सुनती, मेरा विद्रोही चित्त और भी कान खड़े कर लेता। उस दिन भी मैं स्टेशन नहीं गई। दीदी ही कार निकालकर चली गईं तो मैं निश्चिन्त होकर, ड्राइंगरूम के सोफे ही में लम्बी होकर अपना जासूसी उपन्यास पढ़ने लगी। भाभी का भाई तो वहीं से लौट जाएगा, दीदी तो केवल भाभी को ही लेकर लौटेंगी और भाभी के स्वागत में कपड़े बदलने का सिरदर्द भला मैं क्यों मोल लेने लगी थी? इसी से ड्रेसिंग गाउन ही डालकर मैं पड़ी रही।

"अचानक भाभी, दीदी और उनके साथ हाथ में बैग लटकाए जो व्यक्ति आँधी की ही भाँति कमरे में घुस आया उसे देखकर पल-भर को मैं अपने

सारे अदब-कायदे भूलकर रह गई। सच-सच पूछिए, तो उस सुन्दर चेहरे को ऐसी बिचित्र परिस्थिति में दुबारा देखने के लिए मैं प्रस्तुत भी नहीं थी। दुबारा इसलिए कह रही हूँ कि ठीक तीन महीने पहले वह ऐसे ही हवाई बैग लटकाए मेरा सहयात्री बनकर आया था और मैं थी उसकी दीन-हीन-नम्र-शिष्ट परिचारिका।

"मम्मी से भाभी ने कहा, "भैया को रास्ते ही में बड़े जोर का बुखार आ गया, इसी से मैं जबर्दस्ती इन्हें यहाँ ले आई। दस बजेवाली गाड़ी से भी जा सकते हैं।" "बहुत अच्छा किया बेटी! दामिनी, तुम यहीं एक पलंग लगवा दो, सबसे हवादार कमरा यही है—मैं गरम-गरम कॉफी बना लाती हूँ।"

"मैं बीमार पाहुने की अभ्यर्थना में तब भी नहीं उठी और किताब पढ़ती रही। मम्मी का चेहरा न जाने कैसा हो गया, भाभी ने भी मुझे देख लिया और बेचारी एकदम फक पड़ गई। मेरी उपस्थिति उसे हमेशा ऐसे ही सहमा देती थी। कैसा आश्चर्य था कि इसी पाहुने की मैंने अपनी उस हवाई यात्रा में कैसी नम्र अभ्यर्थना की थी। सुन्दर चेहरे को मैं कभी नहीं भूलती। उस पर वह चेहरा तो लाखों में एक था। कौन कहेगा, वह नितान्त छोकरे-सा दिखनेवाला व्यक्ति, बर्मा शेल की ऊँची नौकरी का पहला चार्ज सँभालने जा रहा था। इतने ही दिनों में चेहरा जैसे और भी लुभावना बन गया था। लगता था, इन किशोरी के-से कमनीय कपोलों ने अभी किसी ब्लेड का स्पर्श भी नहीं किया है, सुतवाँ नाक के नीचे उसके रसीले अधर घबराहट में ऐसे काँपे जा रहे थे कि मुझे लगा, बेचारा रो ही पड़ेगा।

" 'क्षमा कीजिएगा, क्षमा कीजिएगा' वह बार-बार अपनी दुर्दल कँपकँपी के लिए क्षमा माँगता, भरभराकर दीदी की खींची गई कुर्सी पर धम्म से बैठ गया। मैं समझ गई कि वह कँपकँपी ज्वर की नहीं। एकसाथ ही एक-सी दो किन्नरियों को देखने की कँपकँपी थी। इस कँपकँपी से मेरा यह दूसरा परिचय था। मैं किसी आत्मश्लाघा की भावना से प्रेरित होकर नहीं कह रही हूँ, किन्तु अपने विभाग की एक असाधारण परिचारिका के रूप में ही मेरा अधिकारी वर्ग मुझे जानता है। कभी-कभी गगनांगन में विपत्ति की आकस्मिक घटा घिरने पर, जब अनुभवी से अनुभवी, परिपक्व चालक भी बौखलाकर अपना मानसिक सन्तुलन खो बैठा है, मैंने उसी क्षण अपनी साहसी सूझ-बूझ का ऐसा विलक्षण परिचय दिया है कि अब एक भी वी.आई.पी. की हवाई यात्रा मेरे बिना पूर्ण नहीं हो पाती। ग्यारह हजार फुट की ऊँचाई पर मैंने अकस्मात्

आ गई एक युवती माँ की प्रसव-वेदना को भी पराजित किया है। आवश्यकता पड़ने पर दाई भी बनी हूँ और साकी भी। भीरु से भीरु यात्री को भी मैं पुचकारकर चुपा सकती हूँ, किन्तु इस अतिथि के पास से जब-जब मैं गुजरती, वह लाल पड़ जाता। इसका पल-पल में लाल पड़ता और बुझता चेहरा मुझे नियोन रंगीन बत्तियों के प्रकाश में चमकता, शिष्ट सौम्यता का विज्ञापन-सा ही लगा था। जब मैं इधर-उधर देखती या अन्य अतिथियों की अभ्यर्थना में भटकती घूमती, यह मुग्ध दृष्टि से मुझे देखने लगता। मैं चट से अपनी दृष्टि फेर इसकी चोर नजर को पकड़कर बाँध लेती, तो बेचारा ऐसे ही काँपने लगता। सरस यात्रा के बीच मैंने ऐसे ही कई बार इसकी मुग्ध दृष्टि को अपने सँवरे स्मित के चाबुक से उधेड़कर रख दिया। उस लुभावने अतिथि के सलोने चेहरे की मीठी स्मृति मेरे हृदय-कक्ष में किसी गोदने-सी ही उभर आई थी, जिसकी स्याही को मैं खाल खींचने पर भी नहीं मिटा सकी। जिसे अपनी हवाई यात्रा में एक बार फिर पाने को मैंने कितनी ही बार मूक मनौतियाँ मनाई थीं वह आज स्वयं घर बैठे ही मेरा अतिथि बनकर आ गया था। दस बजे की गाड़ी फिर उसे बिना लिए ही चली गई। नियति अपना पूर्व-निर्धारित कार्यक्रम हाथ में लिए जो बैठी थी।''

इस बार वह फिर चुप हो गई। मैं एक बजे आई थी और पाँच का भोंपू बज रहा था। नैनीताल की सन्ध्या, उष्ण जलवायु में जनमी-पली किशोरी के यौवन की ही भाँति, समय से कुछ पूर्व ही आ धमकती है। झुटपुटा अँधेरा, अनचाहे अतिथि-सा सिटपिटाकर कमरे में रेंगता चला आया था।

मैं चौंकी, और उसने उठकर बत्ती जला दी। झिलमिलाते प्रकाश में उसके सौन्दर्य की एक सर्वथा नवीन परत-सी खुल गई। चिबुक के तिल ने ही इस तिलोत्तमा की नुकीली ठोढ़ी की ओर फिर मेरा ध्यान आकर्षित किया, जब मैंने इसे पहले देखा तब भी क्या इस चारु चिबुक की छवि ऐसी ही सुभग थी? किसी चित्र में प्रदर्शित किसी विज्ञान के गुणों पर एक-एक कर प्रस्फुटित हो रहे रक्तिम तीरों की ही भाँति उसके अंग-प्रत्यंग पर नए-नए तीरों के उभरे चित्र मेरी मुग्ध दृष्टि को बाँधने लगे। इस मोहक गगन-विहारिणी के सान्निध्य में तो किसी भी प्रौढ़ चालक का पैर फिसल सकता था। तब क्या वह ऐसी ही किसी दुर्घटना का विवरण सुनाकर अपने अपराधी चित्त की गठरी उतार पल-भर सुस्ताना चाह रही थी?

"डैडी उस दिन बड़ी रात गए लौटे," वह कहने लगी, "किसी ऐसे बहुत बड़े उद्योगपति को दिल का दौरा पड़ गया था, जिसे एक बार केवल होश में ला विल लिखा देने पर उनके तीन पुत्रों ने डैडी को जो अतुल राशि फीस रूप में देने का वायदा किया था, उसे सुनने पर मम्मी को भी दिल का दौरा पड़ सकता था, क्योंकि वे स्वयं दिल की मरीज थीं। इससे डैडी हम दोनों बहनों को एकान्त में बुलाकर बोले, 'देखो; मुझे फिर बाहर जाना है। शायद रात को लौट नहीं पाऊँगा। भाग्य से यदि इस दामी दिल को पल-भर के लिए भी धड़का सका, तो तुम दोनों बहनों की शादी किसी बादशाह की शहजादियों की-सी शादी से कम धूम-धड़क्के से नहीं होगी।'

"और वे हँस ही रहे थे कि मम्मी भाभी को लेकर आ गईं। भाभी के भाई के आने और ज्वरग्रस्त होने के कारण, उसकी स्थगित यात्रा का विवरण देती मम्मी फिर उन्हें छलबल से भीतर खींच ले गईं।

"मैं तो बाहर ही खड़ी रही, पर दीदी जैसे उस पल-भर के लिए बीमार पाहुने के चेहरे से आँखें नहीं फेर पा रही थीं। भाभी मम्मी के पीछे-पीछे जाकर वे उसके सिरहाने खड़ी हो गईं। विकट ज्वर-यन्त्रणा से वह इधर-उधर सिर फेर रहा था। चिन्तातुर डैडी ने नब्ज देखी, बुखार नापा और फिर बैग से दो गोलियाँ निकालकर खिला दीं। फिर तो वह अपनी नई नौकरी पर दस बजे की ट्रेन से जाने की जिद भूल-भाल दिन चढ़े तक सोता रहा। मुझे तो लगता है कि डैडी ने जान-बूझकर ही उसे उस दिन बेहोश कर दिया था। शायद मन ही मन उन्होंने उसी क्षण उस सुदर्शन युवक के सिरहाने सिर झुकाए खड़ी दीदी का काल्पनिक कन्यादान कर गंगा भी नहा ली थी। क्योंकि उन्हें सदा दीदी की ही चिन्ता लगी रहती थी, मेरी नहीं।

" 'तू तो पूरे आकाश की स्वामिनी है,' वे ऐसे कहते जैसे चाहने पर ही मैं जब कभी गगन-प्रांगण में अपना स्वयंवर रचा जिस किसी राजपुत्र के गले में माला डाल सकती थी, "पर तेरी दीदी तो ऐसी गऊ है, जिसे हमें ही किसी खूँटे से बाँधना होगा।" फिर वही सब होता गया, जो डैडी और मम्मी चाहते थे, किशोर अभिमन्यु उनके चक्रव्यूह में फँसता चला गया। कुछ दिनों तक उसे मियादी ज्वर ने रोका, कुछ दिनों ज्वरजन्य दुर्बलता ने, और अन्त में स्वयं दीदी ने, जो पहाड़ी मेघ की ही भाँति उसे हर पल घेरे रहतीं। नई नौकरी की बागडोर वह जब चाहे तब सम्हाल सकता था क्योंकि केन्द्रीय मंत्रिमंडल के अधिकांश मंत्री डैडी के मरीज रह चुके थे। फिर स्वयं रोहित

के पिता का वैभव ऐसा था कि वे भारत के किसी भी मेडिकल बोर्ड को उठाकर अपनी जेब में डाल सकते थे। उसके स्वस्थ होने के एक दिन पूर्व ही मुझे अपनी उड़ान के लिए लौटना था। दीदी मेरे ही कमरे में सोती थीं। इधर कई दिनों से वे बड़ी देर कर कमरे में लौटतीं और मेरे न पूछने पर भी स्वयं ही कैफियत देने लगतीं, "ठीक दस बजे, डैडी एक कैपसूल देने को कह गए थे, वही खिलाने के लिए रुकी थी।" मेरे जी में आता कि चट से पूछ लूँ, 'उसकी बहन मुटल्ली क्या उसे कैपसूल भी नहीं खिला सकती?' पर मैं चुपचाप नींद का बहाना किए पड़ी रहती। वे खिसियाई-सी हँसी हँसकर पूछतीं, "क्यों बेबी, सो गई क्या?" कनखियों के कपाटों की दरार से ही मैं देखती, वे पलंग पर जाकर सो गई हैं।

"जिस दिन तड़के ही उठकर मुझे जाना था, उसकी पहली रात तो उसने इतनी देर कर दी कि मुझे लगा, वह बेहया शायद उसी छोकरे के कमरे में सो जाएगी! मैं बार-बार उस कमरे के बाहर चोर कदमों से जाकर दीवार के कान बनने की चेष्टा करती और दीदी की धीमी हँसी सुन, सिर से पैर तक मशाल-सी जलती, फिर अपने में लौट आती। कभी जी में आता, वहीं से चिल्लाकर उसे डपट दूँ--'ऐ दीदी, चलो सोने'। शायद मैं ऐसी ही मूर्खता कर बैठती कि शान्त-दमकता चेहरा लिए दीदी आ गईं मेरा खून वैसे ही खौल रहा था। दीदी के उत्फुल्ल चेहरे की कमनीय कान्ति ने मेरी क्रोधाग्नि में सहसा घृताहुति दे दी। 'जानती है कि आज मेरी घर पर वह आखिरी रात है, जिसे हम दोनों बहनें कभी महोत्सव रूप में मनाती थीं।' दिन-भर एकसाथ पिक्चर देख, एक-सी साड़ियाँ खरीद या फिर आत्मीय स्वजनों की निन्दा करते-करते, कब थककर नींद में ढुलक जातीं, पता भी नहीं रहता। आज वही दीदी कितनी बदल गई थीं। दिन-भर तो वहीं काट आईं और रात को भी ग्यारह बजे तक उस लड़कियों के-से चेहरेवाले बीमार छोकरे की बीमारी में रस घोलती रहीं।

"आज डैडी-मम्मी क्या अपनी वे सब हिदायतें भूल गए थे, जो सन्ध्याकालीन घुमक्कड़ी से पूर्व मुझे दी जाती थीं? मैं घर आती तो मेरी प्रत्येक गतिविधि के पीछे पुलिस के कुत्ते छोड़ दिए जाते। 'कहिए लेडी विद दि लैंप, क्या हाल हैं आपके मरीज के? बचने की कुछ उम्मीद है या नहीं?' दीदी का खिला चेहरा दप् से बुझ गया, पर वे बिना कुछ कहे अपना जूड़ा खोलतीं, एक-एक कर काँटे निकालने लगीं। 'याद है...' मैंने फिर उन्हें कोंचा,

'जब पिछले महीने इसी कमरे में रात दस बजे लौटने पर आपने मुझे गृह की पावन मर्यादा का स्मरण दिला खासा भाषण दे डाला था। लगता है, इधर कुछ ही दिनों में हमारे गृह का संविधान कुछ बदल गया है, क्यों?'

"दीदी फिर भी चुप रहीं, केवल एक बार अपनी निरीह दृष्टि से मुझे देखकर, उन्होंने आँखें फेर लीं। मैं कुछ देर तक बकती रही, फिर जैसे किसी शान्त झील के किनारे खड़ा दुर्दान्त बालक, ढेले मार-मारकर स्वयं ही थक जाता है, मैं भी थककर सो गई। पर नींद क्या कभी क्रोध के उबलते उफान को थाम पाती है? एक बार उठकर बैठी तो देखा, दीदी दोनों हाथ छाती पर धरे, बेखबर सो रही हैं।

"कितना भोला, शान्त और कमनीय लग रहा था वह चेहरा। क्या मेरा चेहरा भी ऐसा ही लुभावना लगता होगा? या अन्तर में उड़ रही ईर्ष्या, कुंठा एवं क्रोध के अंधड़ ने चेहरे को भी धूल से धूमिल कर दिया है? यदि एक ही से दो चेहरे हैं, तो क्यों पहले देखे जाने पर भी एक को मान्यता नहीं मिली और दूसरे को घर बैठे ही स्वर्ग की निधि स्वयं उपलब्ध हो गई? आखिर क्यों? क्यों?

"मुझे तड़के पाँच बजे जाना था, किन्तु चुपचाप, बिना किसी से कुछ कहे, डैडी के द्वार पर नियुक्त गोरखा संगीनधारी दरबानों को भी बुद्धशिविर के अतन्द्र प्रहरियों-सा छलती, मैं निकल गई और तीन महीनों तक नहीं लौटी। इन्हीं तीन महीनों में मैंने एक बार अपने घातक विष का प्रयोग किया।

"मैं इन्टर में थी, तभी एक दिन दीदी ने कहा था, 'बेबी, तेरी जबान बड़ी काली है। जिसे अच्छा कहती है उसी को ले डूबती है। कल तूने मेरी शिफौन की साड़ी की प्रशंसा की और आज इस्त्री कर उसे आया ने जलाकर भस्म कर दिया। उस दिन छोटी बुआ से तूने कहा, हाय बुआ, तुम तो फ्रांस से और भी गोरी होकर लौटी हो, और फूफाजी ने शायद इम्पाला भी तुम्हारे ही रंग से मिलाकर खरीद डाली है! बस, तीसरे ही दिन प्रेशर कुकर के ढकने से जलकर बुआ का चेहरा बीभत्स बन गया। इधर फूफाजी की गाड़ी को एक अन्धी ट्रक ने पिस्सू-सा मसल दिया। अब भगवान के लिए हे विषकन्या, तू और किसी को मत डसना!' उस दिन से दीदी का वह परिहास सचमुच ही मेरे जीवन का अभिशाप बन गया। मृत्यु की उत्क्रान्तिदा शक्ति ही जैसे मेरे हाथ में आ गई थी। ठीक ही कहा था दीदी ने, क्या प्राचीन ग्रन्थों में

ऐसी विषकन्या का उल्लेख नहीं मिलता, जो अपने एक ही आलिंगन या तृप्त चुम्बन के क्षणिक स्पर्श से ही अपने प्रणयी के प्राण हर लेती थी? फिर तो कभी छिपकर और कभी दीदी ही की उपस्थिति में, मैं जान-बूझकर अपने इस घातक अस्त्र का प्रयोग करने लगी। कभी जस्टिस डे की लहलहाती पाटल प्रसून वाटिका को भस्म कर रख देती, कभी देगची में रस की चाशनी में उबल रहे मम्मी के रसगुल्लों को।

''मम्मी, कितने बढ़िया रसगुल्ले बना रही हो आज,'' मैंने एक दिन कहा और देखते ही देखते जैसे रस की चाशनी के अतल तल से, मेरी विष-बुझी दृष्टि ने शत्रु पक्ष के किसी शक्तिशाली टारपीडो की भाँति, क्षण-भर पूर्व के हृष्ट-पुष्ट, किलकते रसगुल्लों की धज्जियाँ उड़ा दीं। 'कैसी नजर हो गई है आजकल इस कलमुँही की,' मम्मी ने झुँझलाकर कड़ाही उतार दी थी। शायद मेरे उस बार अचानक गृह त्यागकर चली जाने से मम्मी और दीदी प्रसन्न ही हुई होंगी।''

''क्या पता, कहीं उनके लुभावने पाहुने को ही न डँस लूँ?''

''फिर कुछ दिनों तक मैंने इतनी उड़ानें भरीं, ऐसे-ऐसे थकान-प्रद यात्रियों के सहवास का काँवर उठाया कि कन्धे थके ही नहीं टूटते-टूटते भी बच गए। जिन तीन यात्रियों का ध्यान रखने का भार मुझे विशेष रूप से सौंपा गया था, उनमें एक था एक लखपति बूढ़ा उद्योगपति, जो अपने वातग्रस्त घुटनों को लुओर्ड के चमत्कारी जल में डुबा, रोगमुक्त होने जा रहा था। दूसरी थी असाध्य मिरगी की रोगिणी एक खोजा मुस्लिम महिला, जिसे हर बीस मिनट में मिरगी का दौरा पड़ता कि उसकी काठ बन गई देह को सँभालने में मैं स्वयं काठ बन जाती और तीसरी थी कैंसर की अन्तिम अवस्था में घुल रही, हड्डियों का ढाँचा-मात्र रह गई एक परम सुन्दरी फिल्म अभिनेत्री। उन तीनों के अतिरिक्त अन्य यात्रियों में एक भी चेहरा ऐसा नहीं था, जिस पर दो घड़ी अपनी क्लान्त आँख टिकाकर उन्हें ठंडा कर लेती। आप सोच रही होंगी कि अपनी जिस उत्क्रान्तिदा शक्ति की इतनी बड़ी भूमिका बाँध आपको यहाँ तक खींच लाई हूँ, उसका प्रयोग मैंने क्यों नहीं किया? मिरगी, कैंसर या वात के उन अभिशप्त रोगियों को तो मैं, अपने इसी दैवी अमोघास्त्र से परलोक पहुँचा सकती थी, पर मेरे अस्त्र का प्रयोग इतना सहज नहीं है।

उसका विष प्रभावशाली तभी हो सकता है, जब मेरे अन्तर से निकला प्रशंसा का स्वाभाविक उच्छ्वास 'वाह' बन मेरे होठों पर फिसले। तभी मेरी 'वाह' घातक बन सकती है, अन्यथा नहीं। वात रोगी बूढ़े की नारी-लोलुप दृष्टि देख-देखकर मेरी मज्जा दग्ध हुई जा रही थी, और मिरगी की रोगिणी के मुख से आती दुर्गन्ध का भभका मुझे बेहोश किए दे रहा था। उनसे मैं कहती भी कैसे? तब ही कैंसर की रोगिणी के क्लान्त चेहरे पर मेरी आँखें फिसलीं—गुलाबी दूधिया रंग, चकाचौंध बिजली के प्रकाश में चल रही निर्मम शूटिंग का अभ्यस्त रोगजीर्ण चेहरा, दिन के उजाले में भी गहरी नींद की घाटी में ऐसे डूब गया था जैसे सोनेवाली घनघोर अन्धकारमयी रात्रि की गोद में ढुलक पड़ी हो। क्या यह किसी ऐसी कैपसूल-प्रदत्त निद्रा थी, जो उसे धीरे-धीरे मृत्यु की खंदक में खींच रही थी? बहुत बड़ी आँखों की पलकें कपोलों पर रह-रहकर फड़कतीं और वह न जाने किसी प्रणयी सहअभिनेता का स्वप्न देखती, मधुर स्मित का जाल बिछा देती। मैंने उस निद्रामग्ना उर्वशी को देखकर अविलम्ब, उसी क्षण डँस लिया। फिर एकाएक सब अस्पष्ट हो गया। सुन्दर चलचित्र के बीच जैसे ठपठप करती उल्टी-सीधी रील की कलाबाजियों के साथ ही, ठप्प से बिजली चली जाती है—ऐसा ही कुछ हुआ और जब होश आया, तो मैं मुर्दों के टीले पर बैठी थी—गठिया का रोगी झुलसा औंधा पड़ा था, मिरगी की रोगिणी की निर्जीव देह दस गज के फासले पर थी और उसका एक हाथ नागफनी के काँटों में ऐसे उलझा टिका था, जैसे अभी-अभी सहारा लेकर उठ बैठेगी। जिसे मैंने डँसा था, उसने तो अपनी अभिनय कला का चलते-चलते ही अद्‌भुत प्रदर्शन कर दिया था। दोनों हाथ छाती पर धरे, वह एक निभृत कोने में ऐसे लेटी थी जैसे चतुर कैमरामैन कैमरा साधे उसकी उस अपूर्व भंगिमा को बड़े कौशल से बाँध रहा हो, जो एक बार प्रदर्शित की जाने पर लक्ष-लक्ष दर्शकों की आँखों को बाँध उसे अमर बना सकती थी!''

''जहाँ चारों ओर लाशें छितरी थीं, वहाँ मैं कैसे बच पाई? एक खरोंच भी तो नहीं लग पाई थी मुझे! किस होलिका ने मुझे गोदी में बिठाकर बचा लिया? जले विमान का झुलसा अस्थिपिंजर देखकर सहसा मेरा चित्त भयमुक्त हो गया। निश्चय ही चालक डिसूजा भी इसी के साथ भस्म हो गया होगा। और तभी सहसा मेरी सुप्त चेतना आँखें मलती उठ बैठी। स्वयं अपनी ही

दी हुई चेतावनी से जलती लपटों के बीच मुझे बाँहों में भर सर्कस के किसी ट्रैपीज के कलाकार-सा, छलाँग लगाता डिसूजा मुझे याद आ गया। मैं तो समझ रही थी कि मुझे नित्य के प्रणय-निवेदन से मुक्ति मिल गई है, पर वह तो न जाने किस झाड़ी में अब तक छिपा, किसी पक्षी-लोलुप बिल्ले की ही भाँति, मुझ पर ताक लगाए बैठा था। आपको शायद मुझे देखकर विश्वास नहीं होगा, किन्तु मेरे इस दोमुँहे व्यक्तित्व का एक मुँह, केवल संस्कारी सात्त्विकी ग्रास ही ग्रहण कर पाता है, इसी से मैं अपने उस कामुक पियक्कड़ अफसर की बत्तीसी के बीच अपने यौवन की रसना को अब तक यत्न से बचाती चली आई थी। किन्तु उस अरण्य में उसकी वन्य लकड़बग्घे-सी आँखें देखकर मैं काँप गई। चारों ओर छितरी लाशों के बीच, न जाने कहाँ से तीन-चार गिद्ध आकर बैठ गए तो वह मेरे कानों के पास आकर फुसफुसाया, 'चलो, उस झील के पास चलकर बैठें। इस श्मशान के बीच क्या खाक हनीमून मना पाएँगे?'

''मेरा कलेजा डूबने लगा। आज निश्चय ही, इस रक्तबीज के रक्त की एक-एक बूँद, सहस्त्र भयंकर दानवों की सृष्टि करती रहेगी। वह मुझे हाथ पकड़कर खींचने लगा, तो मुझे सहसा अपने अमोघ अस्त्र का स्मरण हो आया। काश, मैं उसे डस सकती, किन्तु मेरा तो रोम-रोम उसके स्पर्श से उस क्षण सिहर रहा था। प्रशंसा का प्रश्न ही कहाँ उठता था? मुझे एक पेड़ के मोटे तने के साथ सटाकर वह स्वयं मेरे पैरों के पास बैठ गया।

'' 'न यह दुर्घटना होती न मुझे अपनी यह मैडोना मिलती,' उसके भारी कंठ के अनुपम आकर्षण का मैं भी लोहा मान चुकी थी। इस नौकरी से पूर्व वह आकाशवाणी के केन्द्रों का एक अत्यन्त लोकप्रिय समाचार प्रस्तुतकर्ता था। उसके कंठ के इसी जादू पर मेरी अन्य सहकर्मचारिणियाँ मर मिटती थीं। यह तो मैं आपसे कहना ही भूल गई कि डिसूजा हमारे चालकों में सबसे अधिक आकर्षक भी था। उसकी माँ इतालवी थी और पिता था एक गोवानी दन्त-विशेषज्ञ। पुत्र के स्वस्थ दाँत ही पिता के पेशे का जीवन्त विज्ञापन थे; उस पर सुन्दरी माँ के काले घने केश और भूरी आँखें भी उसे विरासत में मिली थीं। मेरे सौभाग्य से, उस दिन उसकी उत्तेजित शिराओं की तमतमाहट से सुदर्शन चेहरा ताम्रवर्णी होकर चमक रहा था। धुँधली चाँदनी में वह माइकेल एंजेलो की प्रस्तर-मूर्ति-सा ही निर्दोष लग रहा था।

''मैंने अपने धड़कते हृदय में संचित, देवदत्त घातक विष की सिरिंज घप्प

से चुभोकर एक-एक बूँद खींची और उसे डस लिया। मैं झुकी। उसके घुँघराले बालों पर अपना काँपता हाथ धरकर मैंने कपटी काक के ही छल से, कोकिल के कंठ का स्वर बदल लिया, 'तुम सुन्दर लग रहे हो, जॉन?'

"मैंने उसे पहली बार उसके क्रिश्चियन नाम से पुकारा था, इसी से उसका पूरा चेहरा चमक उठा।

" 'बड़ी प्यास लगी है। सामने की झील से पानी पी आऊँ। होगी तो गन्दली पर आज तो मैं इतना खुश हूँ कि नमकीन समुद्र का खारा पानी भी सोख सकता हूँ।'

"वह हँसता-हँसता झुका, मेरे दोनों पैरों को अपने चुम्बनों से कँपाता उठा और झील की ओर चला गया। वह पानी पीकर लौटा तो अपने चेहरे की चमक जैसे वहीं छोड़ आया। 'जी न जाने कैसे मिचला रहा है, मिस कौल।' वह घबड़ाकर अपना प्रणय-निवेदन भूल गया और पसीना पोंछने लगा। 'आई ऐम ऐफ्रेड, आई ऐम गोइंग टु बी सिक', कहते-कहते उसने वहीं एक कै की और ढेर हो गया।

"ऐसी मृत्यु मैंने पहली बार देखी थी। वह उस विषैली झील के गन्दले पानी का प्रभाव था, या मेरे डंक का? उसके चुम्बनों का स्पर्श अभी ठंडा भी नहीं पड़ा था कि वह स्वयं ठंडा पड़ गया। आप शायद विश्वास नहीं करेंगी, किन्तु मैं कसम खाकर कहती हूँ, वह मेरा विष था। चतुर्दशी की धौत चन्द्रिका जैसे उस किसा असिलोमा दैत्य-से काले भुजंग अरण्य को मल-मलकर नहला चुकी थी। न जाने किन-किन विचित्र पक्षियों के कलरव के बीच, एक लम्बी भयावह गिद्धिनी उच्च्च स्वर में रोने लगी। आपने क्या कभी किसी गिद्धिनी को विलाप करते सुना है? ओफ, ऐसी विकट क्रन्दन-लहरी शायद और किसी पक्षी की नहीं हो सकती। मेरा रोम-रोम सिहर उठा। एकाएक उस तृषाक्रान्त प्रेत की तृषा की छूत ने मुझे भी अन्धी बना दिया। प्यास से तड़पती मैं झील की ओर भागी और यह जानकर भी कि झील का जल विषैला है, मैंने अंजुली भरकर अपने सूखे ओठों से लगा ली। इस अरण्य में मृत्यु तो निश्चित थी ही, तब क्यों तिल-तिल कर तड़पा जाए! डिसूजा की भाँति एक ही वमन में मेरे भी प्राण क्यों न हर ले! किन्तु वन्य झील का वह जल किसी वन-कन्या के चित्त की ही भाँति निर्मल, स्वच्छ एवं निर्दोष था। पीते ही मुझमें जैसे नई स्फूर्ति का संचार हो गया। जिस जल में विधाता ने युवा डिसूजा के लिए

सायनाइड घोल दिया था, उसी में क्या मेरे लिए ब्रोमाइड मिला दिया? न जाने कब तक मैं उस चट्टान पर बेहोश पड़ी सोती रही, जब आँखें खुलीं तो दो हेलीकॉप्टर हमारे दुर्घटनाग्रस्त वायुयान पर चील से मँडरा रहे थे। जब मुझे देखा तो सब आश्चर्यचकित रह गए। मैं बच कैसे गई थी? काश, मैं उस दिन नहीं बची होती। मेरे मन और शरीर की अवस्था फिर कैसी विचित्र हो गई कि मुझे लम्बी छुट्टी लेकर घर आना पड़ा। जैसे चुपचाप निकल गई थी; वैसे ही एक दिन मैं लौट भी आई।

"मम्मी, डैडी, दीदी किसी को भी मुझे अचानक देखकर कोई आश्चर्य नहीं हुआ। ऐसा तो मैं नित्य ही करती रहती थी, किन्तु आश्चर्य हुआ मुझे यह क्या?

"सारी कोठी का फर्नीचर बदल गया है, कहीं दो-दो दर्जी बैठे शिफौन नायलोन की साड़ियों में फॉल लगा रहे हैं। कहीं गहनों के केटलॉग फैलाए छोटी मौसी और मम्मी न जाने क्या-क्या बता रही हैं। और दीदी? अब कैसे बताऊँ आपको, पहली बार मुझे लगा कि आज तक आमने-सामने खड़ी होने पर हम दोनों बहनें, जो एक-दूसरे का दर्पण बन उठती थीं; आज मेरे दर्पण का काँच मेरे सम्मुख खड़ी नियति के तप्त श्वास-प्रश्वास से धुँधला पड़ गया है, और दूसरे दर्पण का काँच धो-पोंछकर, किसी ने झकाझक चमका दिया है। मुझे देखते ही लाल पड़ती लजाती नई दुल्हन-सी दीदी; अपने हाथ के नए कंकण ट्राई करने का अभिनय करने लगीं और छोटी मौसी हँसकर बोली, 'लो बड़ी दिद्दा, आ गई आपकी लिज टेलर।'

"वे मुझे हमेशा इसी नाम से पुकारती थीं। मम्मी का चेहरा मुझे देखते ही मलिन पड़ गया। लाख हो, आखिर नौ महीने मुझे गर्भ में धरा था, इसी से जननी के जन्मजात इन्ट्यूशन ने उन्हें सावधान कर दिया। 'खबरदार, दामिनी को इससे दूर रखना, अभागी मौका लगते ही उसे भी डस देगी।'

" 'क्या बात है आज मौसी?' मैं सब कुछ समझ गई थी, पर फिर भी अनजान बन मम्मी-दीदी को छेड़ने में मुझे जैसे आनन्द आ रहा था।

" 'मूर्ख', मौसी ने हाथ पकड़कर मुझे छाती से लगा लिया। घर-भर में एक वही तो मुझसे प्यार करती थीं। 'तू घर में रहती ही कहाँ है जो तुझे कुछ पता रहेगा। तेरी दीदी का ब्याह है परसों, चल, अच्छा हुआ, तू मरी, साली का नेग बटोरने आ तो गई।'

"बहुत दिनों की बुझी हुई ईर्ष्याग्नि फिर दप से जल उठी। जेठ की भट्टी की ही भाँति, इस नवीन ज्वाला की असह्य दहक मुझे दग्ध कर उठी। जिस व्यक्ति ने पहले मुग्ध होकर मुझे देखा था, जिसके निर्दोष बचकाने चेहरे की दूधिया झलक ने पहले मेरे बन्धनहीन अविवेकी चित्त को बाँधा था, वह क्या दीदी को मिलेगा? सब कुछ दीदी को ही मिलेगा क्या? मम्मी-डैडी का दुलार, नानी का लाड़, प्रणयी का प्रेम और पति का साहचर्य। विधाता ने क्या आँखों पर पट्टी बाँधकर, सब कुछ उसी के आँचल की गाँठ में सहेज दिया? विवाह की तैयारियाँ सम्पूर्ण हो चुकी थीं--डैडी को इधर विदेशी अतिथियों के लिए होटल खोलने के लिए उदार अनुदान के रूप में अठारह करोड़ रुपया एक साथ मिला था, मेरी अनुपस्थिति में जैसे गृह के वैभव-उदधि में समृद्धि का ज्वार-भाटा उठ आया था। तब क्या मैं ही इस गृह का दुष्ट ग्रह थी?

"मैं इतनी बड़ी दुर्घटना को जीतकर, अपनी मरणोन्मुखी उड़ान से, सकुशल बच लौटी थी, किन्तु किसी को भी मेरी कुशल-क्षेम पूछने का अवकाश ही नहीं था। कभी-कभी छोटी मौसी ही हाथ पकड़कर छोटा-मोटा काम थमा देतीं, पर मम्मी तो मुझे कोई कार्य-भार सौंपने में भी कतराकर बच निकलतीं। एक बार जी में आया, दूसरे ही दिन फिर काम पर लौट जाऊँ, पर लोग क्या कहेंगे। बहन की शादी के ठीक एक दिन पहले मैं क्या लाख चाहने पर भी कभी भाग सकती थी। हृदय की सारी कुढ़न हृदय में ही दबाकर मैंने दीदी की बरात देखी, फेरे देखे और ठीक विदा से पूर्व छोटी मौसी की आनन्दी चुटकी ने मुझे गुदगुदा भी दिया।

" 'आँखें खोलकर अँगूठा पकड़ना शहजादे,' खुशबूदार पान-जरदा गुलगुलाती मौसी ने दीदी के नौशे को छेड़ दिया, 'विदा के पहले हम तो इसकी जुड़वाँ को छिपा भी नहीं पाएँगी, तुम्हारी साली बड़ी चुहलबाज है, ऐसा न हो कि ठीक विदा के वक्त यह कमबख्त बेबी बहन की चूनर बदल तुम्हारे साथ चल दे।' "

"अपनी लड़कियों की-सी रेशमी पलकें उठाकर शहजादे ने मुझे देखा तो मैं अपनी हँसी नहीं रोक पाई थी।

"मुझे देखकर शायद बेचारा बुरी तरह चकरा गया था। सुनहरे सेहरे की रुपहली-सुनहरी लटकनों के बीच, उसका कश्मीरी गौर वर्ण लपटें-सी मार रहा था। घबराइए मत जीजाजी, मैं अपनी दोनों सफेद हथेलियाँ उसके सामने फैलाकर किसी हिप्पी छोकरे की-सी ही धृष्टता से हँसने लगी थी। 'घर

पहुँचकर किसी भी महत्त्वपूर्ण योजना के पहले, दोनों हथेलियाँ उलट-पलटकर ठीक से देख लीजिएगा, फिर कोई चूक नहीं होगी। यह देखिए...', मैं झुकी, गठरी बनी दीदी की हथेली खींचकर उसके सामने फैला दी थी। मेंहदी लगी गोरी-गोरी हथेलियों के उस विनोदपूर्ण प्रदर्शन ने, पूरे कोहबर को गुदगुदा दिया। शहजादे का चेहरा साली के उस उच्चस्तरीय मजाक से अबीरी बन गया।

"किन्तु उस मेंहदी के रंग की क्या मैंने कोई जीवन-भर की गारंटी दी थी?

"विदा के तीसरे ही दिन मैं एक बार फिर अपने घर से चुपचाप निकल गई, जहाँ न मेरे आने पर मेरा स्वागत होता, न विदा पर कोई समारोह। इस बार जान-बूझकर ही मैं अरब एयरलाइंस में चली गई थी। नीचे मीलों तक फैली मरुभूमि जैसे किसी दर्पण में उभर उठी मेरे ही हृदय का प्रतिबिम्ब थी। उस अनजाने देश के अनचीन्हे आकाश में, स्वेच्छा से उड़ती मैं बड़ी दूर चली गई थी। फिर सहसा किसकी स्मृति, किसका आकर्षण मुझे चुम्बक की भाँति स्वदेश की ओर खींच ले गया? स्मृतियाँ भी क्या एक-आध थीं...

"धूप की सन्दली खुशबू से मिला शहनाई के स्वर का जादू या फिर, सुनहले किमख्वाब की अचकन में घुल-मिल गया फूलों का गजरा या सेहरे की फूलदार लड़ियों के बीच, उठती-गिरती रेशमी पलकों से छूटी, किसी मृगशावक की-सी भोली चितवन, जो कभी मुझे देखती और कभी दीदी को। उसी चितवन का मूक प्रश्न मुझे कभी-कभी नीलाम्बर की गहन रिक्तता के बीच झकझोर व्याकुल कर देता, 'क्यों जी, किसे पसन्द किया था मैंने, तुम्हें या तुम्हारी दीदी को?'

" 'ग्यारह हजार फुट की ऊँचाई पर, अपने सौन्दर्यमणि की तीव्र किरणें छोड़, किसने पहले मेरी आँखों को चौंधिया दिया था, तुमने या उसने?' मेरे जी में आता, एक बार उसके सम्मुख, एकान्त में खड़ी होकर पूछ लूँ—'जिसे अनजाने में हृदय-निवेदन किया था, क्या उसी को प्रणय-निवेदन भी कर सके थे, मूर्ख?'

"किन्तु मूर्ख वह था, या स्वयं मैं? उस सौभाग्य-ग्रास को नियति बड़े लाड़-दुलार से मुझे ही तो खिलाने आई थी। तब रूठे, चिड़चिड़े, बिगड़ैल बालक की भाँति मैंने ही स्वयं मुँह बन्द कर लिया था। अब यदि किसी ने हाथ बढ़ाकर वह ग्रास अपने मुँह में धर लिया, तो मैं जल-भुनकर भी अब

क्या कर लूँगी? पर मुझे न जाने किस शैतान ने प्रेरणा दी और मैं फिर स्वदेश लौट आई। एयरोड्रोम में पैर धरते ही चित्त में छिपा वही शैतान फिर मुझे मंथरा की-सी ही कुटिल मन्त्रणा देने लगा, क्यों न सीधे दीदी की ससुराल जाकर उनसे मिल लिया जाए? जीजाजी की पहली नियुक्ति ठाकुरनगर में हुई थी, यह मैं जानती थी। देखूँ, कृष्णनगर और कलकत्ते के बीच बसे उस ग्राम में हमारे गृह की राजकन्या का नाबालिग राजपुत्र—कैसे राजदंड सँभाल रहा है।

"मैं पहुँची तो दिन डूब चुका था। डूबती सन्ध्या के औदार्य ने ही शायद जान-बूझकर मुझे उस भूलभुलैया के द्वार पर खड़ा कर दिया।"

"मैं आपको विश्वास दिलाती हूँ कि तब तक किसी भी जटिल छलनामयी योजना के आविर्भाव से मेरा चित्त म्लान नहीं हुआ था। 'अरे यह क्या आप तो परसों लौटने को कह गई थीं, आज ही कैसे लौट आईं?' माँ जी की तबीयत कैसी है? एक बूटे-से कद का बैरा मेरे सम्मुख खड़ा हो गया—तब क्या मम्मी बीमार थीं? 'चलूँ, साहब को खबर कर आऊँ, सिन्हा साहब और जज साहब आए हैं।'

"मैं उससे कुछ कहती, इससे पहले ही वह अपने साहब को खबर कर आया और खबर पाते ही अतिथियों सहित स्वयं साहब, अपनी शर्बती आँखों में, स्वागत का जो मदमाता जाम भरकर मेरे सम्मुख खड़े हो गए, उसे पीते ही मैं लड़खड़ा गई।

" 'यह क्या मिसेज रैना, आपसे क्या एक दिन का बिछोह भी सहन नहीं हुआ?' और फिर रसीले जज साहब ने ऐसी चुहल-भरी चुटकी ली कि मैं लाल पड़ गई।

" 'चलो भाई सिन्हा, अब हमारे रैना साहब का एक-एक पल-छिन अनमोल है,' कहते-कहते वे किसी आवारा ताँगेवाले के ही स्तर के अश्लील मजाक का चाबुक मारते, सिन्हा साहब को अपने साथ खींच ले गए।

'तुम इतनी जल्दी कैसे लौट आईं? मम्मी की तबीयत तो ठीक है ना?'

"मेरा कलेजा, बुरी तरह धड़कता, बार-बार मुँह को आ रहा था, उधर प्रश्न पूछनेवाले को फिर उत्तर पाने का धैर्य ही कहाँ था?

"उसने मुझे बाँहों में भर लिया। मैं जिधर मुँह फेरती, उधर ही उसके क्षुधातुर अधर मुझे घेर लेते—फिर मैं भी किसी सुपरसॉनिक जेट की तीव्र

गति में बँधी, निःसीम गगन की रिक्तता में, किसी विहंगम नन्हें अस्तित्व का-सा छोटा बिन्दु बनती-बनती अदृश्य हो गई।

"प्रत्येक पापकर्म की खाई में कूदने से पूर्व मानव की अन्तरात्मा उसके कानों के पास आकर कैसी चेतावनी देती है, इसका मुझे उस दिन स्पष्ट अनुभव हुआ। अन्धी खाई के पहले जिस सोपान की मरीचिका को पहचानकर भी अविवेकी मानव नहीं पहचानता, उसी सोपान के मायावी अस्तित्व की ओर मेरी अन्तरात्मा ने बार-बार मेरा ध्यान आकर्षित किया, किन्तु मैंने तब भी दोनों पैर उसी सोपान पर टिका दिए। उस गहराई में डूबी फिर क्या मैं लौट पाई? रात भर वह मुझसे न जाने क्या-क्या पूछता रहा, कैसी-कैसी अटपटी अन्तरंग बातों की प्रश्नशलाका मेरी मज्जा उधेड़ने लगी। एक बार मेरे जी में आया, मैं बिस्तर पर बैठ उससे सब कुछ कह दूँ, किन्तु जब-जब मैं उठकर बैठती वह मुझे खींचकर बाँहों में मसल अपने विचित्र प्रणय-निवेदन से मुझे आश्चर्यचकित कर देता।

" 'हाय यह क्या वही शर्मीला छोकरा है, जिसके मुँह से बोल भी नहीं फूटता था और जो मुझे देखकर उस दिन लाल पड़ता, किसी नवेली दुल्हन को भी मात कर गया था! मैं तब यह क्या जानती थी कि पुरुष संयमी-संस्कारी होने पर भी रात्रि की नीरव निःस्तब्धता में कभी सुन्दरी सहचरी का साहचर्य पाते ही बन उठता है वारवनिता-सा धृष्ट, मुखर एवं निर्लज्ज? मेरा प्रणयी बोलते-बोलते फिर ऐसे सो गया जैसे कोई नन्हा बालक, अपनी मनपसन्द कहानी सुनते-सुनते नींद में ढुलक पड़ा हो। बाहर की रोशनी के हल्के उजाले में उसका भोला चेहरा मैं देर तक देखती रही। क्या रंग था और कैसा नक्शा। उस पर उसके चिकने शरीर पर चाँदनी भी फिसल रही थी।'

"दीदी से अब यह बात छिप ही नहीं सकती थी और एक बार पता लगने पर वह उसे कभी मेरी तरह एक साधारण घटना के रूप में स्वीकार नहीं कर पाएँगी। दीदी मायके गई हैं, जानकर भी मैं क्यों नहीं लौट गई। जब भवानी बैरा अपने साहब को बुलाने गया, मैं भला भाग क्यों नहीं गई। जान-बूझकर ही तो मैं आग से खेलने लपकी थी। अब अपनी करनी भुगतनी ही होगी। मैं क्या जानती थी कि इस सुदर्शन व्यक्ति के हृदय की गहराई में मैं आकंठ डूबकर खो जाऊँगी? उसके जगने पर तो शायद कुछ नहीं कह पाऊँगी, क्यों न उसके जगने से पहले ही उठकर मैं कलकत्ता लौट जाऊँ?

वहाँ जाकर दीदी से सब कह दूँगी; सब तो नहीं कहूँगी, कुछ तो छल-बल के चातुर्य से छिपाना ही होगा। मैं दबे पैरों उठी, आईने में अपना चेहरा देखा तो दंग रह गई। क्या एक ही रात में मेरा चेहरा मुझे ही छलने लगा था? रस से छलकती मेरी आँखों को अब किसी सज्जा की अपेक्षा नहीं थी। मेरे रक्तिम अधरों से अब मेरे विदेशी लिपस्टिक के अक्षय कोष की एक भी रसरंजना शलाका होड़ नहीं ले सकती थी। मैंने बाल सँवारे, एक बार फिर बड़ी ललक से दर्पण को निहारा और पलंग के पीछे बड़े चातुर्य से छिपाया गया एयर बैग निकालने झुकी। सहसा सोनेवाले ने लपककर मुझे फिर पलंग पर खींच लिया और पागलों की तरह चूमने लगा, 'तुम तो एक ही दिन में और भी सुन्दर बनकर आ गई हो दामिनी, एकदम वैसी ही जैसी तुम्हें पहले दिन देखा था।'

" 'मूर्ख, मूर्ख,' मैं मन ही मन कहने लगी–'तुम क्या कभी जान सकते हो कि आज तुम्हारे इसी कथन ने सब स्पष्ट कर दिया है। तुमने पहली बार देखकर जिसे पसन्द किया था, उससे तुम विवाह नहीं कर सके।' दिन-भर छुट्टी लेकर वह फिर मुझे उस प्रेम के रस सागर में डुबकियाँ दिलाता यथार्थ के धरातल से किसी जनशून्य एकान्त में खींच ले गया, यहाँ न पैरों तले धरती थी, न सिर के ऊपर आकाश। जहाँ किसी अदृश्य आम्रकुंज की अमराइयों में बैठी शतसहस्र कोकिलें एकसाथ टहूकती थीं, जहाँ किसी शून्य महल से टप-टप टपकती अमृत बूँदों से नहाकर मैं निकली, तो वह कगार बड़ी दूर छूट चुकी थी, जहाँ इतने वर्षों से किसी ठूँठ वृक्ष-सी ही खड़ी थी!'

"दूसरे दिन का भोर समीप था, तब क्या रात्रि के इस अवसान के साथ ही मेरे एक दिन की बादशाहत मुझसे छिन जाएगी? जिस स्वर्णसिंहासन पर बैठे, दो ही रातों में शाही फरमान लिखते-लिखते मेरा हाथ सधने लगा था, वह क्या दीदी के आते ही मुझसे छीन लिया जाएगा? अब एक ही उपाय रह गया था। आज दीदी बारह बजे तक लौटने को कह गई थीं, जैसे भी हो, उनके यहाँ आने के पहले ही मुझे वहाँ पहुँचकर उन्हें सब कुछ समझाना होगा। चाहे इतना मैं मन ही मन खूब समझती थी कि दीदी के सात्त्विकी तेज के सम्मुख मेरी छिछोरी दलील कभी टिक नहीं पाएगी।"

"रोहित के दफ्तर जाते ही मैं जल्दी-जल्दी बैग में कपड़े ठूँस रही थी कि मुस्कराता भवानी बैरा आ गया।"

" 'आपकी बहन साहब आ गईं सरकार। भगवान कसम हुजूर, आपने पहले नहीं बतलाया होता कि हवाई जहाज में काम करनेवाली आपकी एक जुड़वाँ बहन भी हैं तो हम आज बेहोश हो जाते! बाप रे बाप, एकदम आप ही जैसी खड़ी हैं बाहर।' 'कहाँ है?' मैं हड़बड़ाकर उठी। ओफ, यह मूर्ख क्या दूसरी बार मेरा सर्वनाश कर बैठा है? निश्चय ही उसने दीदी से भी कह दिया होगा कि मेम साहब भीतर हैं।

" 'अरे, उन्हें मैं तो नीचे ही छोड़ आया, बेचारी रास्ता ही कैसे पहचानेंगी?' वह दीदी को लेने पलटा ही था कि दीदी स्वयं बैग लटकाए मेरे सम्मुख खड़ी हो गईं।

" 'रास्ता मैंने पहचान लिया, भवानी,' उनके व्यंग्य, वेदना और क्रोध से नीले पड़ गए अधर बड़ी प्राणान्तक चेष्टा से दबाए जा रहे हैं, यह मैंने देख लिया। 'भवानी तुम लपककर मेरी इस्त्री करने गई साड़ी तो धोबी के यहाँ से जाकर ले आओ।' मुझे भय हो रहा था कि कहीं भवानी की ही उपस्थिति में दीदी फफक-फफककर न रो पड़ें। उसके जाते ही मैंने द्वार बन्द कर लिया, ऐसे अवसर पर मेरी प्रत्युत्पन्न मति एक बार फिर कुशल विमान-परिचारिका-सी ही पैंतरे बदलने लगी। मेरा अनुमान ठीक था। दीदी कटे पेड़-सी ही पलंग पर गिर पड़ीं, वही पलंग उन्हें विवाह में मिला था। उसी शीशम में, उनकी न जाने कितनी मधुर स्मृतियाँ बसी थीं, आज उसी पलंग से स्वयं सहोदरा ने सौत बन उन्हें नीचे ढकेल दिया था। सिसकियों से उनकी दुबली देह रह-रहकर काँपने लगी। जीवन में पहली बार मैं कुछ पलों तक हाथ बाँधे खड़ी ही रह गई। पर फिर मैंने कंठस्वर को वैसा ही बुजुर्गाना बना लिया, जिसके चाबुक मार मैं प्रायः अपने से घंटा-भर बड़ी दीदी, को अपनी घंटा-भर छोटी भगिनी बना लेती थी। 'मूर्ख मत बनो दीदी, जो होना था सो हो गया। तुम्हें विश्वास दिलाती हूँ, जब मैं यहाँ आई तो मैंने कभी सपने में भी नहीं सोचा था कि तुम कलकत्ता गई होगी। फिर तुम्हारा वह मूर्ख बैरा, मुझे मेम साहब, मेम साहब कहता तुम्हारे मूर्ख साहब के पास खींच ले गया, और इससे पहले कि मैं कुछ कहती, विषम परिस्थितियों के गेहूँ के साथ मैं घुन बनी पिस गई।'

"दीदी उठकर बैठ गई। उनका आँचल आँसुओं से भीग गया था। अश्रुसिक्त आँखों से मुझे देखकर उन्होंने शान्त स्वर में कहा, 'उसका इतना बड़ा सर्वनाश करके भी तू उसे मूर्ख कहती है?' उत्तेजित होने पर दीदी कभी

जोर से नहीं बोलती थीं। 'अपनी दोनों जुड़वाँ बेटियों को, गुस्सा आने पर मैं हथेली पर चल रहे जुँओं-सा ही बीन सकता हूँ,' डैडी कभी मूड में आने पर कहते, 'गुस्सा आने पर एक तो चीख-चीखकर अपना भी रक्तचाप बढ़ाती है और बूढ़े बाप का भी, और वहीं गुस्सा आने पर दूसरी बन जाती है और भी ठंडी, जैसे लू में बाहर धरी सुराही।'

" 'ठीक है, ठीक है,' मैं झुँझलाकर कहती, 'बाप और मम्मी उसी सुराही का ठंडा पानी पी लें।'

"किन्तु कहाँ पीने दिया मैंने, लात मारकर मैंने ही तो वह सुराही तोड़ दी। 'देखो दीदी, बचपना मत करो,' मैंने दीदी की पीठ पर हाथ धरा, तो वे ऐसे तड़प उठीं जैसे मैंने उन्हें गर्म लोहे से दाग दिया हो। 'मैं अभी जा रही हूँ। रोहित एक बजे घर आएगा। तब तक मैं मायके पहुँचकर अपने को एडजस्ट कर लूँगी, तुम ससुराल में पैर फैला लेना।'

"और दीदी ने मेरे हाथ से बैग छीन लिया और उठ गईं।"

" 'नहीं, अब मैं यहाँ नहीं रह सकती। नाट आफ्टर दिस,' उनका गला भर आया। 'आफ्टर ह्वाट?' इस बार मेरे धृष्ट प्रश्न का जो उत्तर उनकी शान्त तरल दृष्टि ने दिया, उसके सम्मुख मेरी व्यवहार-कुशल जिह्वा के सब झूठे गवाह एकसाथ ढेर हो गए। 'डोंट बी सिली, गूफ,' मैंने फिर उन्हें पलंग पर धकेल दिया, 'तुम्हारा मूर्ख पति तुम्हें ही मुबारक हो।'

"दीदी फिर तड़पकर उठ गईं, 'तूने उसे फिर मूर्ख कहा!'

" 'क्यों?' मैं एक बार फिर अपनी निर्लज्ज बेहया हँसी से मरे साँप की आँखें कोंच उठी, 'मूर्ख न होता तो इतनी बड़ी भूल करता? आइ कैन स्यू हिम! चतुर ग्वाला तक अपनी गाय का दूध पहचान लेता है, गूँगे पशु भी अपने स्वामी को पहचानकर चुपचाप उसके पीछे चल देते हैं, दीदी।'

"पर जब तीसरी बार भी धकेल दिए जाने पर दीदी मेरा बैग लेकर जाने को उद्यत हुई तो मुझे क्रोध आ गया। विनती, चिरौरी तो मैंने अपने बाप की भी नहीं की। ओफ, हम स्त्रियाँ, कभी सामान्य-सी ही सनक सवार होने पर स्वयं अपने पैरों पर कैसे कुल्हाड़ी मार लेती हैं? एक सम्राट की सम्राज्ञी जब स्वयं ही रूठकर अपना सुहाग ले रही थी, तब मैं भला कर ही क्या सकती थी? दीदी चली गईं। भवानी ने लौटते ही मुझे अकेली देखा तो प्रश्नों की झड़ी लगा दी।

" 'सरकार, माफ करें, पर हुजूर मेम साब हैं या हवाई जहाजवाली बहन?

अरे, वे चली गईं? बिना खाना खाए?'

" 'उन्हें नौकरी पर आज ही वापस जाना था भवानी,' अपने शान्तसंयम स्वर में दिए गए सधे उत्तर को सुन मैं स्वयं ही चौंक पड़ी।

"रोहित दफ्तर से लौटा, और मुझे देखते ही उसका सुन्दर चेहरा खिल उठा। मैं फिर दीदी का म्लान वेदनाक्रान्त चेहरा भूल-भालकर रह गई।

"किन्तु उसी क्षण से दीदी के मुए चाम की साँस, रह-रहकर मेरे सौभाग्य-लौह को भस्म करने लगी। दीदी अपने इस श्वसुर-गृह के लिए मर-खप चुकी थीं। किन्तु कहते हैं कि आत्मघाती प्रेतात्मा रह-रहकर अपने गृह में मँडराती रहती है। मन के अधूरे अरमान लेकर स्वयं ही उन्होंने अपने प्राण ले लिए थे, इसी से उनकी अतृप्त आत्मा बाहर-भीतर जाते मुझे छलने लगी। कभी मुझसे कोई चूक हो जाती और कभी दीदी की अनजान गृहस्थी की असंख्य देहरियों में ठोकरें खा-खाकर मैं गिर पड़ती। खाने की मेज पर उसी दिन मैंने कटी प्याज की प्लेट रोहित की ओर बढ़ा दी, तो वह आश्चर्य से मुझे देखने लगा, 'क्या हो गया है तुम्हें, दामिनी? तीन महीने बाद आज फिर वही भूल कर रही हो जो शादी के दूसरे दिन की थी। मुझे प्याज से एलर्जी है, यह क्या आज भूल गईं?' मैंने हड़बड़ाकर प्लेट हटा दी।

"फिर भवानी ने कहा, 'मेम साहब, दूध का हिसाब कर दें।'

"मैं फिर बौखला गई। क्या पता, दीदी दूध का हिसाब किस कमबख्त कापी में लिखती थीं, और फिर धोबी, कैंटीन, न जाने दीदी के कितने हिसाब एक साथ किसी शत्रु पक्ष की इनफैंट्री के सधे निशानेबाज गनर्स बने मेरी ओर घातक बम-गोले छोड़ने लगे। पर मैं भी जैसे बाबर की तुलगमा गोलन्दाजी सीखी, दुःसाहसी तोपची बन गई थी। 'दूधवाले से कह दो, कापी कहीं खो गई है, खुद हिसाब बता दे।' मैं अपने जवाबी हमले से दुश्मन के दाँत खट्टे कर देती। धोबी से कहती, 'तुम कपड़े बोलते जाओ, मैं मिलाती जाऊँगी,' और कोरी कापी में कलम चलाने लगती।"

"एक-दो बार मैंने रोहित की सन्दिग्ध दृष्टि को देखकर भी अनदेखा कर दिया। दीदी को मैं जन्म से ही नहीं, माँ के गर्भ से भी जानती थी। वे क्या उन कूढ़मगज थुलथुली गृहिणियों में थी, जिनकी चाबी के गुच्छे और हिसाब की कापियाँ आए दिन खोती रहती हैं? वैसे मैं तो सोचती हूँ, जिस स्त्री का चाबी का गुच्छा जीवन में एक भी बार न खोया हो, वह स्त्री कहलाने योग्य

नहीं है। स्वयं मेरी चाबी सप्ताह में पाँच दिन खोती रहती थी, बाएँ पैर की चप्पल यदि एक कमरे में होती तो दाहिनी चप्पल दूसरे में। 'तेरा विवाह होगा तो तेरा दूल्हा अपने करमों को रोएगा बेबी,' दीदी कहतीं, 'तेरी कैसी फूहड़ गृहस्थी होगी, मैं सोच सकती हूँ।'

" 'तब सुन लो दीदी', मैं कहती, 'मैं ऐसा पति ढूँढूँगी, जिसे एक आदर्श प्रेमिका की खोज होगी, एक आदर्श हाउस-कीपर या मेट्रन की नहीं।'

"पर रोहित का बार-बार काक-दृष्टि से मुझे देखना जैसे अब कुशल प्रेमिका को आदर्शों से विचलित करने लगा था। मुझे लगा कि चतुर शिकार ने अदृश्य मचान पर डटी नियति को देख लिया है, अब उसकी लोलुप आँखें, पेड़ के तने से बँधे पुष्ट पाठे पर पड़कर भी नहीं पढ़ना चाहतीं। रात को वह चुपचाप आकर मेरे पार्श्व में लेट गया। न उसने मुझे पुकारा, न अपने स्वाभाविक अधैर्य से मुझे बाँहों में ही खींचा। रात-भर उसकी बदलती करवटों, बड़े यत्न से दबाकर ली गई जमुहाइयों एवं लम्बी-लम्बी साँसों को सुनती मैं समझ गई थी कि मेरे बगल में सोनेवाले की आँखों को भी मेरी ही तरह मायावी निद्रा छल रही है।

"सुबह वह गुमसुम बना नाश्ते से खेल-सा करता उठ गया। शायद दीदी ही उसके कपड़े भी निकाला करती थीं। इसी से न जाने कब क्या भूल कर बैठूँ, यह सोच मैं बड़े छल-बल से उसके ठीक तैयार होने से पहले ही नहाने खिसक जाती। पर निरन्तर तीन-चार दिन तक, एक ही आशय की फर्जी अर्जी दी, व्यर्थ बीमारी का बहाना बनानेवाले कर्मचारी को भला कौन अफसर नहीं पकड़ लेता? मैं फिर खिसकी। लौटी तो लगा, वह मुझे बड़े सन्देह से घूर रहा है।

"वह दफ्तर गया तो मेरी जान बची। मैं दोनों हाथ से अपने उत्तेजित ललाट-शिराओं को दबाती बिस्तर पर बैठी ही थी कि द्वार भड़भड़ाकर खुल गया। अस्त-व्यस्त साड़ी सँभालती, हाँफती, मम्मी मेरे सामने खड़ी थीं।"

" 'यह क्या, मम्मी तुम!' मैं कहने ही जा रही थी, 'तीन ही महीने में तुम कितनी दुबली हो गई हो, मम्मी!'—तभी मैंने अपने को याद दिलाकर सावधान कर दिया—तुम कामिनी नहीं दामिनी हो मूर्ख। कुर्सी खींचकर मम्मी स्वयं ही बैठ गईं। उनका ऐसा थका-पीला चेहरा तो तब भी नहीं था, जब उन्हें दिल

के दौरे का पहला झटका पड़ा था। 'क्या बताऊँ, अभी-अभी पता लगा और मैं भागती तेरे पास ही आई।' भरा कलेजा धक्-धक् कर उठा, ओफ! तब क्या मूर्ख दीदी ने सब कुछ मम्मी से भी कह दिया।

"तेरे डैडी दिल्ली आए हैं और लौटने पर उनसे कहूँगी भी क्या! आँधी-तूफान-सी तो वह हमेशा ही लौटती थी, पर इस बार उसे देखते ही मेरा कलेजा काँप उठा था। वह तो बेबी नहीं जैसे तू ही लौट आई थी। तेरे डैडी नहीं होते हैं तो मैं हमेशा एक ही सब्जी बनाती हूँ, उस दिन भी लौकी की सब्जी बनी थी। और दिन होता तो वह मुझे चीरकर धर देती—मम्मी, फिर तुमने लौकी का अपना अलौकिक साग बना दिया? पर एक शब्द भी नहीं कहा छोकरी ने, चुपचाप गर्दन डाले खाती रही।

"कितने दिन की छुट्टियाँ मिली हैं? मैंने पूछा तो कहने लगी—मम्मी, नौकरी छोड़कर आ गई हूँ। अब छुट्टियाँ ही छुट्टियाँ हैं। और फिर दोनों हाथों से मुँह ढाँपकर ।सिसकने लगी। दस महीने गर्भ में रखा, पर आज तक जिसकी एक चाल भी कभी नहीं समझ पाई, वह एक बार फिर पहेली बुझाने चली आई है। मेरा माथा तो उसे देखते ही ठनक गया था। आखिर लाख हो, माँ हूँ! क्या इतना भी नहीं समझ सकती? कभी नींबू चाट रही है, कभी दिन-दिन भर असलाई पड़ी सो रही है, कभी गुसलखाना बन्द कर उल्टियाँ कर रही है। मैंने पूछा तो फिर रोने लगी। यही डर तो मुझे हमेशा था दम्मो, कि छोकरी एक दिन ऐसे ही बाप की नाक कटवाएगी।

"मम्मी फिर सिसकने लगीं, 'कई बार पूछा, पुचकारा, फुसलाया पर कुछ नहीं कहतीं मैंने कहा। 'उसी से शादी क्यों नहीं कर लेती? अभी क्या बिगड़ा है, मुश्किल से दूसरा महीना होगा। कहने लगी—ममी, मैं उससे शादी नहीं कर सकती।—क्यों? मेरे जी में आया छोकरी को एक झापड़ धर दूँ—क्यों, क्या वह आवारा शादीशुदा है? कुछ भी नहीं बोली, बस नीम के पेड़ को देखती रही। मुझे भी गुस्सा आ गया, खूब जली-कटी सुनाती रही, पर वह तो जैसे मिट्टी की मूरत बन गई थी। ऐसा बेदाग खानदान है हमारा, तुम दोनों को मैंने ऊँची से ऊँची शिक्षा दी, कभी कमीनी सोहबत में उठने-बैठने नहीं दिया, फिर यह कैसे हो गया? हाय मैं समधियानों में कौन-सा मुँह लेकर जाऊँगी? मैंने बौखलाकर छोकरी के कन्धे झंझोड़ दिए—तब अपने डैडी के घर लौटने से पहले उसी के पास चली जा।—नहीं मम्मी, अब मैं उसके पास नहीं जा सकती?...उसकी ठंडी आवाज सुनकर तो मैं तेरे पास भाग आई

हूँ।–हे भगवान यह कैसी अनहोनी घट रही है, जलती आग में हाथ डालने पर भी आज मेरा हाथ क्यों नहीं जलता? अगले महीने तेरे डैडी के होटल का गृह-प्रवेश है और उस हरामजादी ने उन्हें बुढ़ौती में यह तोहफा दिया।

‘‘ ‘चिन्ता मत करो, ममी,’ मैंने एकदम दीदी का अभिनय किया, ‘तुम घर लौट जाओ। पुरोहित आता ही होगा। तुम्हारी आँखें एकदम सूज गई हैं। अभी उससे यह सब छिपाना होगा। मैं शाम को घर आकर सब ठीक कर लूँगी।’ ममी ने बहुत दिन बाद मुझे छाती से लगाकर मेरा हाथ चूमा और रुँधे, स्नेह-विगलित स्वर में कहने लगी, ‘मैं जानती थी, तू ऐसा ही कहेगी। तूने कभी क्या मुझे एक दिन का भी सिरदर्द दिया है? उस बदजात का सब अन्याय हमेशा अपने ही ऊपर ओढ़ा है।’

‘‘न चाहने पर भी मेरे अधर व्यंग्यात्मक स्मित में खिंचकर रह गए। ठीक ही कह रही थीं मम्मी। क्या वे कभी जान पाएँगी कि उसकी दो जुड़वाँ बेटियों में से इस बार कौन किसका अन्याय ओढ़ रही है।

‘‘योजना बनाकर निश्चय कर लेने में मुझे कभी विलम्ब नहीं होता था। ठीक है, रोहित को चाय पिलाकर आज अकेले ही सिन्हा के यहाँ टेनिस खेलने भेज मैं चार बजे की लोकल से कलकत्ता चल दूँगी। हर दस मिनट पर ठाकुर नगर से कलकत्ता को रेलगाड़ियाँ छूटती रहती हैं। वहाँ जाकर फिर अपनी सनकी सहोदरा को पकड़कर यहाँ लाना होगा, फिर जैसे चतुर बन्दी अपने वाग्जाल में अपने प्रहरी को उलझा, उसे अपनी वर्दी पहना, उड़नछू हो जाता है, वैसे ही उसे रोहित के कमरे में धकेल मैं पुनः साली के चोले में लौट आऊँगी।

‘‘किन्तु यह सब क्या इतना ही सहज था? रोहित लौटा तो सिरदर्द से तड़प रहा था, ‘मेरी गोली निकाल दो, आज फिर वही दर्द शुरू हो गया है।’ वह लेट गया और मैं एक बार फिर दीदी की गृहस्थी के गोरख-धंधे में फँस गई। कौन-सी गोली लेता है वह?

‘‘तब क्या वह मायोपिक है? ऐसा दर्द जो उसे अक्सर होता था, दीदी क्या करती होगी? क्या वह सिर दबाया जाना पसन्द करेगा? हवाई यात्रा में तो मेरा ऐसे सिरदर्द के रोगी से पाला पड़ा था और वह सिर दबाने का प्रस्ताव सुनते ही ‘लीव मी’, ‘लीव मी’ कहता कटखने कुत्ते-सा ही मुझे काट खाने को दौड़ा था।

‘‘ ‘गोली तो मुझे मिली ही नहीं,’ मैंने डरते-डरते कहा तो वह ‘क्या?’

कहता, शेरबबर-सा ही गरजता मुझे अपनी आग्नेय दृष्टि से भस्म कर उठा, और सामने आले पर धरी शीशी उठा लाया, फिर गुस्से में भरभराकर बिना मुझसे पानी माँगे स्वयं ही फ्रिज से पानी लाया, गोली गुटकी और लेट गया। एक बार फिर मेरे जी में आया कि एक छलाँग लगाकर उस घुटन-भरे कमरे से बाहर भाग जाऊँ। पर जाती भी कैसे? द्वार पर दरबान था, गर्मी के दिन थे, ड्राइवर, भवानी, सब कतार बाँधे बाहर सो रहे थे। मैं चुपचाप लेटी रही।

"ठीक आधी रात को वह जगकर बैठ गया—'दामिनी,' वह मेरे कान के पास आकर फुसफुसाया, 'तुम्हें भी नींद नहीं आ रही है ना? चलो जाम पोखर में तैर आएँ।' मैं चौंकी, कहता क्या है? आधी रात को चार मील दूर उस बीहड़ जंगल में जाएँ? पर उसकी किसी बच्चे की-सी बचकाने उत्साह की छूत मुझे भी लग गई। एक बैग में तौलिया-कपड़े ठूँस वह मुझे अपने साथ खींच ले गया।

" कार निकलते ही भवानी आँखें मलता आ गया। 'इतनी रात को कहाँ जा रहे हैं, सरकार? क्या माँ जी की तबीयत फिर खराब हो गई?'

" 'नहीं भवानी, हम घूमने जा रहे हैं।' वह तेजी से कार निकाल ले गया और जाते-जाते मैंने नौकर की दबी हँसी के बीच भवानी का कंठस्वर भी सुन लिया—'नई-नई शादी है भाई, इसमें क्या रात-आधी रात देखी जाती है?' रात सचमुच आधी बीत चुकी थी। सुपारी-ताड़ के झुरमुट पार कर हम दोनों पोखरे के पास पहुँच गए। आप तो बंगाल में रही हैं। उन पोखरों का आकर्षण तैरनेवाले के लिए कैसा जबर्दस्त होता है, यह तो आप जानती ही होंगी? फिर ठाकुरनगर का वह 'जाम पुकुर' सचमुच ही प्रकृति की अनुपम कलाप्रियता का एक बेजोड़ नमूना था। आरपार प्रहरी-से खड़े दो विशाल जामुन के पेड़ थे और उनकी घनी शाखाएँ बड़ी दूर जा आधे पोखर तक पहुँच एक-दूसरे से हाथ मिलाते-मिलाते ठिठककर रुक गई थीं। नीले बड़े-बड़े जामुनों की नीली छाया ने पोखर को भी नीलकंठ बनाकर रंग दिया था। तट पर खड़े दो ही जामुन के भीम वृक्षों ने तरणि तनूजा तट तमाल तरुवरों की शोभा भी फीकी कर रख दी थी।"

"रोहित ने मेरे ही सामने एक-एक करके अपने कपड़े उतार दिए, तो मैं कटकर रह गई। फिर ट्रंक्स पहनते ही छपाक् से जल में कूद, किसी पेशेवर तैराक की भाँति लहरें काटता पोखर के बीच पहुँच गया। अचानक उसने मुझे वहीं से

पुकारा, 'क्या कर रही हो वहाँ खड़ी-खड़ी। आओ ना जल्दी।'

''एक क्षण को मैं उस मधुर आह्वान के इन्द्रजाल में फँस ही गई थी, फिर मैंने अपना चेहरा कठोर बना लिया। मेरा अनुमान ठीक ही था, वह मेरी यही अग्नि-परीक्षा लेने तो आधी रात को इस पोखर तक मुझे खींच लाया था? मैं जानती थी कि कितनी ही बार सिखाए जाने पर भी दीदी कभी तैरना नहीं सीख पाईं।

'' 'निश्चय ही तुम्हें पहले जन्म में किसी हड़के कुत्ते ने काटा होगा,' मैं कहती, 'तभी तो इस जन्म में भी तुम्हारा हाइड्रोफोबिया नहीं गया है।' पर मेरे हाथ पकड़कर सिखाए जाने का आश्वासन पाकर भी दीदी किनारे पर ही रॉड थामे पैर पटकती रहती। 'तुम जानते हो रोहित, मुझे तैरना कभी आ ही नहीं सकता,' मैंने कहा और किनारे पर ही धम्म से बैठ, अपने पैर जल में डुबो निरर्थक छप्-छप् करने लगी।

'' 'क्या?' वह तेजी से तैरता फिर मेरी ओर लपक आया, 'तीन महीने में, मेरे साथ न जाने कितनी बार, इसी पोखर में मछली-सी तैर चुकी हो, स्वयं मैंने तुम्हें तैरना सिखाया है और क्या तुम कहना चाहती हो कि तीन ही दिन मायके रहकर सब भूल-भाल आई हो?'

''मैं अब और बुरी तरह उलझन में फँस गई। अब क्या डरपोक दीदी को उनके इस नटवर नागर ने प्रेम के लाइफबॉय में बाँध, तैरना सचमुच ही सिखा दिया था या बातों के विभ्रम में बाँधता वह मेरी परीक्षा ले रहा था? मैंने इस बार क्रमशः निकट आ रहे उस भोले चेहरे को ध्यान से देखा किन्तु इस निष्पाप चेहरे की निर्दोष अभिनय कला ने जैसे अपना चरमबिन्दु पा लिया था। 'आओ दामिनी, बैग में तुम्हारा स्विमिंग सूट भी लाया हूँ...' इस बार मुस्कराकर उसनी अपने दोनों बाँहें फैला दीं। और उस आह्वान को फिर मैं नहीं टाल सकी।

''मैंने बैग में हाथ डाला, छोटी-सी बिकिनी भी मिल गई तो मैं आश्वस्त हो गई। ठीक ही कह रहा था वह, दीदी ने भी शायद इसी जल में फैली उन मोहक बाँहों के बंधन में बँधने को तैरना सीख लिया होगा। मैंने बिकिनी पहनी और छपाक् से कूद गई।

''मैं जितनी ही तेजी से अपने प्रेमी की ओर बढ़ती, वह उतनी ही तेजी से पीछे खिसकता, जामुन की टहनियों के गहन जाल में खो जाता। पोखर का जल भयावह रूप से गहरा लग रहा था, किन्तु बंगाल के किसी भी

खतरनाक पोखर का गहरा जल मुझे कभी आतंकित नहीं कर पाया था। एक घनी छाया में छिपे, अपने नन्दकिशोर को मैं हँसती-हँसती बाहर खींच लाई। नीले जामुनों की छाया से प्रतिबिम्बित नीलाभ जल में आधी डूबी उसकी गोरी देह मुझे बाँध गई। उस अपूर्व श्याम-हरित द्युति को देख मैं अपनी सुध-बुध ही खो बैठी।

“ 'तुम कितने सुन्दर हो रोहित,' मैंने उसके नग्न वक्ष पर अपना भीगा माथा टिका दिया।

“दोनों काँपते हाथों से उसने मुझे उसी क्षण दूर ढकेल दिया, 'तुमने मुझे छला है। तुम वह नहीं हो, तुम वह नहीं हो,' कहता वह तेजी से तैरता किनारे की ओर बढ़ गया।”

“ओह, उसे छलनेवाली मैं ही क्या अन्त तक छली गई? शिथिल, मन्द गति से तैरती मैं किनारे तक आई, तो वह भीगी ही देह लिए जामुन तले बैठा था। अँधेरे में मैं उसका चेहरा नहीं देख पाई, टटोल-टटोलकर मैंने कपड़े पहने, फिर उसकी ओर तौलिया बढ़ाकर कहा, “रोहित, दोष मेरा भी उतना ही है जितना तुम्हारा। तुमने मुझे कुछ कहने का अवसर ही कब दिया? फिर दीदी के आने पर मैंने...।”

“उसने बीच ही में मुझे रोककर मेरे दोनों कन्धों को पकड़ जोड़-जोड़ हिला दिए, 'क्या वह आई थी?'

“ मेरी आँखों में आँसू आ गए। तब वह क्या सचमुच ही दीदी को प्यार करता था?

“ 'हाँ, दीदी आई थी,' मैंने कहा। 'मैं उससे सब कुछ कहकर लौट जाना चाह रही थी, पर उस मूर्ख के दिमाग में सनक जो सवार थी, बोली—मैं अब यहाँ नहीं रह सकती।—पर अब उसे लौटना पड़ेगा रोहित। इसी से कह रही हूँ कि इस बुरे सपने को भुलाकर, 'लेट अस पार्ट एज फ्रेंड्स' मैंने अपने हृदय की वेदना को दूर धकेला और अपने सबसे मोहक स्मित से चेहरा सँवार, अपना हाथ बढ़ा दिया। किन्तु मेरा हाथ उस तक पहुँचा भी नहीं था कि वह चीखा। उस अंधकार को चीरता एक भयावह भुजंग सरसराता हम दोनों के बीच से निकल गया।

“ 'मुझे काट लिया है, कोबरा था, ओफ!' वह बुरी तरह घबड़ाकर हकलाने लगा और फिर वह पैर का अँगूठा पकड़कर तड़प उठा। तभी उसके

नीले पड़ रहे चेहरे को देखते ही मेरे मन का चोर जग गया। '...इसे कोबरा ने नहीं तूने डँसा है विषकन्या, कोबरा तो निमित्तमात्र था।...' दीदी ही जैसे मेरे कान में आकर कह गईं।

''ठीक ही था। मैंने ही तो पोखर के बीच उसे अनजाने में डँस लिया था। 'तुम कितने सुन्दर हो रोहित?' मैं हड़बड़ाकर उठी; उसकी अचल देह को खींचकर मोटर में धरा और पागल होकर तीव्र वेग से कार भगाती घर आई। फिर यन्त्र-चालित पुतली की ही भाँति मैं सब कुछ करती चली गई। कलकत्ता को ट्रंककाल किया। खबर पाते ही छोटी-सी बस्ती उलट पड़ी थी, उधर डैडी-मम्मी आए और साथ में आईं दीदी।

''वह एक प्रकार से निर्जीव पड़ा था। डैडी ने सिर पर हाथ धरा, नब्ज देखी तो उसकी चेतना लौट आई। 'मुझे कुछ नहीं दिख रहा है, कुछ नहीं,' उसने कहा और डैडी का अनुभवी चेहरा गम्भीर हो गया। डैडी के साथ दो-दो डॉक्टर और भी आए थे, एंटीवेनम भी था और थी सामान्य औषधियाँ, किन्तु अपनी मृत्युंजयी औषधि-मंजूषा को उलट देने पर भी डैडी उसकी उलटी पुतलियाँ नहीं पलटा पाए।

''हारकर डैडी ने कमरे में लगी पूरी भीड़ को बाहर हँका दिया। कमरे में हम पाँचों रह गए थे। दाहिनी ओर मैं खड़ी थी, बाईं ओर थी दीदी, पायताने की कुर्सी पर मम्मी बैठी थीं, थकी-हारी और बुझी। केवल डैडी ही आसन्नप्राय मृत्यु से जूझकर, हाथ बाँधे बन्दी बने किसी पराजित वीर सेनापति के-से सतर कन्धे किए चुपचाप खड़े थे। अचानक उनकी सारी देह काँपी, न जाने किस अज्ञात प्रेरणा ने उनकी गर्दन को एक झटका दिया और वह स्वयं ही दीदी की ओर मुड़ गया, फिर टटोलकर दीदी का हाथ कसकर पकड़ लिया, 'दामिनी तुम्हीं हो ना? बोलो-बोलो?'—डैडी-मम्मी दोनों आश्चर्य से कभी मुझे देखते, कभी दीदी को। यह जाते-जाते कैसी भयानक भूल कर रहा था उनका दामाद?

'' 'यह तो दामिनी नहीं कामिनी है रोहित,' डैडी की वज्रहुंकार एक तीखा भाला बनकर मेरी छाती में धँस गई।

'' 'नहीं-नहीं,' इस बार दीदी हम सबकी उपस्थिति से एकदम ही उदासीन हो उठीं। वही दीदी, जो डेडी-मम्मी के सामने कभी अपने दूल्हे से हँसकर भी नहीं बोली थीं, उसकी चौड़ी छाती पर सिर टिकाकर अपने सदा के मीठे

शान्त स्वर में कहने लगीं, 'मैं दामिनी ही हूँ रोहित, दामिनी।' विदा की वेला शायद दीदी लज्जा, संकोच या मिथ्या छलना से बोझिल नहीं बनना चाहती थीं।

"वह हँसा। मृत्युपथ के उस यात्री की उस करुण हँसी को संसार की कोई भी भाषा व्यक्त नहीं कर सकती। यदि मैं चित्र भी बना सकती, तब भी उन वेदनाक्रान्त दोनों नीले चेहरों के लिए शायद मुझे वैसा रंग नहीं जुटता—नीले पड़ गए अधरों की वेदना, न चाहने पर भी हो रहे बिछोह की विवशता और दीदी के काले बालों पर धरा काँपता वह हाथ, जो पहले दिन उसी पलंग पर ठीक वैसे ही मेरे बालों पर आकर काँपा था—'तैरने चलोगी दामिनी?'

" मम्मी का चेहरा एकदम पीला पड़ गया। उनका वात्सल्य, स्नेह सहानुभूति उनकी अश्रुसिक्त आँखों से सहस्र धाराओं में फूटकर वेगवती नदी की धाराओं की ही भाँति, दीदी के विषाद-उदधि में एकाकार होने भागी जा रही थीं। डैडी ने बढ़कर दीदी को सँभाल लिया था। अकेली मैं ही किसी खूनी अपराधिनी-सी सिर झुकाए खड़ी थी। न मेरा कोई वकील था न गवाह, न किसी दयालु मित्र की जमानत के औदार्य की आशा। 'दामिनी, धीरज धरो बेटी,' डैडी कह रहे थे और यह सुनकर मम्मी पलक झपकते ही सब समझ गईं, फिर ठीक जैसे बिल्ली किसी को देखते ही चट अपने मासूम बच्चे को मुँह में दाबे किसी कोने में छिपने चल देती है, उन्होंने झपटकर दीदी को खींच लिया। 'ऐसी अवस्था में अब उससे मत चिपट बेटी। जो चला गया, क्या तू अब उसके साथ जा सकती है? तुझे तो अब एक दूसरे के लिए पृथ्वी पर रहना होगा।' 'नहीं-नहीं,' दीदी जैसे पगला गई थीं। उनकी चीख सुनकर बरामदे में खड़ी पूरी भीड़ कमरे में घुस आई। देखते ही देखते वे अनुभवी इष्टमित्र, जिन्होंने तीन महीने पूर्व डोलीं, सेहरे और गजरों का सरंजाम किया था, अब बाँस; कफन और श्मशान की बातें करने लगे। 'नहीं-नहीं,' दीदी फिर चीख उठी, 'मैं रोहित को नहीं जलाने दूँगी।'

" मूर्ख दीदी, शायद तब भी सोच रही थीं कि जल प्रवाहित होने पर उसका सुदर्शन भुवाल संन्यासी एक दिन हँसता-हँसता फिर सेहरा बाँध, उसके द्वार पर खड़ा हो जाएगा। कोई पछाड़ें खाती दीदी को सँभाल रहा था, कोई उन्हें पंखा झल रहा था, कोई ठंडे पानी के छींटे से उन्हें होश में ला रहा था, किन्तु एक और थी जो होश में रहकर भी बेहोश थी, जिसके हृदय में

उठ रहा वेदना का ज्वार-भाटा उसे सिर से पैरों तक कँपा रहा था, जो चाहती थी कि एक बार केवल एक बार, वह भी उस चौड़ी छाती पर सिर टिकाकर कह ले—'रोहित, दोष मेरा नहीं था—मुझे माफ कर दो रोहित, मैंने भी तुम्हें प्यार किया था।' पर मेरी चिन्ता ही किसे थी?—मुझे लगा, जैसे मैं रामायण की मंथरा हूँ! मुझ पर दृष्टि पड़ते ही भीड़ का क्रूर घेराव मेरी धज्जियाँ उड़ा देगा।

"मैं चुपचाप निकल आई। धरा थी मेरी जन्म की बैरिन और उदार आकाश था मेरे विपत्तिकाल का मित्र। इस बार भी उसने मुझे बाँहें बढ़ाकर ऊपर खींच लिया। एक वर्ष बाद मैं लौटी भी, तो घर से दूर-दूर भटकती रही, किन्तु घरवालों का मोह क्या सहज में छूटता है! एक दिन मद्रास में ही छोटी मौसी मिल गई। उनके पति, परिवहन मन्त्री हैं, दिन-रात विदेशों में घूमती रहती हैं। उन्होंने बतलाया कि डैडी का होटल भी खूब चलता है और प्रेक्टिस भी। दीदी का बेटा एकदम रोहित पर गया है, सुनहले बाल और कंजी आँखें। दीदी से कहता है माँ, ममी से नानू और डैडी से डाडा। कभी-कभी सोचती हूँ, मुझे देखेगा तो क्या कहेगा—माँ या मौसी? कहीं अपने पिता ही की भाँति हम दोनों जुड़वाँ बहनों की भूल-भुलैया में भटक गया या कहीं उस गुलगोथने कंजी आँखों पर सुनहले बालोंवाले शिशु को देखकर मेरे ही मुँह से 'वाह' निकल गया तब? इसी से न मैं घर गई, न कभी घर जाऊँगी, परसों फिर अपने उदार मित्र की बाँहों में उड़ती-उड़ती खो जाऊँगी, चलिए, मन एकदम हल्का हो गया आज। इतने दिनों से सोच रही थी कि कोई रससिद्ध श्रोता मिले तो सही! आइए, अब आपको घर तक छोड़ दूँ, सन्ध्या हो गई और वह पगडंडी बड़ी अँधेरी है।"

वह एकदम स्वाभाविक रूप से हँसती-हँसती खड़ी हो गई।

समय कितनी जल्दी बीत गया था! हाथ की घड़ी देखी तो छह बज चुके थे। मेरे पति दौरे से लौट आए होंगे और पुत्र स्कूल से। चाबी का गुच्छा तो मेरे ही पास था। सब झुँझलाकर मुझ पर बरसेंगे तब क्या कहूँगी उनसे? पर मेरी सुन्दरी संगिनी आगे-आगे चलती मुझे ऐसे लिए जा रही थी जैसे सामने का बँगला मेरा नहीं उसी का हो। आज भी जब उस म्लान सन्ध्या का स्मरण करती हूँ, तो उसके विषैले दन्तक्षत एक बार फिर उभर आते हैं।

अरण्य में खड़ी मेरी वह कोठी निस्सन्देह अंयारपाटा में इकबाल की-सी 'परियाँ कतार अन्दर कतार' खड़ी कोठियों के बीच, सबसे भड़कीली परी थी, फिर उसका सौन्दर्य सन्ध्या होते ही किसी पेशेवर बनीं-ठनी कोठेवाली के सान्ध्यकालीन सुभग सौन्दर्य की ही भाँति और अधिक मोहक बन उठता था। उस दिन भी, चीना पार्क से छन-छनकर आती डूबते सूर्य की प्रौढ़ लालिमा उसे आपादमस्तक रँग गई थी। इधर मकान मालिक मुझे कोठी छोड़ने के कई अशिष्ट नोटिस भी दे चुके थे, किन्तु हाथ से निकल गए आवारा पुत्र की ही भाँति एक-बार किराए पर उठ गई सुदर्शन कोठी भी सहज में नहीं लौटती। फिर, जैसे क्रोध में बौखला गया पति कभी-कभी प्राणाधिका सुन्दरी पत्नी की नाक काट स्वयं ही उसके सौन्दर्य की धज्जियाँ उड़ा देता है, उन्होंने अपनी ही कोठी का वामांग कुत्सित बनाने को खिड़कियाँ-द्वार नोच-नाचकर मुगलों द्वारा लूटे गए किसी मन्दिर-सा ही श्रीहीन बना दिया था, पर सुन्दर देवस्थल क्या कभी श्रीहीन हो सकता है? स्ट्रीपटीज पर, निर्लज्ज खड़ी किसी विदेशी सुन्दरी-सी वह अट्टालिका जैसे उस लूटपाट के पश्चात् और भी आकर्षक बनी मुस्कराने लगी थी।

टूटी ऐतिहासिक बेलीगारद-सी उसकी तुंगकुचा मीनारें, शायद उस दिन उसकी कलाप्रिय दृष्टि को भी बाँध गईं।

"वाह-वाह, क्या आलीशान बँगला है आपका?" उसने कहा और मेरा कलेजा बैठ गया। मुझे लगा जैसे किसी ने उसी क्षण मुझे पति-पुत्र सहित हाथ पकड़कर बाहर निकाल दिया है।

उसके एक ही डंक की पीड़ा से मैं तिलमिला रही थी कि वह चलते-चलते मुझे फिर डँस गई। "देखिए, जो कहानी मैंने सुनाई है, उसे अपने किसी गल्पगुच्छ में मत बाँध लीजिएगा। वैसे मुझे आपकी कहानियाँ बहुत पसन्द है। धरा पर रहूँ या आकाश पर, आपकी एक भी कहानी मैं नहीं छोड़ती। वाह, क्या लिखती हैं?" दुष्टता से मुस्कराकर वह मेरा हाथ एक अर्थपूर्ण दबाव में दबाकर चली गई। मैं उससे फिर एक शब्द भी नहीं बोली।

तीसरे ही दिन मुझे उसका विष व्याप गया। बदली का फरमान मिला तो मैंने ममतापूर्ण चाव-भरी दृष्टि से अपनी प्रिय कोठी को देखा। चित्त विचलित होने लगा, तो मैंने अपने को समझाया—बादशाहों की बादशाहत निकल गई, राजा-रजवाड़ों की रियासतें चली गईं, अपनी महल अटारी होती तो एक दिन वह भी छूट जाती, फिर इस किराए की पराई कोठी का मोह?

किन्तु लेखनी? उसे भी तो वह डँस गई है। तीन महीनों में कई बार चेष्टा किए जाने पर भी यह थरथराकर पक्षाघात से पंगु रोगी की ही भाँति अवश होकर गिर-गिर पड़ती है। यही नहीं उसका घातक विष शायद उसे स्मृतिभ्रष्टा भी बना गया है। इसी से, अनजाने क्षणों में दिया गया वचन स्वयं भंग कर आज यह कहानी लिख रही हूँ। वह कहती थी कि धरा पर हो या आकाश में, वह मेरी एक भी कहानी नहीं छोड़ती। इतना मैं जानती हूँ कि इस कहानी को पढ़ने पर वह कभी 'वाह' नहीं कह पाएगी और उसका वह श्राप ही शायद मेरे लिए वरदान सिद्ध होगा।

क्या पता, क्रोध से बौखलाई वह विषकन्या इस बार स्वयं ही दुबारा डँसकर अपना विष व्यर्थ कर दे?

तीसरा बेटा

बहुत सोच-विचार कर ही वह उसे उठाकर साथ ले आई थी। मन-ही-मन उसकी तीक्ष्ण बुद्धि ने उसे सावधान भी किया था—इस वयस में वह इस गहन बोझ को कितने दिन उठा पाएगी? समाज क्या कहेगा? स्वयं उसकी सन्तान ही क्या उसकी इस भावुक मूर्खता को सहन नहीं कर पाएगी? किन्तु नीले गुदगुदे कम्बल में लिपटी वह नन्ही-सी जान, उससे कैसी दया की भीख माँग रही थी! कौन उसे वहाँ अचानक लिटा गया था? उस कूपे में तो वह अकेली ही थी, एक सहयात्रिणी मद्रास से बैठी थी, पर वह भी विजयवाड़ा में उतर गई थी। उसके बाद कोई आया ही नहीं, इसी से सामान छोड़ बाथरूम जाने में भी उसे पहले भय-सा हुआ था, सुना था कि कभी इन्हीं क्षणों का फायदा उठा अभ्यस्त सूटकेस दस्यु मिनटों में सामान का सफाया कर देते हैं। वर्षों बाद वह दक्षिण की यात्रा पर निकली थी, वह भी अकेली। वर्षों पूर्व एक बार पति के साथ तिरुपति की यात्रा पर गई थी।

आज उसके वर्षों के वैधव्य-दग्ध चित्त में वही सुखद स्मृति जुगनू-सी चमक उठी थी। कभी-कभी अपनी क्षणस्थायी स्वार्थी स्मृति पर उसे लज्जाबोध भी होता; क्यों अब उसे महीनों तक उस दिवंगत प्राणों से प्रिय सहचर का चेहरा भी याद नहीं आता! पर फिर सहसा पैर में धँसी फाँस-सी किसी स्मृति-शिला पर पैर पड़ते ही उस सौम्य-स्निग्ध-विस्मृत चेहरे की अदृश्य कसक उसे सालने लगती है। उनसे किए गए तर्क-वितर्क, दिनों तक बन्द हो गए आपसी बोल-चाल, उनकी मूक अवज्ञा, क्रोध से तमतमाया चेहरा, फिर अन्तिम दिन की वह निरीह-विवश दृष्टि, मौन हो गई वाणी, दृष्टिहीन बन गए नयन—जैसे कह रहे हों—मुझे मत जाने दे सत्तो! कैसा आश्चर्य था कि जिस पति की तेजोमय दृष्टि से दिन-रात काँपती वह एक प्रकार से अपना अस्तित्व ही खोकर उनके पीछे-पीछे छाया-सी अनुगामिनी बन उन्हीं में एकाकार हो

गई थी, वही सावित्री अपना खोया आत्मविश्वास पाकर बड़े-से-बड़ा निर्णय लेने में भी अब एक पल का विलम्ब नहीं करती थी। यही उसने उस दिन भी किया था। उसे अपनी नीली आँखों से टकर-टकर देख रहे उस गोरे-चिट्टे शिशु को देखते ही वह जान गई थी कि उस शरणागत को स्वयं विधाता ने ही वहाँ लिटाया है। तब क्या वह किसी फिरंगी पिता का कलंक था? हो सकता है कुर्गी हो, वे भी सुना, अपनी नीली आँखों और चिट्टे रंग से अंग्रेज़ों को भी मात दे देते हैं, जो भी हो, वह था किसी सम्भ्रान्त गृह का नवजात शिशु, उसकी नग्न देह—केवल एक नरम कम्बल में लिपटी थी। सद्यः काटी गई नाल से ही सावित्री जान गई कि अभागा अपनी जननी से कुछ ही दिन पूर्व विच्छिन्न हुआ है। पर कैसा आश्चर्यजनक शिशु था वह, न रोया, न कुनमुनाया, अपनी दोनों नन्ही-नन्ही मुट्ठियाँ कान से सटाए उसे ऐसे देखता रहा जैसे उसकी गोद में नहीं, अभी भी जननी के गर्भ में हो, अपने फ्लास्क में धरी कॉफी ही चटा-चटाकर वह उसे घर तक ले आई थी।

पति की मृत्यु के बाद वह अपनी उस विराट कोठी में बरसों से अकेली रहती थी। दोनों पुत्र विदेश में थे। कठोर पिता के अनुशासन ने दोनों की प्रतिभा को बचपन से ही सान में धरकर चमकाया था। परीक्षाओं में, खेल-कूद में मजाल थी, जो कोई कभी उनसे आगे निकल जाए! इष्ट-मित्र आत्मीय स्वजन, अपने पुत्रों को उकसाने के लिए सावित्री के दोनों बेटों का ही दृष्टान्त देते। बड़ा अनिरुद्ध, इंजीनियर था, छोटा अशोक डॉक्टर। किन्तु पिता की मृत्यु के बाद सब कुछ उलट-पलट हो गया। कहते हैं कि लगाम जितनी ही खींची जाए, घोड़ा उतना ही तेज भागता है—पर वही लगाम, जो हमेशा बड़ी कड़ी खींची गई हो, सहसा ढीली पड़ती है तो घोड़ा ठोकर खाकर गिर भी जाता है। वही हुआ, पिता के हाथों की लगाम जब निरीह सत्तो के हाथ में आई तो उसके अनाड़ी ढिलाव ने उसके दोनों धावक अश्वों को जमीन पर गिरा दिया। पिता जीवित होते तो शायद उनकी निरंकुशता उन्हें उतना स्वेच्छाचारी नहीं बना पाती। दोनों ही ने माँ की पसन्द की गई लड़कियों को नापसन्द कर विदेश में ही अपनी पसन्द का विवाह कर लिया था। बड़ी बहू कश्मीरी थी—रंजना काक—गोरी-उजली-सुदर्शना सुनयनी। ऑक्सफोर्ड में पी-एच.डी. करने गई थी। वहीं किसी मित्र के माध्यम से अनिरुद्ध का उससे परिचय हुआ और विवाह करने के बाद ही पुत्र ने माँ को सूचित किया था। सारी रात सावित्री रोती रही थी। क्या मुँह दिखाएगी सगे-सम्बन्धियों को?

फिर पति के एक मित्र को तो वह वचन दे चुकी थी कि इस बार अनि आया तो उसे वह उनकी लड़की दिखाकर चटपट ब्याह कर देगी। उसके बेटे ऐसे नहीं हैं कि माँ का कहना टाल दें! बड़े गर्व से ही उसने कहा था किन्तु जब उन्हीं बेटों ने उसे बिना किसी पूर्व सूचना के ऐसे अँगूठा दिखा दिया तो वह एकदम टूट गई। अशोक ने एक केरल कन्या से विवाह किया था, वह एयर होस्टेस थी।

यह सावित्री के जर्जर हृदय के लिए दूसरा आघात था। दिन-रात सैकड़ों गगनविहारी अतिथियों की मेज़बानी निभानेवाली उस आकाशविहारिणी को क्या गृह की सरल परिधि कभी स्थायी रूप से बाँध पाएगी? फिर भी चार महीने बाद जब सावित्री के दोनों बेटे अपनी नवोढ़ा पत्नियों के साथ घर आए तो सावित्री ने वही सब किया जो एक बुद्धिमती आधुनिका जननी को करना चाहिए। लॉकर खोलकर अपना पूरा गहना निकाल लाई, कुछ नई साड़ियाँ खरीदीं, कुछ पहले से ही खरीदकर धरी थीं, आत्मीय स्वजनों को नाना कैफियत देकर एक आला होटल में रिसेप्शन का आयोजन भी किया, जिससे खिला-पिलाकर उनका मुँह तो बन्द कर ही दे, किन्तु उस अल्प अवधि में भी वह अपनी दोनों बहुओं में से एक में भी वे गुण नहीं देख पाई थी, जिनके जाल वह मन-ही-मन वर्षों से बुनती चली आई थी।

उसने स्वयं एक दीर्घ अवधि ससुराल के संयुक्त परिवार में परतन्त्र रहकर काटी थी। सुयोग्य पति को भी मनचाही नौकरी ढूँढ़ने में बहुत समय लगा था। फिर उसे नौकरी मिली भी तो राजस्थान के ऐसे बीहड़ इलाके में जहाँ उसे साथ ले जाना निरापद नहीं था। प्रोषिता रहकर ही वह इन दो पुत्रों की जननी भी बनी थी। दोनों निठुर जिठानियों की कुटिल चालों ने कुछ ही दिनों में उसके भोले निष्कपट चित्त को भी सांसारिक व्यवहार का पाठ पढ़ा दिया था। फिर भी वह कोरी हंडिया ही रह गई थी। बड़ी जिठानी रत्तो हाईस्कूल पास थी, इसी से उसके व्यवहार में तब भी थोड़ा विवेक था, किन्तु दूसरी जिठानी कमला, एक साधारण निम्न मध्यवर्गीय परिवार से केवल रूप देखकर ही ब्याह कर लाई गई थी इसी से उसे अपने रूप का बड़ा गर्व था। शिक्षा केवल अक्षर ज्ञान तक सीमित थी, इसी से स्वभाव की कुटिलता कभी-कभी नीम पर चढ़ी गिलोय-सी ही प्रखर तिक्त हो उठती थी। दोनों जिठानियों की तुलना में न सावित्री के रूप का पलड़ा भारी था, न पितृगृह का। अपनी दोनों रूपवती बहुओं से सहमकर ही सास ने उसे पसन्द किया था।

उसका एकमात्र गुण था, उसके स्वभाव की सौम्य शिष्टता। उस जमाने में भी वह एम.ए. पास थी। उसकी भयभीत मृगी-सी आँखों ने ही उसकी सास को मोहा था। मरने के कुछ ही दिन पूर्व उन्होंने उससे कहा था, "सावित्री, अपने बेटों के लिए बहू लाएगी तो रूप देखकर मत लाना, गुण देखकर लाना, अत्यन्त रूपवती होने से ही सीताजी हरी गई थीं। सुन्दरी बहू बेटे को भेड़ा बनाकर बाँध लेती है।"

सास के उस अस्सी वर्षों के अनुभूत नुस्खे को आँचल से बाँधकर ही तो उसने कर्नल मिश्रा की इकलौती बेटी कनक को बहू बनाने का सपना देखा था। देखने में भले ही साधारण हो—कैसा सुरीला कंठ था। उस पर रिजर्व बैंक में ऊँचे पद पर वह केवल अपनी प्रतिभा के बल पर ही तो पहुँच गई थी। पर बेटों ने तो एक ही अविवेकी ठोकर से उसकी आकांक्षाओं के पात्र को चूर-चूर कर दिया था। बहू-बेटों के आने का समाचार पाते ही उसकी छोटी बहन रुक्मिणी काशीपुर से आकर उसे कितनी ही सीखों-भरी पोटली थमा गई थी। अपने इकलौते पुत्र का उसने अपने ही समाज की लड़की से विवाह किया था। किन्तु ठोक-पीटकर खरीदे गए मटके में भी एक सूक्ष्म अदृश्य छिद्र निकल आया था।

"देखो जिज्जी," वह आते ही टुहकने लगी थी, "तुम बहुत भोली हो। मेरा अनुभव तुमसे कहीं अधिक है। अनि, अशोक बहू लेकर आएँ, तो तुम उनकी अगवानी में बिछ जाना। हार-वार लेकर एयरपोर्ट चलना होगा, समझीं? कभी भी बहुओं को यह न लगे कि कि तुम्हें देखकर निराशा हुई है। बहू को तुम कभी जीत नहीं सकतीं, पर अपनी रोटी मजे में खा सकती हो। कुछ गुर तुम्हें बताती हूँ—मेरी सीख गाँठ बाँध लो, कभी दुख नहीं उठाओगी।

"एक सबसे पहली बात उससे कभी दुराव-छिपाव मत करना, बड़ी की प्रशंसा छोटी के सामने नहीं, छोटी की बड़ी के सामने नहीं। जो कुछ तुम्हारे पास है—यूनिट, सेविंग सर्टिफिकेट, एफ.डी.आर., पास-बुक—सब कुछ बहुओं को दिखा देना। जैसे पहले नई बहू को सास भंडार दिखाती थीं, अब यह दिखाना पड़ता है, समझीं? जो गहना है सब दोनों को बराबर बाँट देना। अपना लॉकर एकदम खाली कर दो, मरोगी तो बेटे-बहू आँख-मुँह-कान में सोना डाल ही देंगे। जब बेटों के बच्चे हों तो उनके लालन-पालन में टाँग मत अड़ाना। अब कोई बहू पसन्द नहीं करती कि सास यह कहे—'बहू, बच्चे

के पेट में दर्द है तो जरा-सा हींग गरम कर नाभि में मल दे या अजवायन-सौंफ-गुड़ की घुट्टी पिला दे, या छाती में कपूर-तेल मल दे, सब बलगम निकल आएगा।' बहू तुम्हारा सारा बलगम निकाल देगी, समझीं?"

"अब बस भी कर रुक्को, क्या मैंने बच्चे नहीं पाले हैं?" सावित्री ने झल्लाकर कहा था। "हाँ, बच्चे ही तो पाले हैं जिज्जी, बच्चों के बच्चे तो नहीं पाले। मैं पाल चुकी हूँ, इसी से जानती हूँ कि कै बीसी सैकड़ा होते हैं।"

फिर वह चालू हो गई थी, "और मान लो, तुम्हारे पास बच्चे छोड़कर बहुएँ काम पर जाएँ, जाएँगी जरूर, क्योंकि आजकल कौन ऐसी भाग्यवती सास है जिसकी बहू काम पर नहीं जाती; तो बहू के घर लौटने पर अपना दुखड़ा लेकर न बैठ जाना कि आज तुम्हारे बच्चों ने ऐसा परेशान किया, यह तोड़ा, वह तोड़ा और खबरदार, बहू के मुँह लगे नौकर-नौकरानियों की तो भूलकर भी शिकायत मत करना। तुम देखोगी जीजी कि घर का सबसे हरामखोर नौकर और चोट्टिन नौकरानी ही बहू के प्रिय सेवक-सेविका होते हैं। वे ही तुम्हारा सबसे बड़ा सिरदर्द बनेंगे। तुम कुछ करने को कहोगी तो तुम्हारी अवज्ञा कर बीड़ी फूकते रहेंगे, मुँह पर तड़ातड़ जवाब देंगे। तुम्हारे कन्धों पर अपना काम भी पटककर फूट लेंगे, पर वही तुम्हारी सबसे बड़ी परीक्षा होगी। बहू के मुँहलगे, मुँहजोर नौकर की धौंस तुमने सह ली तो समझो जिन्दगी का आधा किला फतह कर लिया। और हाँ, सबसे बड़ी सीख तो देना ही भूल गई। चौके में तुम्हें जाना ही पड़ेगा, भले ही बीसियों अर्दली, चपरासी रहें। खबरदार, भूलकर भी वे पकवान-मिष्ठान, अल्लम-शल्लम मत बनाना, जिन पर कभी तुम्हारे बेटे जान छिड़कते थे। अब बेसन के लड्डू और मठरियों का ज़माना नहीं रहा, अब बच्चे कहते हैं कि घी-मक्खन-चीनी से क्लोरेस्टॉल बढ़ता है। पहले-पहले बेटे को रूखी रोटी खाते देखती थी तो कलेजे पर साँप लोटता था। यह भी क्या हजारों इत्र, तेल-फुलेल, कपड़े-जूतों पर फूँको, मरे छटाँक भर घी से रोटी चुपड़, दाल नहीं छौंक सकते। पर क्या करती—बहू की दलीलों ने चुप कर दिया। कहने लगी, अम्माँ जी, तुम क्या यह चाहती हो कि तुम्हारे बेटे को तीस ही साल की उम्र में दिल का दौरा अपाहिज बना दे? मेरा क्या भई, खाओ रूखी रोटी। एक बात का और ध्यान रखना जीजी, चौके में एक भी बर्तन न फैले, न लतर-फतर हो। मैंने सुना, एक दिन नलिनी, मुन्ना से कह रही थी, 'अम्माँ खाना तो अच्छा बनाती हैं

पर पूरे चौके में बर्तनों की बरात फैलाकर रख देती हैं।'

"अब और सुनो। बर्तन न निकलें तो क्या खाक खाना बनेगा? पालक-मेथी तो भई, लोहे की भारी कढ़ाई में ही अच्छी बनेगी; कढ़ी भी। दाल भगौने में ही स्वादिष्ट होगी। अब लगे ना बर्तन?" किन्तु हितैषी छोटी बहन की एक भी सीख सावित्री को व्यवहार में नहीं लानी पड़ी। चारों पंछी गुटर-गूँ करते, स्वयं ही सात समुद्र पर उड़ गए तो दाना किसे डालती?

फिर दोनों बहुओं के बच्चे हुए, दोनों ने ही अपनी-अपनी जचगी में बड़ी मान-मनुहार से टिकट भेजा। वह गई भी। रुक्को आकर उसे समझा गई थी, "मैंने कहा था ना जीजी, एक-एक दिन तुम्हारा बुलौआ जरूर आएगा, पर तभी, जब उनका मतलब पड़ेगा। मेरे साथ भी यही हुआ था। तुम्हारी जैसी आदत है, जरूर मना कर दोगी। पर मेरी मानो तो चली जाना। भले ही वहाँ जाकर पीर-बावर्ची-भिश्ती-खर बनना पड़ेगा—पर स्वर्ग कैसा होता है, यह तो जान ही लोगी। देहरी पर धरी दूध की बोतलें, कटी-कटाई सब्जी, ठूँगने को नाना मेवा-मिष्ठान। मैं भी मुँह फुलाकर, काशीपुर में पड़ी रहती तो खाने को तो दूर, देखने को भी कभी नमकीन-पिश्ते जुटते? मन भर के खा आई जीजी, चिता चढ़ूँगी तो हड्डियों की जगह काजू-बादाम ही चिटकेंगे।"

बातें बनाना तो कोई रुक्को से सीखे! दुख क्या कम था उसका? इकलौते बेटे ने बहू-बच्चों के साथ ग्रीन कार्ड ले लिया था। कभी-कभी माँ को बुला लेता था पर जब से बच्चे बड़े हुए, वह क्रम भी टूट गया। स्वयं ही तीसरे-चौथे साल परिवार सहित आ जाता था और माँ की बधिया बैठा जाता—अम्माँ, ये बनाओ, वो बनाओ। अम्माँ, अब की सोच रहे हैं बच्चों को तुम्हारे पास छोड़ कन्याकुमारी हो आएँ...और बच्चे थे कि तूफान। हिन्दी उन्हें आती नहीं, अंग्रेजी भी ऐसी विशुद्ध अमरीकी कि अंग्रेजी स्कूल में पढ़ी रुक्को की भी जीभ ऐंठ जाती। उस पर चोंचले हजार—कि ये नहीं खाएँगे, वो नहीं खाएँगे, यत्न से बेचारी खट-मरकर पकवान बनाती और वे नाक-भौं चढ़ाकर कहते—'शिट-शिट।' चौबीस घंटे चॉकलेट-च्युंगम की जुगाली करते, चॉकलेट पर रुक्को की प्रौढ़ा जिह्वा भी जान छिड़कती थी पर कभी जो एक टुकड़ा दादी के हाथ पर धर दें। वैसे दिखावे में उनका जवाब नहीं था—न जाने कितने कार्ड 'ग्रैनी, वी लव यू', 'ग्रैनी, यू आर ए जेम' आदि दादी के सिरहाने-पायताने टाँक गए थे। जब बेटे का प्रवासी परिवार विदा होता तो

रुक्को कई दिनों तक ऐसी सोती रहती जैसे कन्यादान कर सोई हो। उसी का कहना मान सावित्री पुत्र के पास कई बार हो आई थी। आठ ही दिन में उसके प्राण कंठगत हो जाते, शाम होते ही लगता गला घुटा जा रहा है। रिमोट कंट्रोल से खुलते-बन्द होते 'खुल जा सिमसिम' से दरवाजे, टेलीविजन पर ऐसे-ऐसे नंगे कार्यक्रम कि बहू-बेटे के साथ देखने में वह धरातल में धँस जाती।

फिर इसी बीच उसने गंगाधर को गोद लेने की बात बेटों को लिखी और वे भड़क गए, "क्या तुम्हारा दिमाग फिर गया है अम्माँ, यह तुम्हें क्या सूझी? न जाने किसका कलंक उठाकर घर ले आई और फिर क्या तुम्हारी उम्र नए सिरे से माँ बनने की है? फौरन उसे किसी अनाथालय में पहुँचा दो या पुलिस को सौंप दो।"

छोटे अशोक का भी वैसा ही पत्र आया था, "तुम सठिया गई हो अम्माँ, जो सुनता है, वही हँस रहा है, हम क्या मर-खप गए हैं जो तुमने तीसरा बेटा गोद लिया है? यह ठीक है इधर कई सालों से हम तुम्हें बुला नहीं पा रहे हैं पर इसका मतलब यह नहीं है कि हम अपनी माँ को भूल गए हैं। तुम हमारी माँ हो, हमेशा हमारी रहोगी। हम तुम्हें किसी हराम की औलाद की माँ नहीं बनने देंगे।" सावित्री ने दोनों को एक ही पत्र लिखा था, "तुम मुझे जानते हो, मैं जो निश्चय एक बार ले लेती हूँ, उससे पीछे नहीं हटती।"

इस पत्र-व्यवहार के बाद, प्रवासी पुत्रों ने माँ से रिश्ता जैसे एकदम ही तोड़ दिया। न वे स्वयं आते, न उन्होंने माँ को ही बुलाया। सावित्री के तीसरे बेटे को अब समाज ने भी स्वीकार लिया था। लड़का क्या था, मोम का पुतला था, सावित्री उसे अंग्रेजी स्कूल में पढ़ा रही थी। घर में पढ़ाने के लिए एक मास्टर भी आता था। कभी-कभी वह दोनों भाइयों की तसवीरें देखकर पूछता, "अम्माँ, भैया-भाभी यहाँ क्यों नहीं आते?" सावित्री क्या उस अबोध बालक से कह सकती थी कि बेटा, तेरे कारण वे अपनी माँ से रूठ गए हैं। फिर एक दिन उसने बड़े साहस से दोनों को पत्र लिखा, "पिछले दस वर्षों से तुम दोनों को नहीं देखा, न तुम्हारी सन्तान को। बूढ़ी माँ से ऐसा बैर क्या उचित है बेटा? कभी मुझे कुछ हो गया तो तुम्हें भी दुख होगा और मेरी आत्मा को भी।" इस बार गोली ठीक ही लगी। दोनों अपने परिवार सहित पूरे महीने की छुट्टी लेकर एक दिन बिना किसी पूर्व-सूचना के आ गए थे। अनिरुद्ध का बड़ा बेटा अमल अब बारह वर्ष का था और सोलह

का लगता था। छोटा विमल ग्यारह का था। पोती सुनयना किशोरी होकर भी युवती लगने लगी थी। और कितना बदल गए थे उसके दोनों बेटे! बड़े पोते अमल की केशसज्जा देखकर तो वह बेहोश ही-सी हो गई थी। चेहरे पर कहीं भी कैशोर्य की चिकनाई नहीं थी। बाएँ कान को छिदवाकर उसने एक सोने का छल्ला डाल लिया था। काले बाल, हरे-गुलाबी रंग में रँगे थे जैसे जयपुरी चुनरी हो।

"यह क्या कर लिया है इसने?" उसने अनि से पूछ लिया था।

"अम्माँ, यह वहाँ का लेटेस्ट क्रेज है, तुम नहीं समझोगी," उसने कहा था। जिन्हें जन्म दिया था, उनसे आचार-व्यवहार की कौन-सी भाषा समझ रही थी वह। सिर के बीचोबीच एक दीर्घ शिखा गोंद से कलफकर सतर खड़ी की गई थी। पर फिर बुद्धिमती सावित्री ने एक शब्द भी नहीं कहा। गंगाधर को अकेले में खींचकर उसने कहा था, 'देख गंगा, कभी भी अमल के बालों को देखकर मत हँसना, समझा? वहाँ सब ऐसे ही बाल बनाते हैं। तू भी वहाँ रहता तो शायद यही करता।' पर उसी क्षण उसे लगा, वह भयंकर भूल कर बैठी है। आज तक ऐसी कौन-सी वर्जना थी जिसकी अवमानना, उसके इस अबाध्य दत्तक पुत्र ने नहीं की थी। उसी शाम, जैसे पूरा घर किसी भूकम्पी हड़बौंग में उथल-पुथल हो गया था।

सावित्री के पास बच्चों को छोड़कर बहू-बेटे कन्याकुमारी गए थे। वह जब मन्दिर गई तो सब सो रहे थे। उसके जाते ही यह उत्पात हो जाएगा, जानती तो कभी न जाती। सो रहे अमल की ऊर्ध्व ऐंठी शिखा को पीछे से आकर गंगाधर ने गाय की पूँछ-सा उमेठ दिया था और उसी क्षण, हैंबर्गर खा-खाकर समय से पूर्व ही जवान हो गए भीमकाय अमल ने अपने इस उजड्ड-अशिष्ट चाचा का मार-मारकर भुर्ता बना दिया था। सावित्री लौटी तो देखा, रक्त से लथपथ गंगाधार बेहोश पड़ा है। पड़ोसियों की मदद से वह उसे रिक्शे पर लादकर अस्पताल ले गई। आँख फूटते-फूटते बच गई थी। पाँच टाँके लगे। दो दिन तक उसकी तीव्र ज्वर में भुनी जा रही देह को गोद में लिए वह रात-रात भर बैठी रही। उस अनाथ बालक के लिए उसने न जाने कितनी मनौतियाँ मान डाली थीं। सगे पुत्र के दोनों बेटे उसे आँखों-ही-आँखों में भूँज रहे थे।

"यह क्या बेबी है जो आप गोद में लिए बैठी हैं?" बड़े पोते ने बड़ी अशिष्टता से पूछा।

"हाँ, यह मेरा बेबी है।" सावित्री ने खलनायक-से दिख रहे पोते के प्रश्न को हँसी में उड़ाने की चेष्टा की थी।

"हम जानते हैं, कैसा बेबी है, पापा ने हमें सब बता दिया है—ही इन ए बास्टर्ड (हरामी), दैट इज, व्हाट ही इज।"

वह तो अच्छा था, तीव्र ज्वर में अचेत पड़ा गंगा कुछ सुन नहीं पाया था, नहीं तो अनर्थ हो जाता। इधर वह स्वयं ही उससे अजीब सवाल पूछने लगा था, "तुम्हारी आँखें तो नीली नहीं हैं अम्माँ, न भैया की हैं। फिर मेरी आँखें नीली क्यों हैं? बड़े भैया, छोटे भैया की शकल तो एकदम एक-सी, मेरी क्यों नहीं मिलती?"

सावित्री को लगा, जैसे भी हो, उसे गंगाधर को कुछ दिनों के लिए कहीं भेज देना चाहिए। उसके स्कूल की छुट्टियाँ भी चल रही थीं। उसी बीच एक विवाह में सम्मिलित होने रुक्मिणी वहाँ आई और सावित्री ने उससे कहा, "रुक्को, थोड़े दिनों के लिए तू इसे अपने साथ ले जा। एक तो इसे तेरे यहाँ बहुत अच्छा लगता है, उस पर अमल-विमल इसे देख नहीं पाते। अनि के परिवार के जाते ही मैं इसे बुलवा लूँगी।"

रुक्को की जबान भले ही तेज हो, उसका हृदय नवनीत-सा कोमल था। फिर उस देवदूत-से बालक से भला कौन घृणा क्र सकता? रुक्को बोली, "उस वक्त तो तुम्हें मेरी बात जहर-सी लगी थी जीजी, मैंने कहा था ना कि इस उमर में क्या अँधेर कर रही हो! भगवान के दिए राम-लक्ष्मण-से दो-दो बेटे हैं, बहुएँ हैं, पोते-पोतियाँ हैं; जरा सोचो तो, उन्हें कैसा लगेगा? फिर न जाने किसकी पाप की मैली गठरी धोने ला रही हो। पर तुम्हारी जिद से भला कौन आज तक जीता है!"

पर बीसियों जली-कटी सुनाकर वह अन्त में उसे अपने साथ उठा ही ले गई थी। उसके जाते ही सावित्री उसके बिना व्याकुल हो उठी थी। आज तक अभागा एक दिन भी उसके बिना नहीं सोया था। अपना पलंग छोड़ रात को नित्य उसके पलंग पर सरक आता, उसके गले में हाथ डालकर कहता, "तुम्हारी रजाई बड़ी गरम है, यहीं सो जाऊँ अम्माँ?"

सावित्री जानती थी कि रजाई की गरमी नहीं—कुछ और ही बात उसे वहाँ खींच रही थी। नित्य तो अपना बिस्तर भिगो देता था, उसी भय से वहाँ सरक आता था। अम्माँ का संरक्षण उसे भय से मुक्त कर देता।

अनि और अशोक लौटे तो किसी ने एक बार भी नहीं पूछा कि गंगा कहाँ है? सबके लिए उपहार आए थे पर गंगा के नाम एक फूटा छल्ला भी नहीं। अच्छा ही हुआ जो उसने गंगा को दूर भेज दिया। शायद अमल-विमल ने डैडी-अम्माँ के आते ही उन्हें मार-पीट वाली बात बता दी थी। जाने के एक दिन पहले अनि और अशोक रात को सावित्री के कमरे में आए, "अम्माँ, बुरा न मानो तो एक बात कहें।"

सावित्री समझ गई वे क्या कहने जा रहे हैं। उसने अपनी शान्त दृष्टि पुत्रों की ओर उठाई। "अम्माँ, हम दोनों ने तुम्हें लिखा भी था कि तुमने इस अनजान कुल-गोत्र के लड़के को घर लाकर ठीक नहीं किया। वही हुआ, जिसका हमें डर था। पूत के पाँव पालने में ही दीखने लगे हैं। आज तो उसकी इतनी हिम्मत हुई है कि अमल के बाल पकड़कर खींच लिए हैं। बड़ा होने पर वह उसका गला भी घोंट सकता है।"

"क्या कह रहा है तू?"

"ठीक कह रहा हूँ अम्माँ, न उसका कोई कुल है, न संस्कार। अभी तो वह छोटा है। बड़ा होगा, तब तुमसे अपने बाप की कैफियत माँगेगा, फिर क्या कहोगी? फिर अपने अनजान माँ-बाप के प्रति उसकी सारी भड़ास तुम पर उतरेगी। धीरे-धीरे तुम्हारे घर से छोटी-मोटी चीजें गायब होंगी, फिर डाका पड़ेगा और कभी तुम्हारे प्राण जाने की भी सम्भावना बनी रहेगी। तुम इसे किसी अनाथालय में डाल दो या कहो तो मैं वहाँ इसके लिए कोई अच्छा-सा घर ढूँढ़ दूँ। वहाँ तो भारतीय बालक को गोद लेने हजारों सन्तानहीन लखपती बाँहें फैलाए रहते हैं।"

"नहीं," अपने स्वर की हथौड़े की-सी चोट से सावित्री स्वयं चौंक उठी थी। कहाँ से आ गया था उसमें उतना साहस!

"तुम्हें या तुम्हारे भाई को मेरी और गंगा की चिन्ता नहीं करनी होगी। मैंने जैसे तुम दोनों को पाला है, पढ़ा-लिखाकर योग्य बनाया है, ऐसे ही उसे भी पाल सकती हूँ।"

"हम जानते हैं अम्माँ," मार्मिक स्थलों में बड़ी बहू रंजना का शरसन्धान सदा अचूक रहता था, "आपके पास न साधनों की कमी है न साहस की। पर याद है, एक बार मैंने आपको लिखा था, "आप यदि अमल-विमल को एक साल अपने पास रख लें, तो मैं अपनी अधूरी पी-एच.डी. पूरी कर लूँ, फिर मैं इन्हें वापस ले जाऊँगी।" आपने उत्तर दिया था, 'मैं अब अपनी

जिम्मेदारियों से मुक्त हो गई हूँ। अब मेरे कन्धों में नया बोझ ढोने की ताकत नहीं रही।' उस दाता से सूम भला जो पहले कह दे नांहि...मुझे आपकी चिट्ठी अभी भी कंठाग्र है। और फिर उसी साल आप ट्रेन से इस कलंक को उठा लाईं।"

"वह कलंक नहीं है।" सावित्री का चेहरा एक ऐसे अपूर्व तेज से दीप्त हो उठा कि दोनों बहुएँ सहमकर चुप रह गईं।

"स्वयं तिरुपति ने मुझे उसे पालने का आदेश दिया था। मैं यदि उसे छोड़ आती तो दैवी आदेश की अवहेलना करने के महापाप की भागी होती। मैं उसे पाल रही हूँ, पढ़ा रही हूँ। तुमसे तो उसके लालन-पालन या शिक्षा के लिए कुछ नहीं माँगती; रही अमल-विमल को अपने पास रखने की बात, देखो रंजना, तुम भी जानती हो और अनि भी, तुम्हारे बेटे जिन सुख-सुविधाओं में पल रहे हैं, जिस वातावरण में साँस ले रहे हैं, वह मैं अपने इस घर में नहीं जुटा सकती, न जुटाना चाहती ही हूँ। मैं गंगा को वैसे पाल रही हूँ जैसे मैंने अपने बेटों को पाला है, उस लालन-पालन में अभाव भी रहता है, अनुशासन भी। विश्वास रखो बेटा, मैंने न तुमसे कभी कुछ माँगा है, न माँगूँगी। हाँ, एक ही इच्छा थी कि कभी मुझे कुछ हो जाए तो तुम दोनों के कन्धों पर जाऊँ, पर अब लगता है वह भी नहीं होगा—कन्धे बहुत दूर चले गए हैं।"

"ओह, अम्माँ, डोंट बी सेंटीमेंटल। समझाना हमारा फर्ज था, इसी से कह दिया। रही माँगने और हमारे न भेजने की बात; तुम देख चुकी हो, वहाँ की जिन्दगी फूलों की सेज नहीं है। तुम्हें नियमित रूप से कुछ भेज पाना न मेरे लिए सम्भव है न अशोक के लिए। हाँ, तुम हमारे साथ शौक से रहो, पर वह तुम नहीं चाहतीं। फिर बाबूजी का पैसा!" उसके जी में आया उनसे पूछे, क्या उन्होंने तुम्हें पढ़ाने-लिखाने में कुछ खर्चा नहीं किया? क्या बड़ी धूम-धाम से तुम दोनों के जनेऊ नहीं किए? मकान नहीं बनवाया? सब कुछ तो फंड से ही लेते रहे। जो कुछ बैंक में है, क्या वह छाती पर धरकर ले जाएगी? परलोक में तो बैंक है नहीं, जो खाता वहाँ धर देगी।

पर बुद्धिमती सावित्री चुप रही। दोनों बहू-बेटे अपने बच्चे समेट चलने लगे, तो उसकी आँखें भर आईं। आखिर थी तो जननी! न जाने कितने बरसों बाद आएँ! उसकी जिन्दगी का ही क्या भरोसा था! कई दिनों से छाती में बाईं ओर रह-रहकर दर्द रहता था, उसके माता-पिता दोनों ही तो दिल के

दौरे से गए थे। कहीं अब बेटों की यह राम-लक्ष्मण की-सी जोड़ी न देख पाई तो! दोनों बहुओं ने पैर छुए, पोती को छाती से लगाकर सावित्री ने प्यार किया, किन्तु दोनों पोते पूँछ उठाए हुंड़ेल बछड़ों-से बाहर ही खड़े रहे, "बाय ग्रैनी," दोनों ने वहीं से हाथ हिला दिए।

"दादी के पैर छुओ," अनिरुद्ध ने कहा, किन्तु दोनों सुनी को अनसुनी कर टैक्सी में बैठ गए।

दो

उसी रात को वह स्वयं जाकर गंगा को लिवा लाई थी। पर गंगाधर के उस प्रत्यावर्तन ने जैसे उसे एकदम ही बदल दिया था। दस वर्ष का वह चुलबुला खिलन्दड़ बालक सहसा पलक झपकते ही किशोर बनकर लौटा था। तब क्या उस दिन अचेतावस्था में भी उसने अमल की बात सुन ली थी? जब वह गम्भीर मुद्रा में स्कूल से लौटकर बस्ता पटकता, सावित्री का हृदय किसी अनजान आशंका से काँप उठता। कहीं किसी ने सब कुछ बता तो नहीं दिया? पता नहीं वह कब क्या पूछ बैठे!

क्या यह उचित नहीं होगा कि वह स्वयं रात को उसे छाती से लगाकर सब कुछ बता दे? किन्तु न वह बता पाई, न उसने कुछ पूछा, पर वह उसकी बदलती गतिविधि को बड़े गौर से देख रही थी। और फिर एक दिन वही हो गया जिसका उसे भय था।

वह स्कूल से लौटा और बस्ता पटककर उसके सामने तनकर खड़ा हो गया।

"तुम मेरी माँ नहीं हो!" उत्तेजना से उसके लाल-लाल होंठ थर-थर काँप रहे थे। गोरे गालों पर जैसे नन्ही-सी देह का पूरा रंग उमड़ आया था।

"क्यों नहीं बताया मुझे?" लपककर उसने सावित्री का आँचल खींच लिया और अपनी नन्ही मुट्ठियों से तड़ातड़ घूँसे बरसाने लगा। घर की तीस बरस पुरानी नौकरानी सुन्दरिया वहीं झाड़ू-पोंछा लगा रही थी। उससे नहीं रहा गया, उसने लपककर गंगा को अपनी ओर खींच लिया।

"वाह, बचुआ वाह!" वह बोली, "तोहका नांहि बताइन! का बतौवती? अरे, घूरे से उठाइन, सगे बिटवा नाई पालिन-पोसिन, खिवाइन-पिवाइन। आज

बचड़ा केर सींग निकर आवा तो घुसाइन चला आवत! वाह बचुआ, आज तौ आग निकारत हो, कबहूँ याहो सोच्चै रह्यौ कि बूढ़ा पर का बीतिन? मुला सगे बहू-बिटवा दुश्मन बन गए।"

गंगा ने अपने को एक झटके से छुड़ा लिया और सावित्री के कमरे में जाकर भड़ाम से दरवाजा बन्द कर लिया।

"बहुत सिर पर चढ़ाए लियौ अम्माँजी, तनी कर्री पड़ौ।" सुन्दरिया बड़बड़ाती घर चली गई। सावित्री ने लाख द्वार भड़भड़ाए, चिरौरी की, गिड़गिड़ाई, पर उस नन्हें से बालक पर जैसे शैतान सवार हो गया था। कमरे से पटापट चीजों के पटकने की आवाज आ रही थी।

उस दिन न सावित्री ने कुछ खाया, न गंगाधर ने। अँधेरा होने पर जान हथेली पर धर सावित्री, पहाड़ी बकरी-सी सँकरी मुँडेरों पर पैर धरती, खिड़की से भीतर कूदी तो देखा, उसके दोनों बहू-बेटे, पोते-पोतियों की टूटी तसवीरों के बीच उसके बुढ़ापे का तीसरा बेटा जमीन पर ही गहरी नींद में बेहोश पड़ा है। गोरे कुम्हलाए गालों पर अभी भी अश्रुरेखा सूखी नहीं थी। कमीज को उसने शायद गुस्से में ही फाड़ लिया था। उसका फटा टुकड़ा छाती पर लटका था। स्कूल की टाई का फन्दा ढीला कर दोनों हाथ छाती पर धर वह बेखबर सो रहा था।

सावित्री की आँखें छलछला आईं। इस जनक-जननी परित्यक्त अनाथ अभागे को उसने कभी फूल की छड़ी से भी नहीं छुआ था। जबकि अमल-विमल को उसने न जाने कितनी बार सामान्य अपराध की भी कड़ी-से-कड़ी सजा दी थी। शायद उसका वही कठोर अनुशासन, उन्हें बना गया और यही लाड़-दुलार गंगा को बिगाड़ गया। उसने डरते-डरते बत्ती जलाई। वह सोता रहा। फिर उसने सब काँच बटोरे, तसवीरें उठाईं, दूर पटका गया तकिया उठाकर पलंग पर धरा, चादर के नीचे मोमजामा बिछवाया, फिर बड़े यत्न से उसे गोद में उठाकर पलंग पर धर दिया। एक पल को उसने आँखें खोलीं, फिर चादर मुँह पर खींच ली।

सावित्री थाली में खाना लगाकर लाई, कटोरियाँ खनकीं, गिलास झनका, पर उसने आँखें नहीं खोलीं।

"गंगा, खा ले बेटा, तुझे सब बताती हूँ।"

"नहीं," वह बिस्तर पर चादर सहित लुढ़कता दीवार से सट गया..."ठीक है। तो मैं भी भूखी रहूँगी। तुझे पता है ना, डॉक्टर ने मुझे भूखा रहने को

मना किया है।" इस बार अवश पड़ी देह में सामान्य-सी हलचल हुई।

"तुझे सब सुनना है ना! तो सुन, 15 दिसम्बर को हम तीर्थयात्रा से लौट रही थीं, रेल के डिब्बे में ही मुझे मिला था। उसी दिन मद्रास में कपालेश्वर के शिवमन्दिर के दर्शन कर लौटी थी। इसी से तेरा नाम धरा गंगाराम और जिस कम्बल से तू लिपटा था, वही है तेरी जन्मकुंडली। वह कम्बल अभी भी मेरे पास धरा है। इसी से 15 दिसम्बर को मैं तेरा जन्म-दिन मनाती हूँ। मैं कसम खाकर कहती हूँ गंगा, मुझे स्वयं पता नहीं है कि तेरे माँ-बाप कौन हैं। अव तू ही बता–तुझे मैं क्या बता सकती हूँ? पर जरा सोच तो, तुझे मैं वहीं छोड़ आती तो तेरा क्या होता! पता नहीं कैसे आदमी के हाथ तू पड़ता। तुझे तो मैंने बताया है ना, हमारे देश में ऐसे भी राक्षस हैं, जो नन्हें-नन्हें बच्चों को चुराकर उन्हें अन्धा-लूला बना भीख मँगवाते हैं और ऐसे दानव स्टेशनों में ही घूमते रहते हैं। फिर क्या आज तक कभी एक पल को भी मैंने तुझे यह लगने दिया है कि तू अनाथ है? गंगा देख, मेरी ओर देख बेटा..."

बड़े लाड़ से उसका चिबुक पकड़कर उसने अपनी ओर उठाया तो वह उससे लिपट गया। "मुझे सब लड़के चिढ़ाते है।" वह सुबकने लगा।

"क्या कहते हैं?" सावित्री के रोबीले स्वर में जैसे बीसियों शेरनियाँ गरज उठीं।

"कहते हैं, बुढ़िया इसे कूड़े के ड्रम से उठाकर लाई है। इसका नाम गंगा नहीं, नंगा है।"

"बकने दे उन्हें, तुझे पढ़-लिखकर अपने बड़े भाइयों-सा बनना है।"

"नहीं बनना है मुझे उन-सा।"

"क्यों?" सावित्री ने हँसकर उसे छेड़ा।

"उन-सा बनूँगा तो मैं भी तुम्हें एक दिन वैसे छोड़कर दूर चला जाऊँगा।"

सावित्री का कलेजा जैसे किसी ने मरोड़ दिया, उसकी आँखें छलछला आईं। कौन कहता है कि पराई संतान अपनी नहीं होती? क्या यह नादान बालक अपने सगों से भी सगा नहीं था? पर माँ-बेटे के सन्धिपत्र पर वे हस्ताक्षर बहुत दिनों तक नहीं टिक पाए। एक के बाद एक पूरे पाँच वर्ष बीत गए और उन पाँच वर्षों में सावित्री एक ही छलाँग लगाकर साठ से एकदम सौ वर्ष की हो गई।

रात को नींद नहीं आती तो वह चुपचाप बरामदे में जाकर खड़ी हो

जाती। गहन अन्धकार में डूबे पति के लगाए अश्वस्थ, नीम, कदम्ब के दीर्घकाय पेड़ उसे सहसा स्नेही इष्ट-मित्रों से लगने लगते। सात वर्षों में दोनों बेटे एक बार भी उससे मिलने नहीं आए थे। उस वयस में दत्तक पुत्र की जननी बनने के लिए उन दोनों ने उसे क्षमा नहीं किया। कभी-कभी भूले-भटके एकाध औपचारिक पत्र आ जाते और कभी किसी आने-जानेवाले के हाथ एकाध उपहार, पर कभी भूलकर भी किसी पत्र में गंगा का नाम नहीं रहता और न उसके लिए कोई उपहार।

एक बार बड़े बेटे अनि ने अपने परिवार की तसवीर भेजी तो सावित्री का कलेजा धक् हो गया। इसी उम्र में आधे से ज्यादा बाल सफेद, पेट की बृहत परिधि और चेहरे पर दुश्चिन्ताओं का जाल। उस पत्र में वह एक बार फिर वही पुराना अनि बन गया था। भोला, अलमस्त, निश्छल अनि, जो विवाह से पहले फाटक से आकर उससे लिपट जाता था और अपनी सारी बातें उसके सामने उगल देता था।

“कभी-कभी सोचता हूँ, अम्माँ!...” शायद उस दिन कोई बड़ा आघात पाकर ही, वह माँ को चिट्ठी लिखने बैठ गया था, “यहाँ बसकर हमने बड़ी भूल की है। अमल-विमल ओ लेवेल की पढ़ाई कर अलग फ्लैट में रहने चले गए हैं, यहाँ का यही कायदा है, मसें भीगीं कि मारी माँ-बाप को लात! सुना है, दोनों ही ड्रग एडिक्ट हो गए हैं। कभी मिलने नहीं आते, हम जाते हैं तो ताला लटका रहता है। अशोक को भी एक छोटा-मोटा दिल का दौरा पड़ चुका है। उसकी बेटी भी उसका सिरदर्द बन गई है। दिन-रात डेटिंग को लेकर माँ-बाप से झगड़ा होता है। किसी वेस्ट इंडियन छोकरे से दोस्ती को लेकर दिन-रात घर में हंगामा होता है। इसी से तुम्हें लिख रहा हूँ अम्माँ, तुम तो ऐसे कई पंडितों को जानती हो। सबकी जन्म-कुंडलियाँ तो तुम्हारे ही पास हैं, कोई ग्रह-शान्ति या अनुष्ठान बताए तो प्लीज़ करवा देना। मैं वहीं के बैंक का चेक भिजवा दूँगा, जिसे भुनवाने में तुम्हें कोई परेशानी न हो। ”

घर-भर की कुंडलियाँ तो उसके पास थीं, उनकी भ्रामरी दशा की तो वह शान्ति करवा सकती थी किन्तु एक ऐसा भी था जो स्वयं उसकी मारक दशा बन उठा था। कहाँ से ला सकती थी उसकी जन्मकुंडली, किस कीलक से गाड़ सकती थी उसके दुष्ट ग्रह को? बार-बार बड़े बेटे के वे शब्द उसके कानों में गूँज उठे, “धीरे-धीरे तुम्हारे घर से छोटी-मोटी चीजें गायब होंगी,

फिर डाका पड़ेगा और कभी तुम्हारे प्राण जाने की सम्भावना बनी रहेगी। सचमुच गंगाधर उसी का नहीं, पूरे मोहल्ले का सिरदर्द बन गया था। विधाता ने तो उसके दिमाग में आला कल-पुर्जे जड़ दिए थे किन्तु सदुपयोग के लिए नहीं दुरुपयोग के लिए। एक स्कूल से दूसरे और दूसरे से तीसरे में निष्कासन के पश्चात्, केवल अपनी प्रतिष्ठा एवं अर्थबल के बूते पर ही सावित्री उसे बड़ी प्राणांतक चेष्टा से कॉलेज तक पहुँचा पाई थी। किन्तु वहाँ भी वह जाता ही कितने दिन था? मित्रों का विस्तार था असीम और मित्र भी कैसे! उन्हें देखकर सावित्री सिहर उठती थी। किसी की बुँदेलखंडी राजाओं-सी मूँछें, किसी के भयावह काकपक्ष। कोई हाथ में कड़ा डाले हैं, कोई कंठ से सुमिरनी।"

"अम्माँ, निकालो तो दो सौ रुपए।" वह कभी अचानक बिना किसी पूर्व सूचना के दस्यु-सा कमरे में धँस आता और उसके सामने हाथ फैलाकर खड़ा हो जाता।

"क्या करता है रे तू रुपयों का? कल ही तो सौ का नोट ले गया था।"

"अम्माँ, कल जिसके खाने-पीने के लिए ले गया था, उसी को आज श्मशान पहुँचाना है। कोई भी नहीं उसका। मुन्ना, हमारे कॉलेज कैंटीन में चाय की दुकान थी। सारा कॉलेज बरसों चाय पीता रहा। आज मरा तो लाश लावारिस पड़ी है। एक भी साला नहीं फटका।"

"बस, तू ही तो एक युधिष्ठिर बचा है इस शहर में, भला तेरे बिना यहाँ की कौन-सी लावारिस लाश घाट पहुँच सकती है!"

"तुम भूल जाती हो अम्माँ, मैं तो लावारिस हूँ, इसी से अपनी बिरादरी के लिए ममता है मुझमें।"

"चुपकर, खबरदार जो आज से यह मनहूस शब्द जीभ पर लाया। मैं तेरी जीभ खींच लूँगी।"

और फिर दो करकराते नए नोट लेकर वह तीर-सा निकल गया था।

यह एक दिन की नहीं, आए दिन की बात थी, कभी-कभी किसी असहाय विधवा की पुत्री का विवाह, तो कभी किसी वित्तहीन दरिद्र छात्र की बोर्ड की फीस, किसी के लिए कम्बल और किसी के किताबें खरीदने वह दिन-रात बड़े लाड़ भरे अधिकार से माँ से चौथा वसूलता रहता, कभी सावित्री को एक विचित्र भय भी सिहराने लगता, कहीं उसके प्रवासी पौत्रों की भाँति उसे भी ड्रग-ब्रग की चटाँग तो नहीं लग गई!

किन्तु माँगकर, चीख-चिल्लाकर भले ही उसका गंगा उससे आए दिन

पैसे वसूल कर ले। आज तक उसके घर से एक सुई भी नहीं खोई थी। किसी मादक नशे की लत पड़ी होती तो क्या उसकी बगल के पलंग पर ऐसी बच्चे की-सी गहरी नींद में बेखबर सो पाता? वह अभी भी उसी के कमरे में सोता था, एक बार उसने कहा भी, "गंगा, अब तू बड़ा हो गया है, बड़े भैया वाला कमरा तेरे लिए ठीक कर देती हूँ, कल से वहीं सोना।"

"नहीं, मैं हमेशा तेरे साथ इसी कमरे में सोऊँगा।"

"शादी हो जाएगी तब भी?" हँसकर उसने पूछा था।

"शादी करूँगा ही नहीं।"

"क्यों?"

"सब औरतें साली बदज़ात होती हैं।"

"छिः छिः गंगा, ऐसी भाषा तू कहाँ से सीख आया है रे, तेरे बाबू होते तो..."

"बाबू होते तब ना—यहाँ तो साले बाप का ही ठिकाना नहीं है, क्या पता वे भी ऐसी ही गालियाँ देते हों!"

सन्न रह गई थी सावित्री! तब क्या वह ठीक कह रहा था? यह क्या, उसके अनदेखे अनचीन्हे पिता के ही संस्कार उसके जिह्वाग्र पर आ रहे थे। पर ये संस्कार क्या उसकी निरंकुश वाणी में ही मुखर हुए थे! खाने में, पहनने-ओढ़ने में, उसकी रुचि कहीं भी सात्विक नहीं थी। एक-से-एक दामी कढ़े कुरते, सोने के बटन, नित्य धुले कलफ किए बगुले के पाँख-से उजले इकबर्रे पाजामे, अँगुली में हीरे की अँगूठी जिसे उसके तीन दिन के अनशन ने भोली माँ से उगाहा था, उस पर जिधर से निकलता मदमस्त अगरबत्ती की-सी सुवासित धूम्र रेखा छोड़ता जाता।

कभी-कभी सावित्री को बड़ा दुख होता। स्वयं उसके बेटों को तो पिता के जीवनकाल में इतना भी साहस कभी नहीं हुआ कि एक शीशी शैम्पू ही खरीदकर घर ले आएँ। शायद उनके विलासवंचित उसी अतीत के कठोर अनुशासन का बाँध अब सहस्र धाराओं में फूट निकला था। घर आते तो उनके नहाने के बाद भी घंटों तक गुसलखाना इत्र के चौबच्चे-सा महमह महकता रहता, जैसे किसी ने वहाँ बीसियों कस्तूरी मृग बाँधकर रख दिए हों। वे अब जो कुछ भी करें, क्षम्य था, क्योंकि लाखों कमा भी रहे थे। उनका कठिन परिश्रमशील जीवन वह स्वचक्षुओं से देख चुकी थी। पर यह अभागा तो अभी कॉलेज की पढ़ाई भी नहीं पूरी कर पाया है, वह किस साहस से

ऐसे रुपया फूँक रहा है? पर रात-रात-भर सोचकर बाँधी गई उसे डाँटने, समझाने की योजना उसके सामने आते ही बालू की दीवार-सी ढह जाती। वह उससे कुछ भी नहीं कह पाती।

यह ठीक था कि वह आज तक कभी फेल नहीं हुआ, किन्तु उसके मित्रों की वह शिव के गणों-सी फौज! माँ का इतना अदब वह अवश्य करता था कि वे मर्कटमुखी मित्र घर के भीतर कभी नहीं आ पाते। अड्डा बाहर ही जमता, कभी शिवाले के अहाते में, कभी पार्क की पथरिया बेंच पर, उस पर सावित्री के पास उस उद्दंड-उद्धत तीसरे बेटे की शिकायतें हर दूसरे-तीसरे दिन आती रहतीं, कभी हलवाई की कि राजा भैया जी दोस्तों के साथ चार किलो जलेबी खा गए, पैसा नहीं दिया, पान की गुमटी के दुकानदार की कि पन्द्रह पैकेट सिगरेट के दाम नहीं दिए। दरजी की क़ि तीन रेशमी कुरतों की सिलाई और मित्रों के पाँच कुरतों की सिलाई नहीं मिली, लांड्रीवाले की, पिछले दो साल से भैया जी कपड़े धुला रहे हैं, एक पैसा नहीं दिया। पर बोले कौन? वहाँ तो 'मारे भी और रोने भी न दे' वाला हाल था।

क्रोध आने पर उस गुस्सैल लड़के को क्या अपने या किसी और के प्राणों का भय रह जाता था?

एक बार वह सब्जी ले रही थी और जब उसने सब्जीवाले को पिछले हिसाब के उन पाँच रुपयों की याद दिलाई जो पिछले हफ्ते उनसे बीस के नोट की रेज़गारी न होने पर अगली बार हिसाब में काट लेने का वायदा किया था तो वह अनजान बन गया।

"कैसे पैसे? कब दिए थे आपने?"

"सावित्री को बहुत कम गुस्सा आता था, बड़ी पित्तमार औरत थी वह। पर उस दिन उसकी चोरी और सीनाजोरी देखकर वह कड़क गई थी।"

"क्यों पाँच रुपयों के लिए ईमान खराब कर रहे हो?"

"जाइए-जाइए, हमें ईमानदारी मत सिखाइए, बीस साल से ठेला लगा रहे हैं, पाई-पाई का हिसाब हमें याद रहता है।"

"मैं नहीं दूँगी" सावित्री का ईमानदार दृढ़ स्वर कुछ ऊँचा भी हो गया था, शायद इसी से अपने पूरे दल-बल के साथ चबूतरे पर जमे गंगा ने भी सुन लिया।

बाँहें समेटता, मोहल्ले का भैया उस्ताद आ गया। "क्या बात है बे?"

उसने सब्जीवाले से पूछा। सब्जीवाला भी खटिकाने का दादा, "देखो, बुढ़िया कहती है मुझ पर इसके रुपए बाकी हैं।"

सरला माँ के लिए यह सम्बोधन हमेशा गंगा के हाड़ भस्म कर देता था, उस पर वह जानता था कि उसकी धर्मभीरु माँ कभी झूठ नहीं बोलती।

"साले हरामज़ादे, किसको कहा तूने बुढ़िया?"

सब्ज़ीवाले की भी शायद मौत आई थी। हँसकर वह बिना गंगा की ओर देखे, दूसरे ग्राहक की सब्ज़ी तौलने लगा। "बुढ़िया से बुढ़िया न कहूँ तो क्या जवान कहूँ?" बस, फिर क्या था, देखते ही देखते एक ही लात से उसका ठेला उलट वह उस पर टूट पड़ा। उन दिनों मोती के मोल बिक रहे थे टमाटर, भिंडी, परवल, कटहल, लुढ़कते-पुढ़कते नाली में जा गिरे। तराजू-बाट झनझनाकर मंजीरे-से बजते सड़क पर औंधे हो गए और नोट-रेज़गारी का पूरा डिब्बा खनकता दूर जाकर औंधा हो गया। भयभीत ग्राहक दूर छिटककर तमाशा देखने लगे।

"हरामज़ादे बेईमान, रुपए किलो की सब्ज़ी यहाँ दो रुपए किलो बेचकर मोहल्लेवालों को लूटता है, उस पर उन्हीं लोगों को बेईमान बनाता है। हाँ, कितने रुपए बाकी थे अम्माँ के पाँच? तब ले एक, दो, तीन...।"

"भैया जी, बस, माफ करो। गोड़ गिरता हूँ।"

सब्ज़ीवाले का होंठ कट गया था, नाक से खून बहने लगा था, कुरता फट गया था। वह अब हाथ जोड़कर औरतों की तरह सुबकने लगा था।

"नहीं छोड़ूगाँ तुझे, स्साले कमीने, अम्माँ को चोर बनाता है?"

"मुझे क्या पता, ये आपकी माँ हैं?"

"तब कान खोल के सुन ले सूअर की औलाद, इस मोहल्ले की हर औरत मेरी माँ है।" और उसे लात मारकर वह अपनी मित्र मंडली सहित दूल्हा-सा ऐसे झूमता चला गया था, जैसे चेहरे पर फूलों का सेहरा सटा हो।

हतबुद्धि-सी खड़ी सावित्री धरा में धँस गई थी, क्यों वह उससे उलझी, बेईमान को पाँच रुपए डकारने ही दिए जाते तो यह सब न होता। किन्तु मन-ही-मन वह अपने निर्भीक तीसरे बेटे की करनी पर गर्वित भी हो उठी थी। देखते-ही-देखते पास-पड़ोस की भीड़ जुट गई थी, "शाब्बास है तेरे पूत को सावित्री," पीली कोठी की बूढ़ी ताई लाठी टेकती आ गई थी, "यह मुआ सबको लूटता है, मुझसे भी इसने एक दिन सात रुपए बेकार ही ऐंठ लिए थे—ठीक सबक मिला।"

"और क्या," रिटायर्ड डी.आई.जी. श्रीवास्तव साहब ने कहा था, "अब इस जमाने में पुलिस की मूँछों में भी वह बाँकपन नहीं रह गया, चाची! अब तो समय आ गया है जब हमें अपनी रक्षा स्वयं करनी होगी। मोहल्ले-मोहल्ले में रक्षा कमेटी बनानी होगी। उसके लिए हमें आपके बेटे जैसे शेरदिल जवानों की जरूरत होगी। पढ़ा नहीं आपने, कलकत्ता की गौरी बाड़ी में मोहल्लेवालों ने ही बहुत अन्याय सहन कर, हेम मंडल जैसे मस्ताना का सूर्य भी एक दिन अस्त कर दिया।" सावित्री ने सकपकाकर उन्हें देखा था, कहीं उसके पुत्र पर व्यंग्य तो नहीं कर रहे थे वे? कहीं हेम मंडल से उसके इस अलमस्त बेटे की तुलना तो नहीं कर रहे थे?

किन्तु गंगा कभी अन्याय का पक्ष लेकर नहीं लड़ा, उसने कभी किसी लड़की को नहीं छेड़ा, यद्यपि सब्ज़ीवाले से भिड़ने के लिए मोहल्ले की प्रत्येक किशोरी उसकी अनन्य प्रशंसिका बन गई थी। वह अब पूरे मोहल्ले का एकछत्र निरंकुश सम्राट था। सामने हवलदार की बेटी दीपा तो उसे देखते ही अपने कमरे में जोर-जोर से गाने लगती--

"आँखी छिलो मोर
स्वपने विभोर
ऐशो, एशो दर्पित वीर किशोर।"

(मेरी आँखें स्वप्नविभोर थीं, आओ आओ, मेरे दर्पित वीर किशोर।)

किन्तु मजाल थी, वह सुन्दरी-से-सुन्दरी किसी लड़की की ओर आँखें उठाकर देख तो ले! यही उसका सबसे बड़ा गुण था। उस बैरी उम्र में जब मसें भीगते ही कंठ के सातों स्वर एक साथ फूटने लगते हैं, प्रत्येक किशोर की धड़कन साधारण नैन-नक्श की किशोरी को देखकर भी द्विगुणित हो उठती है, उसने मदन के पंचशरों को संयम से तोड़-ताड़कर दूर पटक दिया था। पता नहीं उसका यह कार्तिकेय-सा बेटा किस पर गया था, अपनी निठुर माँ पर या अविवेकी पिता पर? जैसे-जैसे भीगी मसें प्रगाढ़ होती जा रही थीं, वैसे-वैसे उसका अल्हड़ कैशोर्य, तेज़ी से धँसे आ रहे यौवन को पीछे धकेल रहा था। अभी भी उसका स्वर भंग नहीं हुआ था। उसका यही व्यक्तित्व अनायास ही उसके चहेते मित्रों की परिधि बढ़ाता जा रहा था।

इस बीच सावित्री के दोनों बेटों ने फिर उसे बुलाया था। अनिरुद्ध ने नया बँगला बनवा लिया था, "नई मर्सिडीज़ खरीदी है अम्माँ, तुम आओ तो हम तुम्हें इसमें बिठाकर दूर-दूर तक घुमा लाएँ।"

अशोक की भी पदोन्नति हुई थी, "कब आ रही हो अम्माँ, लिखो तो हम तुम्हें टिकट भेजें।"

किन्तु दोनों में से एक ने भी उस निमन्त्रण की गुलेल को उसके तीसरे बेटे तक नहीं खींचा था। उस अभागे को छोड़कर वह अब कहाँ जा सकती थी। लाख अबाध्यता करे, उसके रहते वह कभी भी ऐसा काम नहीं कर सकता था, जिससे माँ की प्रतिष्ठा में दाग लगे। पर उसके न रहने पर उसका क्रोध कभी भी अनर्थ की सृष्टि कर सकता था। फिर वह उसे छोड़कर गई भी तो उसे कैसा लगेगा? इधर उसकी दोनों आँखों में मोतियाबिन्द उतर आया था, कानों से भी कुछ ऊँचा सुनने लगी थी, रक्तचाप कभी-कभी भयावह रूप में बढ़ कनपटी पर हथौड़ियाँ बरसाने लगा था। मधुमेह की रोगिणी तो वर्षों से थी, कभी परहेज़ करती और कभी जिह्वा को पूरी छूट दे देती। हर डॉयबिटिक की भाँति वह चाय में तो चीनी नहीं लेती थी, पर कभी प्रसाद और कभी भोज-सहभोज में, चीनी की प्रचुर मात्रा उदरस्थ कर लेती। कई बार सपने में एक ही सी सर्पिल अँधेरी पगडंडी पर अपने को चढ़ते देख चुकी थी। दूर कहीं पति का विस्मृत कंठस्वर उसे बुला रहा था, "सावित्री, चली आओ अब, बहुत देख चुकी हो।" एक दिन तो उसने 'सावित्री' की हाँक सुनकर हामी भी भर दी। और उसी क्षण चौंककर जग गई थी। उसकी सास कहती थी कि कोई मृत व्यक्ति सपने में पुकारे और हाँ कर दी तो समझ लो, मौत ने कन्धे पर हाथ धर दिया है।

तब क्या सचमुच ही मौत ने उसके कन्धे पर हाथ धर दिया था?

उसी दिन उसने चुपचाप अपने पति के मित्र, जस्टिस शुक्ला को बुला भेजा था। गंगा उस दिन कहीं क्रिकेट मैच खेलने दिन-भर के लिए बाहर गया था।

"क्या बात है भाभी? क्यों बुलाया, तबीयत तो ठीक है ना?"

"हाँ, एकदम ठीक हूँ। पर आपको मैंने अपना बिल बनाने के लिए कष्ट दिया है। कभी कुछ हो गया तो वह बेचारा बेमौत मरेगा।"

"कौन?"

"गंगा; आप तो जानते ही हैं, उसके दोनों भाई उसे फूटी आँख नहीं देख सकते, जाने से पहले मैं उसके लिए कुछ कर जाना चाहती हूँ।" उसी दिन उसने अपनी उस विचित्र वसीयत से दिन-रात के सांसारिक प्रपंचों से परिचित उस न्यायाधीश को चौंका दिया था।

पूरा मकान और सम्पत्ति का आधा भाग उसने गंगा के नाम कर दिया तो जस्टिस शुक्ला ने उसकी कलम थाम ली।

"दस्तखत करने से पहले आज रात-भर अच्छी तरह सोच लीजिए भाभी, अपने सगे बेटों को आप पति की सम्पत्ति का बहुत छोटा हिस्सा दे रही हैं। पिता की सम्पत्ति पर पुत्रों का ही अधिक अधिकार होना चाहिए।"

"मुझे कुछ नहीं सोचना है। मैं जानती हूँ, मेरे दोनों बेटे अब यहाँ कभी नहीं लौटेंगे। उन्होंने वहीं की सिटिजनशिप ले ली है, मकान बनवा लिए हैं, गाड़ियाँ खरीद ली हैं। इसका कौन है? और फिर यह वसीयत तो मैं आपको सौंप रही हूँ। मेरा न्याय है या अन्याय, इसका फैसला करना मरने के बाद जो ऊपर की अदालत करेगी, वह कभी मेरी मुश्कें नहीं बाँधेगी।"

लिफाफा सील कर उसने उन्हें सौंप दिया था, आप से हाथ जोड़कर विनती है, इसके बारे में किसी से कुछ न कहें।

तीन

ठीक दसवें दिन ही फिर अचानक सावित्री बीमार पड़ गई थी और उसकी बीमारी को देखकर लगा था, वह अब कभी घर नहीं लौट पाएगी। नित्य की ही भाँति खाकर दोपहर में सोई और सोती ही रह गई। उस दिन भाग्य से गंगाधर घर न था–अम्माँ तो इतनी देर तक कभी नहीं सोती थी!

"अम्माँ-अम्माँ, उठोगी नहीं?" बड़े अधैर्य से उसने कहा। उसे बड़ी भूख लगी थी। उस भंडार की चाबी अम्माँ के पास थी, जहाँ वह अपने उस चटोरे बेटे के लिए लड्डू-मट्ठी कुछ-न-कुछ बनाकर रखती थी। अचानक वह ठिठककर रह गया।

यह तो गहरी नींद नहीं थी–अम्माँ का मुँह न जाने कैसा टेढ़ा-मेढ़ा लग रहा था। उसने माथा छुआ तो बर्फ-सा ठंडा था, "अम्माँ!" उसका गला रुँध गया।

अब क्या होगा!

फिर उसने पलंग से नीचे लटके अम्माँ के अवश हाथ को पकड़ ऊपर धरा और फिर सोचने लगा–ऐम्बुलेंस बुलाने में विलम्ब होगा। ऐसी अवस्था में वह माँ को एक पल भी अकेली नहीं छोड़ सकता था। सुन्दरिया दस बजे

से पहले नहीं आती थी। एक झटके में उसने फिर सावित्री की दुबली-पतली देह को कन्धे पर डाला और द्वार पर ताला डाले बिना, किसी से कुछ कहे बिना अस्पताल की ओर चल दिया। रास्ते में ही मित्रों की टोली जुट गई और सावित्री हाथ-के-हाथ प्रसाद-सी बँटती पल-भर में अस्पताल पहुँचा दी गई। उसके पहुँचते ही वहाँ पास-पड़ोसी भी जुट गए थे। डॉक्टरों ने कहा, "थ्रंबोसिस है, बचना कठिन है, पर प्राण अभी है, उनके नाते-रिश्तेदारों को खबर कर दीजिए।"

पीलीकोठी की मुँहफट ताई बोली, "इस बेचारी का रिश्तेदार तो उसके सिरहाने ही खड़ा है। सगे बेटों ने तो कब से बेचारी को दूध की मक्खी-सा निकाल फेंका है।"

पर उसी दिन उन्हें केबल कर दिया गया। उत्तर आया, "अम्माँ की पूरी देखभाल की जाए। हम दोनों भाई अभी आने में असमर्थ हैं। रुपया भेज रहे हैं।"

दोनों भाई नहीं आ सकते, पर उनकी बहुएँ और खबीस-से बेटे? क्या कोई भी नहीं आ सकता था अम्माँ को देखने? दाँत पीसकर गंगा ने केबल फाड़कर फेंक दिया था।

पर वाह रे, गंगा! इस लोक में तो हवा को भी लड़कर हराता रहा, परलोक के यमदूतों को भी पटखनी देकर बुढ़िया को लौटा ही लाया। पूरे पन्द्रह दिन में सावित्री पूर्ण चेतनावस्था में पलटीं। गंगा उसकी ओर पीठ किए मुसम्बी का रस निकाल रहा था।

"गंगा," उसने क्षीण स्वर में पुकारा।

गंगा चौंककर पलटा और उसकी छाती पर सिर रखकर बच्चे-सा सिसकने लगा। उसके आँसुओं से सावित्री की छाती भीग गई, "अम्माँ, अब तू नहीं मरेगी। डॉक्टर ने कहा था, एक बार तुम्हारी अम्माँ आँखें खोलकर तुम्हें पहचानकर पुकार लें तो समझ लो बच गई हैं।"

महीने-भर बाद सावित्री घर आ गई। एक सामान्य-सी लँगड़ाहट और होंठों की तिर्यक रुझान के अतिरिक्त वह भयानक झटका अन्य कोई भी दुःचिह्न नहीं छोड़ गया। किन्तु हृदय के एक रिसते नासूर को जैसे किसी ने बड़ी गहराई तक फिर कुरेद दिया था।

उसने सुन लिया था कि उसकी शोचनीय अवस्था का केबल पाकर भी उसके दोनों बेटों ने अपने व्यस्त जीवन की दरख्वास्त देकर अपनी असमर्थता

व्यक्त की थी। क्या उनका काम मृत्यु-शय्या पर पड़ी माँ से भी अधिक महत्त्वपूर्ण था?

"गंगा," एक दिन उसने बगल में लेटे गंगा के सिर को बड़े दुलार से सहलाकर पूछा, "घर में तो कुल सौ ही रुपए थे, तूने अस्पताल की दवाओं का खर्चा कैसे उठाया?"

"तू सब जानती है अम्माँ, फिर भी अनजान क्यों बनती है? इस शहर का कौन-सा ऐसा दुकानदार है जो तेरे बेटे से दवा के दाम माँग सके?" उसने बड़े लाड़ से सावित्री के गले में दोनों हाथ डाल दिए।

"छिः-छिः, यह तो तूने ठीक नहीं किया, गंगा! कल ही उनका सब हिसाब-किताब चुकता कर आना। कहते हैं, बिना पैसे की दवा असर नहीं करती।"

"अच्छा-अच्छा, देखा जाएगा, अभी बक-बक मत कर, सो जा चुपचाप।"

उस बीमारी के बाद दोनों माँ-बेटों में एक ऐसी अन्तरंगता आ गई थी, जो मादा कंगारू और उसकी चमड़ी से सटे थैले में बन्द कंगारू शिशु में आ जाती है; जो बन्दरिया और उसकी छाती से चिपके छौने में आ जाती है; जो नन्हें बिलौटे को मुँह में लिए जा रही बिल्ली में आ जाती है, सन्तान के प्रति वह अटूट प्रेम, जो उसे सबकी दृष्टि से छिपाकर जननी को कहीं दूर ले जाने के लिए उकसाती है, वही स्नेह सावित्री को भी उकसाने लगा। उसे लगा, चलती बिरिया जो यह पराई सन्तान का अपूर्व सर्वस्व-त्यागी प्रेम उसे मिला है, उसे किसी की नजर न लग जाए। ऐसा न हो भगवान कि उसके बुढ़ापे का यह अविश्वसनीय अवलम्ब भी कोई उससे छीन ले। संसार का बड़े-से-बड़ा सुख भी एक दिन अभिशाप बन जाता है, यही तो वह सुनती आई है।

उधर विदेश में, 'गेटवेल' कार्डों का ताँता-सा लग गया। सब कुछ आया— कई, चॉकलेट, मेवे, रेशमी चादरें, जूस निकालने के अत्याधुनिक उपकरण, स्वयं रक्तचाप नापने की अनोखी मशीन—किन्तु उन्हें भेजनेवाले नहीं आए। "गंगा," एक दिन उसने कहा, "बेटा, सब तीर्थ तो मैं कर चुकी हूँ पर एक बार तिरुपति और जाना चाहती हूँ।"

"क्यों, अब क्या माँगना रह गया है?" गंगा ने पूछा।

"यही माँगना है बेटा कि हे वेंकटेश्वर, मेरे इस तीसरे बेटे को सदा अहंकार, लोभ, मोह से मुक्त रखना। यह सच्चा बने, ईमानदार रहे, पैसे को ठीकरा समझे। धन का लोभ ही मनुष्य को गिराता है, बेटा! मैं यह सब देख

चुकी हूँ।"

"बस-बस, जब से बीमार पड़ी है, देख रहा हूँ तू बहुत भाषण देने लगी है। तुझे कहीं नहीं जाना है।"

पर सावित्री को भी ज़िद सवार थी, रुक्को उसे देखने आई तो उसने अपनी वही ज़िद दोहराई।

"क्या बात करती हो जीजी, अभी तो मौत के मुँह से निकलकर आई हो। गंगा भी तो बच्चा है, तुम्हें कैसे सँभाल पाएगा—कहीं कुछ हो गया तो?"

"कुछ नहीं होगा, प्लेन से जाएँगे। तू भी चल ना!"

"हूँ, मैं चलूँ, बहू मेरी टाँग तोड़कर रख देगी। मैं क्या तुम्हारी तरह भाग्यवान हूँ, जीजी!" एक लम्बी साँस खींचकर वह बोली, "तुम तो जानती ही हो, अब बूढ़ी उमर में मेरा तोता राम-राम पढ़ रहा है। पी-एच.डी. कर रही है बहू, सो बच्चों को पकाओ-खिलाओ। उस पर न कहीं जाओ, न उठो-बैठो, न जोर से बोलो, न ठठाकर हँसो। उस पर धेले-धेले के लिए हाथ फैलाओ। यहाँ रेल का टिकट माँगने की हिम्मत नहीं होती, तुम प्लेन की बात करती हो?"

"कौन कहता है, तू टिकट ले। मैं दूँगी तेरा टिकट!" सावित्री ने कहा तो एक पल को रुक्को की आँखें दप से चमकीं, फिर उसी क्षण निष्प्रभ हो गईं।

"नहीं जीजी, यह भी तो ठीक नहीं लगता। बेटा है, बहू है, उनके रहते तुमसे पैसा लूँगी तो कैसा लगेगा? जल में रहकर मगर से वैर नहीं कर सकती। तुमने तो पुण्य किए हैं, जीजी! जो गर्भ में न रखने पर भी तुम्हें श्रवण कुमार मिला है।"

और फिर सचमुच ही वह श्रवण कुमार दुर्बल जननी के काँवर को कन्धे पर लाद उसे तिरुपति के दर्शन करा लाया था। वरदायी उस उदार देवता ने सावित्री के नतमस्तक पर अपना अदृश्य हस्त रख शायद कह दिया था, "तथास्तु!"

"अम्माँ, मैं तुझे किस स्टेशन पर मिला था?" अचानक अभागे ने ट्रेन से ही यह प्रश्न पूछकर सावित्री के हृदय में बिंधे कंटक को फिर कुनमुना दिया। क्या यही प्रश्न पूछने को यह ज़िद कर उसे लौटती बार ट्रेन से ले आया था।

"कोई स्टेशन नहीं था, बैजवाड़ा से कुछ आगे मैं बाथरूम गई, तब ही शायद कोई पहले से ताक में बैठा था और मौका पाते ही तुझे बर्थ पर लिटा

गया।"

बैजवाड़ा आया और वह खिड़की से मुँह सटाकर बैठ गया। न जाने कब तक वह भागते वन-वनान्तर, घर, छोटे-छोटे स्टेशन देखता रहा जैसे किसी महाअरण्य में खो गए अपने माता-पिता को ढूँढ़ रहा हो। सहसा यह स्वयं ही अपनी अकृतज्ञता पर लज्जित हो उठा। जिसने उसे जीवनदान दिया, जिसने कभी एक पल को भी उसे यह नहीं लगने दिया कि वह अनाथ है, आज उसी की उपस्थिति में वह अपनी उस हृदयहीन निष्ठुर जननी के लिए बेचैन हो रहा है, जो रेल के डिब्बे में उसे असहाय छोड़ गई थी?

घर लौटते ही पड़ोसी सावित्री से मिलने आए और उसे देखकर अवाक् रह गए। क्या वह तीर्थ-जल की महिमा थी? लगता था, तीर्थस्थल की पावन रेणु ने सावित्री को पूर्ण रूप से स्वस्थ कर उसके वार्धक्य के दस वर्ष घटा दिए थे। न अब पैर में लचक ही रह गई थी, न वाणी में अटपटापन। नित्य की भाँति वह गंगा-स्नान को जाने लगी थी। घंटों पूजा-पाठ करने लगी थी। यही नहीं, हाथ में झोला लटकाकर हाट-बाजार भी जाने लगी थी। मुँहलगे तीसरे बेटे की हर फरमाइश फिर हँस-हँसकर पूरी करने लगी—कभी गाजर का हलवा, कभी समोसा और कभी रबड़ी।

गंगा की मित्र मंडली फिर नीम-तले चबूतरे पर जमने लगी। गंगा एक प्रकार से निश्चिन्त हो गया कि अब उसकी माँ को संसार की कोई भी शक्ति उससे विलग नहीं कर सकती। पर, बेचारा नहीं जानता था कि हर बुझनेवाले दिए की लौ अवसन्न होने से पहले ठीक ऐसी ही दमकती है।

उस दिन पूजा करते-करते सावित्री देवमूर्ति के सम्मुख दंडवत की मुद्रा में झुकी और वही अनन्त दंडवत बन गया।

देखते-ही-देखते पूरा मोहल्ला टूट पड़ा। लोग कहने लगे—साक्षात् देवी का अंश था, इसी से विमान सीधे बैकुंठ उठा ले गया। घर का आँगन ठसाठस भर गया। बहू-बेटियाँ अवश चरणों की धूल लेने किसी दुर्लभ देवमूर्ति के दर्शनों को चली आ रही भीड़ में धँसी-सी एक-दूसरी पर गिरी जा रही थीं। जिसे देखो, वही सिसक रहा था। ठीक भी तो था, न जाने कितनों का समय-असमय सहायता करनेवाला, एक उदार महाजनी व्यक्तित्व ही तो संसार से अचानक उठ गया था।

कौन नहीं जानता था कि अन्य-अनामकुल-गोत्र के उद्धत गंगाधर के कारण ही उसके सगे बेटों ने रूठकर उससे मुँह मोड़ लिया है।

"पराई सन्तान को भी जो सगी सन्तान-सा पाल सके, समझो वह पहुँचा हुआ सन्त है।" सावित्री के पुरोहित दयाराम जी ने कहा, "पर भाई, क्रिया-कर्म कौन करेगा? बेटे तो इतनी दूर से आ नहीं पाएँगे। गरमी के दिन हैं। बर्फ की सिल्ली पर देह धरी रहे तब भी खराब हो जाएगी।"

गंगा ने चौंककर धरा पर धरी सावित्री की निर्जीव देह को देखा। उसे लगा, वह मृत्यु नहीं है, विषाद की कालिमा कभी भी उस नश्वर देह को विकृत नहीं कर पाएगी। भले ही वह चार दिन तक वैसी ही पड़ी रहे। उस देह में विजय का उल्लास है, विजय—पाप के ऊपर पुण्य की, अन्याय के ऊपर न्याय की, मृत्यु के ऊपर अमरत्व की। वर्षों की त्याग-साधना जैसे मृत्यु के बाद अम्माँ के अंग-अंग से दिव्य ज्योति बनकर फूट रही है। आज भी उसी निःस्वार्थ प्रेम और क्षमा का सन्देश होंठों पर लिए किसी प्राचीन देवालय के गर्भगृह में प्रतिष्ठित देवी मूर्ति-सी, मानवता के उच्चतम शिखर से, उसे उसी वात्सल्य से एकटक निहार रही है।

आकस्मिक आघात ने उसे पंगु और मूक बना दिया था। वह चित्रांकित-सा माँ के सिरहाने चुपचाप खड़ा था।

"क्यों, यह भी कोई पूछने की बात है, दयारामजी!" जस्टिस शुक्ला ने कहा, "गंगा करेगा क्रिया-कर्म। उसे तो उन्होंने कानूनी लिखत कर गोद लिया है। मेरे पास प्रमाण है।"

और वही हुआ था। जो गंगा नित्य कलफ किए मलमली कुरतों की छटा बिखेरता दिग्दिगन्त को अपनी सुवास से भ्रमित करता घूमता था, वही गंगा कोरी मार्किनिया धोती घुटनों तक समेट, नंगे बदन, इस जननी की अरथी को कन्धा लगाए आगे-आगे चल रहा था, जिसने उसे गर्भ में न रखकर भी जन्म दिया था।

शवयात्रा क्या थी, जैसे किसी लोकप्रिय देशवन्दित नेता का धूम-धाम से निकल रहा जनाज़ा था। फूल-मालाओं के अम्बार से ढकी देह पर बेशकीमती दुशाला पड़ा था। लग रहा था, शहर भर के युवा किशोर वहाँ आकर बिछ गए थे। बिछते भी क्यों नहीं? गंगाधर था उनके दल का एकछत्र सम्राट और आज वही मातृहीन हुआ था। फिर गंगा ने वह सब किया जो शायद सावित्री के सगे बेटे भी नहीं कर पाते।

सावित्री के दोनों बेटों को खबर कर दी गई थी और जिन पुत्रों ने उसकी घातक बीमारी की सूचना पाकर भी आने में असमर्थता व्यक्त की थी, वे

उसकी मृत्यु का समाचार पाते ही दसवें दिन उपस्थित हो गए थे। दोनों बहुओं को पता था कि अम्माँ का बैंक-बैलेंस कुछ कम नहीं है, उस पर उतनी बड़ी कोठी, बाग-बगीचा, गाँव की ज़मीन और सबसे बड़ा आकर्षक हाथी-दाँत का वह कलमदान, जिसमें दूरदर्शी सास के कुछ दर्शनीय भारी गहने अपने उस तीसरे बेटे की बहू के लिए ही शायद उनसे छिपाकर रख लिए थे। एक अकेली ग्वालियरी ठुस्सी ही कम-से-कम दस तोले की होगी और वे भारी बनारसी जड़ाऊ कंगन? हवाई यात्रा में ही दोनों ने बड़ी समझदारी से दोनों गहनों का बँटवारा भी कर लिया था। बड़ी ठुस्सी लेगी, छोटी कंगन। बड़ी धूम-गरज से तेरहीं का आयोजन किया गया। पूरी-कचौड़ी, सब्जी, दही-गलका, पाँच-छह तरह की मिठाइयाँ, खीर आदि, शय्यादान की सम्पूर्ण व्यवस्था, चतुर पुत्र वधुएँ विदेश से करके लाई थीं—इंटरनेशनल क्विल्ट, फेदर का तकिया, कैंडलविक के पलंगपोश, फरे की चप्पलें, लक्ष्मीनारायण की स्वर्ण प्रतिमा जिसके माथे पर विदेशी ठप्पे की मोहर लगी थी कि सोना एकदम चौबीस कैरेट का खरा सोना है। सावित्री के दोनों बेटे-बहुएँ उसके भोजन-थाल को सजाने में ऐसे जुटे थे, जैसे वह जीवित ही हो और अभी-अभी हाथ धोकर जीमने चली आ रही हो। जिन बहुओं ने सास के जीवनकाल में उसे कभी परसी थाली भी खिसकाकर नहीं दी थी वे एक-एक कटोरी को यत्न से आँचल से पोंछ रही थीं।

"अरे भई, ठीक से देख लेना, कोई भी बिना खाए न जाने पाए।" अनिरुद्ध बार-बार नौकरों को हिदायतें दे रहा था।

सब खाना खाकर महातृप्ति की डकार लेकर जा चुके थे। आँगन में अभी भी पूरी-पकवानों की सुगन्ध अगरबत्ती की अवसन्न सुगन्धित धूम्ररेखा-सी मँडरा रही थी। बड़ी बहू और छोटी बहू ने शायद आवश्यकता से अधिक पूरी-कचौड़ियाँ ठूँस ली थीं। दोनों बकरी-सी खाकर अलसाए अजगर-सी पलंगों पर लोट रही थीं। एक तो बरसों बाद सुस्वादु भारतीय खाना खाने को मिला था, उस पर अनायास ही मिलनेवाले वैभव की सम्भावना ने भूख कुछ और खोल दी थी।

सावित्री की बड़ी-सी रंगीन तसवीर पर गेंदे-गुलाब का मोटा-सा हार चढ़ा था और घृत ज्योति जल रही थी।

"आप लोगों के आशीर्वाद से सब कुछ ठीक से निबट गया", अनिरुद्ध किसी से कह रहा था, "अम्माँ आज जहाँ भी होंगी बहुत खुश होंगी, उसे

ऐसे ही सबको खिलाना-पिलाना तो अच्छा लगता था।"

पर अम्माँ क्या कभी इस मृतभोज से खुश हो सकती थी?

सब तो खा चुके थे, पर जिसे वह हमेशा सबसे पहले खिलाती थी, वह तो भूखा था। उसके अभागे उस तीसरे बेटे की क्या किसी को याद थी जो तिरस्कृत दुरदुराए गए सड़क के कुत्ते-सा ही घर के सबसे निभृत कोने में चुपचाप खड़ा उस दयाहीन भीड़ को देख रहा था। जब वे दोनों भाई और भाभियाँ आई थीं, उसे दूध की मक्खी-सा ही निकालकर अलग फेंक दिया गया था। यहाँ तक कि नित्य की स्नेही रुक्को मौसी भी बाँदी-सी हाथ बाँधे विदेश से आए अपने भतीजों के पीछे-पीछे ही घूम रही थी। और दिन तो सुन्दरिया उसके कमरे में थाली पास रखकर जाती थी, आज वह भी घर के लिए परोसने-बटोरने के चक्कर में भूल गई थी।

वह कितना अनाथ है, कितना अकेला—यह उसे पहली बार अनुभव हुआ। द्वार पर अम्माँ के परलोक का पथ प्रकाशित करने के लिए एक बड़ा-सा दीया जल रहा था। दूसरा दीया जल रहा था बाहर पीपल के नीचे। वह धीरे-धीरे जाकर वहीं खड़ा हो गया। निश्चय ही वह प्रकाश वहाँ तक नहीं पहुँच रहा था। यदि पहुँचता और मार्ग पहचान कर अम्माँ यहाँ आ पाती तो क्या यह अन्याय होने देती?

सहसा उसे लगा एक धूमिल-सी आकृति वहाँ आकर चुपचाप खड़ी हो गई और उसे एकटक देख रही है। आँखों में वही वात्सल्य है, वैसी ही करुणा।

वह थर-थर काँप उठा।

"गंगा, कुछ खाया है रे!" तब क्या उसके कान भी उससे छलना कर रहे थे। यह कैसे हो सकता है—निश्चय ही यह उसका भ्रम था। एकाएक, दीवानखाने से आता कठोर स्वर सुनकर चौंका, बड़े भैया ही तो चीख रहे थे। वह धीरे-धीरे चलकर परदे को ओट में खड़ा हो गया।

जस्टिस अंकल, पंडितजी, रुक्को मौसी, दोनों भाई-भाभियाँ चुपचाप बैठे थे। बड़े भैया फिर गरजे, "यह कैसा विल है, ट्रेन में मिला किसी का कलंक हमारे बाप-दादों की सम्पत्ति का वारिस कैसे बन सकता है?" छोटे भैया का चेहरा तमतमा रहा था, "अब समझ आया, क्यों उसने अम्माँ की ऐसी सेवा की।"

"और क्या?" बड़ी भाभी बोली, "अम्माँ को सेवा से खुश करा लिया,

हम भी अदालत से फैसला कराके रहेंगे।"

एक क्षण में गंगा के शरीर का समस्त रक्त आँखों में उतर आया। वह अम्माँ की निरीह आँखों की स्मृति को भूल गया। चिता की धधकती लपटों को भूल गया, जिनके साथ उसके जीवन का सर्वस्व भस्मीभूत हो गया था। वह एक बार फिर वही राजा भैया बन गया, जिसने माँ को अपमानित करनेवाले खटिक की हड्डियाँ-पसलियाँ चरमरा दी थीं। राजा भैया, जिसे न पुलिस का भय था, न अपने प्राणों का। वह तेज़ी से आकर उनके बीच खड़ा हो गया। चक्रव्यूह में घिरे उस अभिमन्यु के मासूम चेहरे पर न भय की रेखा थी, न परिताप की। माँ का तिरुपति से माँगा गया वरदान कि दैवी छत्र-सा ठीक उसके माथे पर आकर खुल गया था। हे वेंकटेश्वर, मेरे इस बेटे को अंहकार, लोभ-मोह से मुक्त रखना, यह पैसे को ठीकरा समझे।

'तथास्तु!' किसी अदृश्य देवता का अभयदान ही उसे क्या उस क्षण निर्भीक बना गया? "आप लोगों को अदालत नहीं जाना होगा।" और फिर वह अमल की ओर बढ़ा, अमल के हाथ में माँ की वसीयत भी उसकी देह के साथ थर-थर काँप उठी। उसने सुना था कि यह छोकरा जेब में रामपुरी चाकू लिए घूमता है। आक्रामक ढंग से दाँत पीसता गंगा उससे सटकर खड़ा हुआ तो उसने डरकर आँखे मूँद लीं। उसके इस अप्रत्याशित आगमन से इष्ट मित्रों की वह भीड़ बुरी तरह आतंकित होकर सन्न बैठी रह गई, जिसे उस आयोजन में एक बार भी उसकी याद नहीं आई थी।

गंगाधर ने भाई के हाथ से वसीयत छीनी और फाड़कर टुकड़े-टुकड़े कर पास खड़े दोनों भाई के मुँह पर फेंक दी।

"मुझे पता भी नहीं था कि अम्माँ यह सब दे गई हैं, अगर पता होता तो मैं उसे यह कभी नहीं करने देता। और कान खोलकर सुन लो भाभी," इस बार वह भय-विस्फारित दृष्टि से देख रही बड़ी भाभी की ओर बढ़ा, "मैंने पैसे के लिए अम्माँ की सेवा नहीं की, सेवा इसलिए की कि वह मेरी माँ थी और हमेशा रहेगी। लानत है, तुम्हारी नीयत पर और थू है तुम्हारे टुच्चेपन पर।" फिर धृणा से उनकी ओर थूककर एक पल को वह अग्निगर्भा दृष्टि से उन्हें देखता रहा। फिर अठारह वर्ष पूर्व जिस तेज़ी से अचानक सावित्री का वह तीसरा बेटा उस कोठी में आया था, उसी तेज़ी से तीर-सा बाहर निकल गया।

●●●